奇异世界里的
10分38秒

〔土耳其〕艾丽芙·沙法克 著

任爱红 译

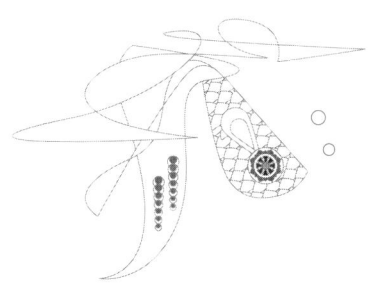

南海出版公司

新经典文化股份有限公司
www.readinglife.com
出　品

目 录
Contents

第二部分　身体

第三部分　灵魂

献给伊斯坦布尔的女性，
献给伊斯坦布尔城，
它是，并将始终是一座属于"她"的城市。

如今，他又比我先行一步，离开了这个奇异的世界。
但这并不意味着什么。对于我们这些笃信物理学的人来说，
过去、现在与未来的区别不过是一种冥顽不化的幻觉。
　　　　——爱因斯坦在其密友米凯莱·贝索葬礼上的致辞

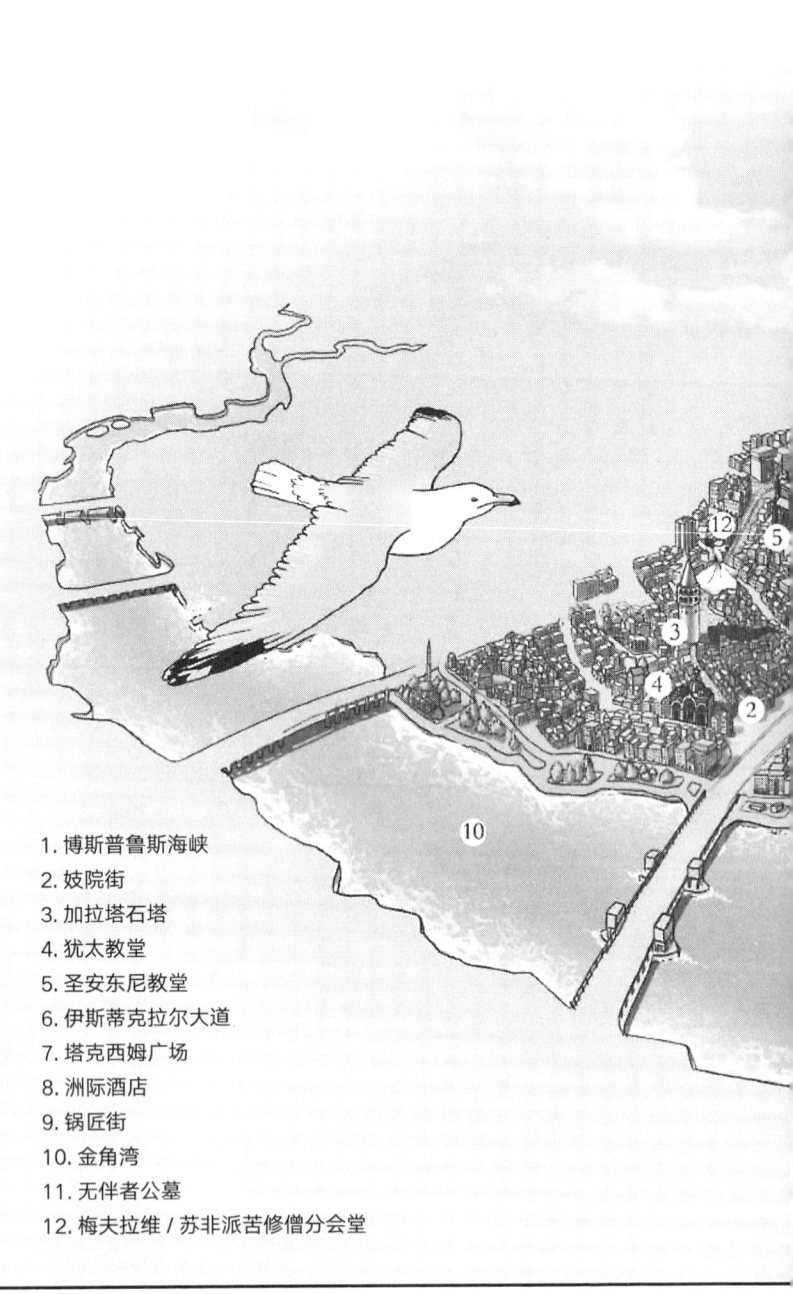

1. 博斯普鲁斯海峡
2. 妓院街
3. 加拉塔石塔
4. 犹太教堂
5. 圣安东尼教堂
6. 伊斯蒂克拉尔大道
7. 塔克西姆广场
8. 洲际酒店
9. 锅匠街
10. 金角湾
11. 无伴者公墓
12. 梅夫拉维／苏非派苦修僧分会堂

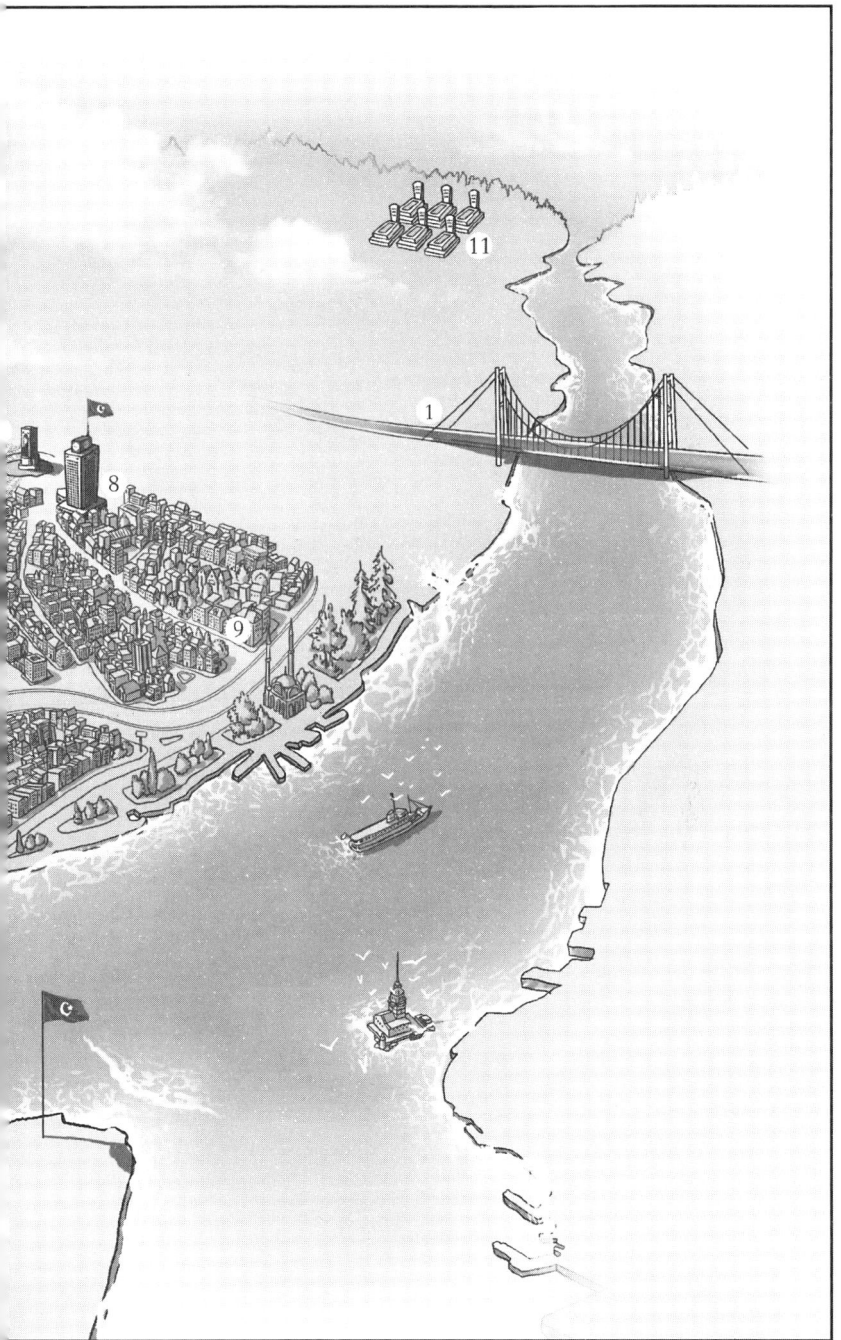

结束

她的名字曾经是莱拉。

龙舌兰莱拉，朋友和客人都这么叫她。她一直被称呼为龙舌兰莱拉，不管是在家还是在工作的地方。工作地是一栋红木色房子，位于码头边一条铺着鹅卵石的死胡同中，居于一座教堂和一所犹太会堂之间，周围是灯具店和烤肉店——伊斯坦布尔最古老的持证经营妓院就坐落在这条街上。

不过，如果她听到你这样说，可能会生气，开玩笑地朝你扔过来一只鞋—— 一只她的细高跟鞋。

"现在是，亲爱的，不是曾经是……我的名字就是龙舌兰莱拉。"

她永远都不会同意别人用过去式谈论她。只要想到这一点，她就会觉得自己渺小，生出一种挫败感，而她在这世上最不想要的就是这种感觉。不，她会坚持使用现在时——尽管现在她有一种不祥的预感，意识到自己的心脏刚刚停止了跳动，呼吸骤停。

不管她怎样看待自己的处境，不可否认的是，她已经死了。

她的朋友们都还不知道。这么一大早，他们应该还在梦乡，还在努力寻找走出各自梦境迷宫的路。莱拉希望自己现在也在家，裹在温暖的被窝里，猫在脚边蜷成一团，发出心满意足的呼噜声。那只猫的耳朵彻底聋了，周身是黑色——除了一只爪子上有一小块雪白。她以查理·卓别林的名字给猫取名为"卓别林先生"，因为它与卓别林早期电影中的主人公一样，生活在自己的无声世界里。

要是能马上回到自己的公寓，龙舌兰莱拉愿意付出任何代价。但是现在，她在伊斯坦布尔郊区的某处，一个黑暗潮湿的足球场的对面，躺在一个金属垃圾箱里。垃圾箱把手生锈，油漆剥落，带着轮子，至少四英尺高，两英尺宽。莱拉本人身高五英尺七英寸，脚上还蹬着她那双八英寸高的紫色露跟细高跟鞋。

很多事情她都想知道。她在脑海中不断回想生命的最后时刻，质问自己哪里出了问题——但白费力气，因为时间不是一团可以拆开的毛线球。她的细胞仍然活跃，但皮肤已经灰白。她不禁注意到，她的器官和四肢内部正在发生许多变化。人们总是认为，尸体就像一棵倒下的树或一个空心树桩一样，没有了生命，也失去了意识。但只要有丁点机会，莱拉就会证明，恰恰相反，尸体充满生命。

她不相信自己的生命就这样结束了。就在前一天，她还在佩拉区穿梭，她的身影还在那些以军事领袖、国家英雄命名的街道上——在那些用男人的名字命名的街道上穿行。就在那个星期，她的笑声还在加拉塔和库尔图鲁什低矮的小酒馆、托普哈内闷热的小客栈里回荡，这些小酒馆和客栈从不会出现在旅游指南或旅游地图上。莱拉所熟知的伊斯坦布尔与旅游部门希望外国人见识的伊斯坦布尔大不一样。

昨天晚上，在一家豪华酒店的顶层套房，她把指纹留在了一个威士忌杯子上，还把一条丝巾扔在了一个陌生人的床上，丝巾上有她的香水——帕洛玛·毕加索的气味，那是朋友送给她的生日礼物。高高的天空中依稀可见昨夜的残月，明亮而不可触及，就像残留的幸福记忆。她依然是这个世界的一部分，她的体内还有生命，她怎么会就这样死了呢？她怎么会就这样不复存在，仿佛一场幻梦在第一缕晨光中消失？就在几个小时前，她还在唱歌、抽烟、咒骂、思考……即便是现在，她也仍在思考。她的大脑仍然全速运转——不过不知道能持续多久。她希望自己能穿越回来，告诉所有人，死者并非立刻死去；他们依然在思考各种各样的事，比如思考自己的死亡。如果人们知道了这个，会感到害怕吧，她想。要是她活着的话，肯定会害怕。但她觉得人们有必要意识到这一点。

在莱拉看来，人类似乎对人生中的里程碑时刻表现出极大的不耐烦。首先，他们以为开口说"我愿意"的那一刻，人就自动成为一个妻子或丈夫。但事实是，他们需要花多年时间才能学会如何经营婚姻。同样，社会也期待一个人一旦有了孩子，其母性或父性本能就会立刻开始发挥作用。事实上，可能需要相当长的时间，人们才能搞清楚如何为人父母或祖父母。退休和步入老年也是如此。人生怎么可能在走出办公室的那一刹那就立即切换呢？你半辈子的时间都在那里度过，大多数的梦想也在那里挥霍。这并没有那么容易。莱拉认识一些退休教师，他们早上七点起床，冲个澡，穿戴整齐，呆坐在早餐桌旁，然后才想起自己已经没有工作了。他们还没适应。

也许在死亡问题上也是一样。人们以为咽下最后一口气，人就成了尸体。但事情并非如此简单。就像在深黑色和亮白色之间还有无数色调一样，死亡被称为"永恒的休息"，其中也存在多个阶段。如果生界与死界之间存在一条分界线，莱拉相信，穿越它的过程一定像水流渗过砂岩一般漫长。

她在等待太阳升起。到时肯定会有人发现她，把她从这个肮脏的垃圾箱里救出来。她觉得花不了多久，警察就能搞清楚她的身份。他们只需找到她的档案。多年来，她被搜身、拍照、采集指纹、拘留的次数多得她已经不愿承认。那些位于街巷的警察局总是弥漫着一股独特的气味：烟灰缸里堆满了前一天的烟蒂，有缺口的杯子里留下的咖啡渣，口臭，湿抹布，还有便池里无论用多少漂白剂都盖不住的恶臭。狭小的房间挤满了警察和罪犯。让莱拉觉得颇为有趣的是，警察和罪犯的死皮细胞掉在同一块地板上，被同一群尘螨吞噬，并无高下之别。在人类肉眼看不见的地方，彼此对立的事物以最意想不到的方式混杂在一起。

她想，一旦当局确定了她的身份，他们就会通知她的家人。她的父母住在一千英里外的历史名城凡城。但是她知道，他们不会赶来为她收尸，因为很久以前他们就抛弃了她。

你给我们带来了耻辱。每个人都在背后议论我们。

所以警察只能去找她的朋友。她有五个朋友：破坏者思南、思乡者娜兰、贾梅拉、扎伊纳布 122 和好莱坞胡美拉。

朋友们会尽快赶来，龙舌兰莱拉毫不怀疑这点。她几乎可以看见他们正朝她飞奔而来，脚步匆忙却又迟疑，眼睛睁得大大的，其中满是震惊和悲伤。悲痛刚刚开始，强烈直白，但他们尚未深陷其中，还没有。要让他们经受如此一场颇为痛苦的折磨，她感到很难过。但想到他们将为她举行一场盛大的葬礼，她松了一口气。葬礼上将会飘着樟脑和乳香的气味。以及音乐和鲜花的香气——尤其是玫瑰。火红色，亮黄色，深紫红色……永恒，经典，无与伦比。郁金香太高贵，水仙太娇嫩，百合让她打喷嚏，但玫瑰却很完美，融性感撩人的魅力和锋利的刺于一体。

天慢慢亮了。一道道颜色——桃子味贝里尼、橙子味马提尼、草莓味玛格丽特、冰冻内格罗尼的颜色——从东到西，在地平线上飘过。几秒钟之内，周围各个清真寺传出祈祷声，在她周围交错地回响着。远处，碧蓝色的博斯普鲁斯海峡①从睡眠中醒来，用力地打哈欠。一艘渔船返回港口，引擎冒出阵阵浓烟。一阵大浪懒洋洋地涌向海滨。这个地区以前有不少橄榄园和无花果园，但后来，为了建高楼和停车场，它们都被推平了。在半明半暗的某处，一只狗在吠叫，与其说是因为兴奋，不如说它在履行职责。近处，一只胆大的鸟儿嘹亮地啼叫，另一只鸟儿也跟着鸣

---

① 又称伊斯坦布尔海峡，是沟通黑海和马尔马拉海的一条狭窄水道，与达达尼尔海峡和马尔马拉海一起组成土耳其海峡。

唳，尽管没有那么欢快。它们在黎明中合唱起来。一辆运货卡车沿坑坑洼洼的路面轰隆隆地驶来。过不了多久，清晨车辆的嘈杂声就会变得震耳欲聋。热火朝天的生活全面展开。

龙舌兰莱拉还活着时，总是无法理解那些痴迷于推测世界末日并从中获得满足的人，甚至会为他们感到不安：那些人看上去心智健全，怎么会满心想着小行星、大流星和彗星毁灭地球的疯狂场景呢？在她看来，在未来可能发生的事中，世界末日不是最糟糕的。我们个体的死亡对世事毫无影响，不管有没有我们，生活一切照旧，意识到这一点，比人类文明可能会在一瞬间彻底毁灭更为可怕。她一直觉得，这个才吓人。

风改变了方向，呼啸着刮过足球场。然后，她看到了他们。四个少年。早早出门捡拾垃圾的拾荒者。其中两个人推着一辆手推车，车上装满了塑料瓶和压扁的易拉罐。另一个耷拉着肩膀，弯着膝盖，跟在后面，背着一个脏兮兮的麻袋，里面装的东西很重。第四个显然是他们的头领，神气活现地走在最前面，骨瘦如柴的胸脯鼓得像斗鸡似的。他们开着玩笑，正朝她走来。

继续往前走。

他们在街对面的一个垃圾箱旁停了下来，开始在里面翻找。洗发水空瓶、果汁盒、酸奶桶、鸡蛋盒……他们把每件"宝贝"都捡起来，堆在车上。他们的动作敏捷而娴熟。其中一个人发现了一顶旧皮帽。他笑着戴上它，双手插在背后的口袋里，摆出一副傲慢的模样，夸张地迈着大步，一定是在模仿电影里见过的某个匪徒。头领立刻把帽子抢走，戴在自己头上。没有人表示反对。把垃圾拣干净后，他们就准备走了。令莱拉沮丧的是，他们似乎要朝着相反的方向往回走。

嘿，我在这里！

慢慢地，仿佛是听到了莱拉的恳求，头领抬起下巴，眯着眼睛看着冉冉升起的太阳。在变幻莫测的光线下，他扫视着地平线，目光游移不定，直到看见了她。他扬起眉毛，嘴唇微微颤抖。

拜托，不要走。

他没有走。他对其他人说了些什么，莱拉听不清，现在他们也用同样震惊的表情盯着她看。她意识到他们是多么年轻。他们还是些孩子，不过是些假装大人的毛头小子。

头领向前迈出了一小步，接着又一小步。他向她走去，就像一只老鼠靠近一只掉在地上的苹果——胆怯而不安，但同时坚定而迅速。当他走近她，看到她的处境时，他的脸阴沉了下来。

别害怕。

现在他来到了她身边，离得那么近，都能看到他的眼白和他眼中的血丝和黄斑。她看得出他一直在吸胶毒①。这个男孩不到十五岁，伊斯坦布尔会假装欢迎和接纳他，然后在他最出乎意料的时候，像对待一个破旧布娃娃一样把他扔到一边。

打电话给警察，孩子。打电话给警察，让他们通知我的朋友。

----

① 一种易挥发的有机溶剂，长期吸食会导致心律不齐、心脏衰竭等症状，严重时还可能导致死亡。

他左顾右盼，确保周围没有人，也没有监控摄像头。他猛地向前，伸手去够莱拉的吊坠。那是一个金吊坠盒，中间有一颗小小的绿宝石。他小心翼翼地摸着吊坠，仿佛担心它会在他手里爆炸一般，仔细感受着金属那让人安心的寒意。他打开了吊坠盒。里面有一张照片。他拿出照片，仔细看了一会儿。他认出了那个女人，那是莱拉年轻的时候——和一个男人，他有着绿色的眼睛、温柔的微笑、长长的头发，梳的发型是另一个时代的风格。他们在一起看上去很幸福，很相爱。

照片的背面有一行题词：达阿里和我……一九七六年春。

头领迅速扯下了吊坠，将战利品塞进了口袋。其他人静静地站在他身后，对他刚才做的事假装视而不见。他们年纪不大，但已经熟悉了这个城市的生存之道，知道什么时候要表现得机灵些，什么时候该装傻。

他们中只有一个胆大的上前一步，低声问了一句："她是不是……她还活着吗？"

"别傻了，"头领说，"她已经死了。"

"可怜的女人。她是谁？"

头领把头歪向一边，端详着莱拉，仿佛第一次注意到她。他上下打量着她，脸上绽开笑容，就像墨水渗透了纸页。"看不出来吗，你这个笨蛋？她是个妓女。"

"你这么觉得吗？"另一个男孩热切地问。他太害羞，太天真，不敢重复那个词。

"我就是知道，傻瓜。"这时头领半转过身，对着一行人大声强调："报纸都会报道这件事。还有电视！我们要出名了！等记者来了，让我来讲，好吗？"

　　远处，一辆汽车发动引擎，呼啸着朝高速路开去，转弯时一路滑行。尾气的味道与风中的盐味混合在一起。即使时间尚早，阳光才刚刚开始照到清真寺尖塔、屋顶和南欧紫荆最上面的树枝，人们已经开始在这个城市中匆匆赶路，已经来不及去往他们的目的地。

第一部分　记忆

1分钟

在她死后的第一分钟，龙舌兰莱拉的意识开始慢慢衰退，一刻不停，仿佛潮水从岸边退去。她的脑细胞已经失血，现在处于完全缺氧状态，但是还没有停止工作。没有立刻停止工作。最后的能量储备激活了无数神经元，就像第一次时那样把它们连接起来。虽然她的心脏停止了跳动，但大脑仍在抵抗，犹如一个奋战到底的战士。它进入一种高度警觉的状态，观察着身体的死亡，但还没准备好接受自己的终结。她的记忆奔涌而出，急切而又仔细地收集匆匆逝去的生命碎片。她回忆起一些她甚至不知道自己还记得的事情，那些她以为永远都不会再想起的事情。时间流动起来，一连串回忆飞快地相互交织，过去和现在的记忆相互渗透，密不可分。

她脑海中首先浮现出的是关于盐的回忆：盐在皮肤上的感觉，在舌头上的味道。

她看到自己还是个婴儿时的样子——光着身子，滑溜溜、红扑扑的。就在几秒钟前，她被一种完全陌生的恐惧笼罩，离开了母亲的子宫，穿过一条湿滑的通道，来到一个充满声音、色彩和未知事物的房间。那是一月里寒冷的一天，阳光透过彩绘玻璃窗洒在床上的被子上，照在瓷盆中的水面上。一位穿着秋叶色衣服的老妇人——助产士——将毛巾浸入那盆水中，然后拧干，鲜血顺着她的前臂流了下来。

"安拉保佑，安拉保佑。① 是个女孩！"

助产士从胸罩里取出一块燧石，割断脐带。她从不用刀子或剪刀干这个，因为她觉得它们冷冰冰，不适合用于迎接婴儿来到世上这一棘手的任务。老妇人广受邻里的尊敬，尽管她性格古怪孤僻，人们却认为她神秘莫测——她有两面性格，一面世俗，一面超凡，就像抛向空中的一枚硬币那样，她可能会在任何时间显示其中的某一面。

"是个女孩。"年轻的母亲躺在有四根帷柱的锻铁床上重复道。她那蜂蜜褐色的头发被汗水打湿，嘴里像沙子一样干。

她一直担心结果会是如此。这个月早些时候，她到花园里散步，在头顶上的树枝中间寻找蜘蛛网。她找到了一个，轻轻把手指伸进蜘蛛网。此后几天，她都去那里查看。如果蜘蛛把洞修补好，那就说明肚子里怀的是男孩。但是，网一直是破的。

这个年轻女人名叫宾纳兹——"一千个甜言蜜语"。她十九岁，但她感觉自己在这一年里老了许多。她生有丰满的嘴唇，不

---

① 本书楷体字代表原文为土耳其语。

多见的小巧玲珑的翘鼻子，长脸，尖下巴，一双黑黑的大眼睛里有蓝色斑点，仿佛椋鸟蛋一般。她一向娇小玲珑，现在她穿着淡黄褐色的亚麻睡衣，显得更加苗条了。她的脸上有几道淡淡的天花疤痕；她的母亲曾经告诉她，这是她在睡梦中被月光爱抚过的痕迹。她想念她的母亲、父亲和九个兄弟姐妹，他们都住在几小时车程外的一个村庄里。她家很穷——自从嫁进这个家以来，人们一再提醒她这个事实。

要懂得感恩。你来这里时，一无所有。

宾纳兹常常想：我依然一无所有。她所有的财产都像蒲公英的种子一样短暂无根。一阵强风，一场倾盆大雨，它们就会离她而去，就是这样。她很担心自己随时会被撵出这个家，如果真是这样，那她能去哪里呢？她的父亲是不会同意接她回去的，家里已经有那么多口人需要养活。她只能再嫁——但谁也不能保证下一次婚姻会更幸福，新的丈夫会更合心意，毕竟谁会想要一个离过婚的二手女人呢？脑海中带着这些疑虑，她像一个不速之客一样，在房子里、在她的卧室里、在她自己的思绪中游移不安。直到现在。这个孩子一出生，一切就会不一样了，她这样安慰自己。她就不会感到局促不安、没有安全感了。

宾纳兹忍不住朝门口瞥了一眼。那里站着一个长相壮实、方下巴的女人，一只手放在屁股上，另一只手放在门把手上——好像在犹豫是走还是留。尽管她才四十岁出头，但手上的老年斑和薄如刀锋的嘴周围的皱纹让她看起来比年龄更老。她的额头上有几道深深的皱纹，凹凸不平，像耕过的田地。这些皱纹大都是因为她总是皱眉，还有吸烟的习惯。她整日抽从伊朗走私来的烟草，喝从叙利亚偷运来的茶。她那用大量埃及指甲花染成砖红色的头发从中间分开，扎成整齐的辫子，几乎垂到腰间。淡褐色的眼睛上涂抹着深色眼影。她是宾纳兹丈夫的另一个妻子，即他的第一个妻子——苏珊。

有那么一瞬间，两个女人四目相对。她们周围的空气黏稠得像正在发酵的面团一般。她们在同一个房间待了不止十二个小时，现在却被推进了两个不同的世界。她们都知道，随着这个孩子的出生，两人在家庭中的位置将永远改变。第二个妻子虽然年轻，刚来不久，但她将成为这个家的女主人。

苏珊把目光移开了一会儿。回过头来时，她的脸上有一种从未有过的冷酷。她朝婴儿抬了抬头。"她为什么不出声？"

宾纳兹脸色变得苍白。"是的，有什么问题吗？"

"没事，"助产士冷冷地瞪了苏珊一眼，说道，"我们等着就好。"

助产士用刚从渗渗井①里打来的圣水清洗婴儿——泉水来自一位刚从麦加圣地归来的朝觐者的好意。她把血、黏液、胎脂都一一擦掉。新生儿重八磅三盎司，不自在地扭动着身体，甚至直到清洗完后还在不停扭动，仿佛在和自己较劲。

"我能抱抱她吗？"宾纳兹用指尖捻着头发问道——这是她过去一年养成的习惯，她一焦虑就会这样。"她……她没有哭。"

① 位于麦加大清真寺里的井水，每年几百万朝觐者前来朝觐时都会顺便品尝这处神圣、尊贵的泉水。

"啊，她会哭的，这个姑娘。"助产士用斩钉截铁的口吻说完，立刻不作声了。这句话像不祥的预兆在耳边回响。她迅速往地上吐了三口唾沫，右脚踩在左脚上。这样一来，就会阻止凶兆——如果真有的话——最终成为现实。

房间里的每个人——苏珊、宾纳兹、助产士和两个邻居——都用期待的目光盯着婴儿，接着是一阵尴尬的沉默。

"怎么了？告诉我实话。"宾纳兹自顾自地说，她的声音比空气还细。

短短几年内，她经历了六次流产，一次比一次更令人崩溃，更让她难以释怀。整个怀孕期间，她都极其小心。她从没碰过一个桃子，以免宝宝身上长满绒毛；她做饭时不加任何香料或草药，以免婴儿长雀斑或痣；她不去闻玫瑰花香，以免孩子长葡萄酒斑。她甚至没去剪过一次头发，为了不让好运也跟着被剪短。她不敢把钉子钉进墙里，怕误打到一个正在睡觉的食尸鬼的脑袋。天黑以后，她清楚地知道精灵们在厕所周围举行婚礼，所以她就一直待在自己的房间里，凑合着用夜壶。兔子、老鼠、猫、秃鹫、豪猪、流浪狗——她都尽量不去看。街上来了一位带着一只会跳舞的熊的流浪音乐人，即使当地人全都涌到外面观看这一奇观，她也拒绝加入他们的行列，担心孩子会全身长毛。每当遇到乞丐或麻风病人，或者看见灵车，她就转身朝相反的方向匆忙离开。每天早晨，她都要吃一整个榅桲[①]，好让婴儿长出酒窝；每

[①] 又称木梨，一种形似苹果或梨的水果，果实芳香，多呈黄色，常用于制作果冻或果酱。

天晚上睡觉时，她都在枕头底下放一把刀，以驱除邪灵。此外，每天太阳下山后，她都偷偷收集苏珊梳子上的头发，扔进壁炉里烧掉，这样就能削弱丈夫第一个妻子的力量。

阵痛刚一开始，宾纳兹就咬了一个红彤彤的苹果，它甜甜的，已经熟透。现在苹果就放在她床边的桌子上，慢慢变成褐色。这个苹果会被切成几片，送给附近不能怀孕的妇女，让她们将来也能生孩子。她还呷了一口倒在丈夫右脚鞋里的石榴冰冻果子露，把茴香种子撒在房间的四个角落，跳过放在门边地板上的一把扫帚——这是一道驱赶撒旦的屏障。随着痉挛加剧，屋里所有关在笼子里的动物都被放生，以便分娩能顺利进行。金丝雀，小雀……最后一个获得自由的是玻璃碗里那条骄傲而又孤独的泰国斗鱼。现在，它一定舞动着长长的、美丽如蓝宝石一般的蓝色鱼鳍，在不远处的一条小河里游动。如果这条小鱼游到这座位于安纳托利亚①东部的小镇引以为豪的碱湖②中，那么它在咸碳酸水中就活不成了。但如果朝相反的方向游，它就可以到达大扎布河，再往前，它甚至会游入那条传说中发源于伊甸园的河——底格里斯河。

所有这一切都是为了婴儿能平安健康地诞生。

"我想看看她，能把我女儿抱过来吗？"

宾纳兹的话音未落，一个动静引起了她的注意。安静得像一个转瞬即逝的念头一般，苏珊打开门溜了出去——毫无疑问，她

---

① 即小亚细亚半岛，位于亚洲西南部，黑海与地中海之间。
② 又称苏打湖，湖中含有高浓度的碳酸盐。

是要去将这个消息告诉她的丈夫——她们的丈夫。宾纳兹的整个身体僵住了。

哈罗恩是一个个性鲜明、充满矛盾的男人。头一天还非常慷慨仁慈，第二天就变得自以为是，心不在焉，甚至到了麻木不仁的地步。他是三个兄弟姐妹中的老大，在父母死于一场车祸之后，他们的世界随之坍塌，而他独自承担起了抚养弟弟妹妹的责任。这场悲剧塑造了他的性格，使他对家人过分保护，而对外人疑神疑鬼。有时候，他意识到自己内心深处有什么东西破碎了，他急切地希望把它修补好，却又从未付诸行动。他喜欢喝酒，却又畏惧宗教。又一杯拉克酒①下肚后，他会十分郑重地对着酒友们赌誓发愿；待清醒过来，他又带着深深的内疚，对真主安拉许下更为郑重的誓言。对他来说，管住嘴已经很难了，但管住身材却是更大的挑战。每次宾纳兹怀孕，他的肚子也会跟着一起膨胀起来，虽然幅度不大，但足以让邻居们在背后窃笑。

"那家伙又怀孕了！"他们翻着眼珠说，"可惜他自己不能生。"

哈罗恩对儿子的渴望胜过一切。他不只想要一个儿子。他告诉所有愿意听他说话的人，他将有四个儿子，分别叫塔尔坎、托尔加、图凡和塔里克②。他和苏珊结婚多年，但一直没有孩子。后来，家族的长辈们找到了年仅十六岁的宾纳兹。经过几个星期的协商，哈罗恩和宾纳兹举行了宗教婚礼仪式。它并不正式，如果将来出了什么差错，也不会得到世俗法庭的承认，但这个细节无

---

① 于土耳其及巴尔干地区流行的一种开胃烈酒，由葡萄和大茴香酿制而成。
② 意思分别是"勇猛""战盔""暴雨"和"抵达真主之路"。——原注

人愿意提及。他们两人坐在地上，周围坐满了证婚人，对面是那个长了斗鸡眼的伊玛目，他说阿拉伯语时的声音比说土耳其语时更加沙哑。宾纳兹的眼睛自始至终盯着地毯，但还是忍不住偷瞄了一眼伊玛目的脚。他的袜子是浅棕色，像烤过的泥巴，又旧又破。每次他一挪动，一个大脚趾就几乎要伸出那快要磨破的羊毛，仿佛想从那里逃跑一般。

婚礼后不久，宾纳兹就怀孕了，但最终还是流产了，她差点因此丢了性命。她在深夜惊醒，被细微的疼痛灼烧着，下身却又仿佛被一只冰冷的手攥住，她闻到血腥味，拼命想抓住什么东西，感到自己在下坠，不停地下坠。此后每次怀孕都是如此，一次比一次糟糕。她不能告诉任何人，但在她看来，每失去一个孩子，连接她与整个世界的绳索之桥就又断裂、脱落了一些，只剩下最脆弱的一根细线，维系她和这个世界的联结，让她没有丧失理智。

经过三年的等待，家里的长辈再次开始对哈罗恩施加压力。他们提醒他，《古兰经》允许一个男人拥有四个妻子，只要他能公平对待她们；他们也相信哈罗恩会对他所有的妻子一视同仁。他们劝他这次去找一个农妇，哪怕是个有孩子的寡妇。这次也不会举行正式的婚礼，可以和上次一样，再举行一次宗教仪式，同样快捷、悄无声息。或者，他也可以和这个没用的年轻妻子离婚，然后再婚。最后，哈罗恩拒绝了这两个提议。他说，养活两个妻子已经够难的了；再娶一个，他在经济上吃不消。他也并不打算离开苏珊和宾纳兹，他很喜欢她们，尽管出于不同的原因。

现在，宾纳兹靠在枕头上，试图想象哈罗恩在干什么。他一定正躺在隔壁房间的沙发上，一只手放在额头上，另一只手放在肚子上，等着房间里传来婴儿的啼哭声。接着她想象苏珊朝他走去，步子慢条斯理，很有节制。她看见他们在一起，窃窃私语；即使不是同床共枕，多年来生活在同一屋檐下，也让他们的互动充满默契。宾纳兹被自己的想法弄得心绪不宁，更像是对自己，而不是对别人说："苏珊正在告诉他。"

"没关系的。"一个邻居安慰她说。

这句话有许多含义。她自己生不出孩子，就让她去宣布孩子出生的消息吧。无声的言语就像晾衣绳搭在房屋之间那样，在这个城市的女人中间传递。

宾纳兹点了点头，尽管她感到内心深处有些阴暗的东西正在酝酿，一种她从未发泄出来的愤怒。她瞥了一眼助产士，问道："为什么孩子还不出声？"

助产士没有回答，内心深处一阵不安。不仅仅是因为不出声，这个婴儿还有些不对劲的地方。助产士身体前倾，用鼻子闻了闻婴儿。正如她怀疑的那样——她闻到一种不属于这个世界的麝香粉的气味。

助产士把新生儿放在膝盖上，将她翻过来趴下，拍了拍她的屁股。一下，两下。婴儿的小脸上露出震惊和痛苦的表情，双手紧握成拳头，嘴巴紧紧抿起，但还是不出声。

"怎么了？"

助产士叹了口气。"没什么。只是……我想她还和他们在一起。"

"他们是谁？"宾纳兹问，但她并不想知道答案，急忙补充道，"那就赶紧想办法吧！"

老妇人思忖着。最好让婴儿按照自己的节奏，找到自己的方法。大多数新生儿很快就适应了新环境，但也有少数选择了退缩，似乎在犹豫要不要加入人类的行列——谁又能责怪他们呢？这位助产士一生中见过很多孩子，他们在出生前或出生后不久被四面八方涌来的生活之力吓倒，失去了信心，悄然离开了这个世界。人们称之为"命运"，此外便不再多说什么，因为人们总是给那些让他们害怕的复杂事物起一个简单的名字。但助产士认为，有些婴儿只是不想体验生活，就好像他们知道生活的艰难，宁愿选择逃避。他们究竟是懦夫，还是和伟大的所罗门一样的智者？谁又能说得清？

"给我拿盐来。"助产士对邻居家的女人说。

她也可以用雪——如果外面的雪足够多的话。以前，她曾把许多新生儿埋在一堆干净的雪中，再在适当的时机将他们拉出来。寒冷的冲击会打开婴儿的肺，促进血液流动，增强免疫力。这些婴儿长大后都很强壮，无一例外。

不一会儿，邻居们拿着一个大塑料碗和一袋岩盐回来了。助产士慈爱地把婴儿放在碗中央，开始用盐花擦拭她的皮肤。等孩子身上不再有天使的味道，他们就只能放她走。外面，杨树顶上有一只鸟在鸣叫，听上去是一只冠蓝鸦。一只乌鸦一边呱呱叫着，一边向太阳飞去。还有风与草—— 一切都在用自己的语言说话。除了这个孩子。

"也许她是个哑巴？"宾纳兹说。

助产士皱起了眉头。"耐心点。"

仿佛收到了信号一般，婴儿开始咳嗽，喉咙里发出吭吭的声音。她一定是吞下了一点盐，被突如其来的强烈味道呛到了。婴儿涨红了脸，咂咂嘴巴，脸皱作一团，但还是不肯哭。她是多么倔强，她的灵魂又是多么叛逆，叛逆得令人不安。仅仅用盐擦还不够。这时，助产士做出了一个决定：她必须换个方法。

"再给我拿些盐来。"

家里已经没有岩盐了，只能用食盐。助产士在盐堆里挖了一个洞，把婴儿放进里面，用盐把她完全盖起来；先是她的身体，然后是她的脑袋。

"要是她窒息了怎么办？"宾纳兹问道。

"别担心，婴儿憋气的时间比我们长。"

"可是你怎么知道什么时候抱她出来呢？"

"嘘，仔细听。"老妇人把一根指头放在干裂的嘴唇上，说。

在盐的包裹下，婴儿睁开了眼睛，凝望着乳白色的虚空。在这里她感觉很孤独，但她已经习惯了孤独。就像几个月前那样，她蜷缩着身子，等待时机。

她的直觉说：哦，我喜欢这里，我不要再回去了。

她的心抗议道：别傻了。为什么要待在一个什么都不会发生的地方？太无聊了。

为什么要离开一个什么都不会发生的地方呢？这里很安全。

她的直觉说。

婴儿被它们之间的争吵难住了，只好等着。又过了整整一分钟。虚空在她周围盘旋翻涌，轻拍她的脚趾、她的指尖。

她的心反驳说：你觉得这里安全，并不代表这里适合你。有时候，恰恰是你觉得最安全的地方，最与你无关。

最后，婴儿得出了结论。她决定倾听自己的内心——而这颗心在她之后的人生里给她制造了很多麻烦。尽管充满艰难险阻，她还是渴望去探索这个世界，于是她张开嘴，准备发出声音；但几乎就在同时，盐涌进她的喉咙，堵住了她的鼻子。

助产士立刻熟练而敏捷地把双手伸进碗里，将婴儿拉了出来。一声惊恐的哭号响彻整个房间，房间里的四个女人都如释重负地笑了。

"好姑娘，"助产士说，"是什么让你耽搁这么久？哭吧，宝贝。永远不要为你的眼泪感到羞愧。哭吧，一哭大家就都知道你还活着。"

老妇人把婴儿裹在披肩里，又闻了闻她的味道。那股来自另一个世界的迷人气味已经消失，只留下最后一丝丝痕迹。随着时间的推移，这些痕迹也会消失，但她认识不少人，即使到了老年，身上依然带着一丝天堂的气息，不过她觉得，自己没有必要分享这些信息。她用脚掌撑起身子，把婴儿放在床上，放在婴儿的母亲身边。

宾纳兹笑了，心旌荡漾。隔着丝绸织物，她摸了摸女儿的脚趾——无瑕而美丽，却又娇弱得令人担忧。她温柔地用双手捧着婴儿的头发，就像捧着圣水一般。一时间，她感到幸福而完整。"她没有酒窝。"说着，她自己咯咯地笑了起来。

"要不要叫你丈夫过来？"一个邻居问。

这个问题也话中有话。现在，苏珊一定已经告诉哈罗恩孩子出生了，那他怎么还没赶过来？很明显，他在和他的第一个妻子聊天，安抚她的烦恼。这一直是他的首要任务。

一道阴影从宾纳兹脸上掠过。"好的，叫他来。"

根本没有这个必要。没过几秒钟，哈罗恩耷拉着脑袋，弯腰驼背地进来了，他走出了阴影，来到阳光底下。他有一头浓密的灰白头发，看上去像一个心不在焉的思想家；傲慢的鼻子上鼻孔紧缩，宽大的脸刮得很光滑，棕色的眼睛低垂着，闪着骄傲的光芒。他面带微笑，走到床边。他看看婴儿，他的第二个妻子，助产士，他的第一个妻子，最后朝天仰望。

"真主啊，我感谢你，我的主。你听到了我的祈祷。"

"是个女孩。"宾纳兹轻声说，怕他还不知道。

"我知道。下一个将是一个男孩，我们会给他取名塔尔坎。"他轻柔地用食指划过孩子的额头，就像抚摸那个被他满怀爱意地摸过无数遍的护身符一样。"她很健康，这才是最重要的。我一直在祈祷。我对万能的真主说，如果这个孩子能活下来，我就再也不喝酒了。一滴也不喝！真主是仁慈的，他听到了我的恳求。这个孩子不是我的，也不是你的。"

宾纳兹盯着他，眼里闪过一丝困惑。突然，一种不祥的预感攫住了她，就像一头野兽感觉到自己即将落入陷阱——但为时已晚。她瞥了一眼站在门口的苏珊：后者那闭紧的嘴唇几乎发白；她一言不发，一动不动，只用脚不耐烦地在地上敲打。从举止中可以看出，苏珊很是兴奋，甚至欣喜若狂。

"这个孩子属于真主。"哈罗恩说。

"所有孩子都是。"助产士喃喃地说。

哈罗恩没有理睬，牵起年轻妻子的手，直视她的眼睛。"这个孩子我们送给苏珊。"

"你说什么？"宾纳兹尖声叫道，她的声音在自己听来木讷而遥远，仿佛来自一个陌生人。

"让苏珊抚养，她会好好照顾孩子。咱们俩还会生更多。"

"不！"

"你不想多生几个孩子吗？"

"我不会让那个女人带走我的女儿。"

哈罗恩深吸一口气，然后慢慢吐出来。"别这么自私，真主不会答应的。他已经赐给了你一个孩子，不是吗？要懂得感恩。你刚来这个家时，还在勉强填饱肚子呢。"

宾纳兹不停地摇着头；究竟是因为她无法自控，还是因为这算是她唯一能做主的举动，她也说不清。哈罗恩俯身搂住她的肩膀，把她拉到自己身边。这时她才安静下来，眼里的光芒暗淡下去。

"你太不理智了。我们都住在同一座房子里，你每天都能见到女儿。看在真主的分上，我们又不是要把她送走。"

如果他觉得这些话能够安慰她，那他错了。她忍住胸口的剧痛，哆哆嗦嗦地用手掌捂住脸，问："那我的女儿会叫谁'妈妈'呢？"

"那有什么区别？苏珊可以当妈妈，你就是姨妈。等女儿长大了，我们会告诉她真相，没必要现在就把她的小脑袋搞糊涂了。反正等我们有了更多孩子，他们就会成为兄弟姐妹，等着瞧，他们会在家里闹得不可开交，你都分不清谁是谁的孩子。我们会成为一个大家庭。"

"谁来给孩子喂奶？"助产士问，"妈妈还是姨妈？"

哈罗恩绷紧全身每一块肌肉，瞥了老妇人一眼，尊敬和厌恶在他眼中交相闪烁。他把手伸进口袋，掏出一堆乱七八糟的东西：一盒瘪了的香烟，里面塞着一个打火机；几张皱巴巴的钞票；用来在衣服上做记号的粉笔；一粒治胃病的药片。他把钱递给助产士，说："这是给你的。我们的一点谢意。"

老妇人闭紧嘴巴，收下报酬。根据她的人生经验，生活能平安顺遂，很大程度上取决于两个基本原则：知道什么时候该来，知道什么时候该走。

邻居们开始收拾东西，拿走血淋淋的床单和毛巾。寂静像水一样充满了房间，渗透到每个角落。

"我们走了。"助产士平静而坚定地说。两个邻居毕恭毕敬地站在她两边。"我们会把胎盘埋在玫瑰花丛下面。还有这个——"她用一根瘦骨嶙峋的手指指着扔在椅子上的脐带，"如果你愿意，我们会把它扔到学校屋顶上，你女儿将来会当老师。或者我们可以把它送到医院，她会成为一名护士，谁知道呢，她说不定会成为一名医生。"

哈罗恩掂量了一番。"还是学校吧。"

女人们离开后，宾纳兹把头从丈夫身上移开，转头看着床头柜上的苹果。苹果正在腐烂。它正在静静地腐败，过程缓慢得令人痛苦。褐色使她想起给他们主持婚礼的伊玛目的袜子；想起婚礼结束后，她独自坐在这张床上，脸上蒙着闪闪发光的面纱，而她的丈夫正在隔壁房间和客人们尽兴吃喝。她的母亲根本没有告诉她新婚之夜会发生什么，但一位年长的姑妈看出了她的担忧，给了她一粒药丸，让她吞下去。吃了这个，你就什么都感觉不到了。不知不觉，很快就结束。那一天十分混乱，宾纳兹把药丸弄丢了，不过，她怀疑那只是一颗水果含片。她从来没见过男人的裸体，甚至在电视上也没看过。她经常给弟弟们洗澡，但她还是觉得，成年男人的身体不一样。她等着丈夫进来，等得越久，她就越焦虑。他的脚步声刚一响起，她就倒在地板上，昏了过去。睁开眼睛时，她看到邻居家的女人们正在疯狂地给她揉搓手腕，润湿额头，按摩脚。空气中弥漫着一股刺鼻的味道——古龙水和醋——还夹杂着别的，一种突如其来的陌生的味道，后来她才意识到，那气味来自一管润滑油。

后来，他们两个单独待在一起时，哈罗恩送给她一串项链，用一条红丝带和三枚金币编织而成。每枚金币代表一种她会给这个家带来的美德：年轻、温顺、多子。看到她那么紧张，他对她轻声细语，他的声音溶进夜色里。他始终充满爱意，但也清楚地知道人们在门外等着。他急匆匆脱掉她的衣服，也许是怕她再次晕倒。宾纳兹一直闭着眼睛，额头上冒出了汗珠。她开始数数——一、二、三……十五、十六、十七——即使他让她"别胡闹了"，她还是不停地数着。

宾纳兹不识字，不会数十九以上的数字。每次数到最后一个数字，数到那个不可逾越的边界，她都要深吸一口气，重新开始。仿佛数了无数个十九之后，他下了床，大步走出房间，房门也没关。这时，苏珊冲了进来，打开灯，毫不理睬她还裸着身子，也不在意空气中弥漫着的汗水和性的味道。第一个妻子飞快地掀开床单，仔细检查了一番，显然很是满意，一声不吭地走了。那天晚上剩下的时间，宾纳兹都是一个人度过的。淡淡的阴郁沉在她的肩膀上，就像落了一层薄薄的雪。现在回想起这一切，她的嘴里发出一种奇怪的声音，要不是里面隐藏了太多的伤心，它或许会是一声大笑。

"行了，"哈罗恩说，"又不是——"

"这是她的主意，对不对？"宾纳兹打断了他的话，以前她从未这么做过，"是她刚想出来的点子？还是你们两个背着我，已经谋划了好几个月？"

"你别这么想。"他听上去吃了一惊，不过也许不是因为她说的话，而是因为她说话的语气。他用左手抚弄着右手手背上的汗毛，目光呆滞，心不在焉地说："你还年轻。苏珊已经老了，永远不会有自己的孩子了，就权当礼物送给她吧。"

"那我呢？谁会送我礼物？"

"当然是真主安拉了。他已经送给你了，你还不明白吗？要懂得感恩。"

"感恩，就为了这个吗？"她微微动了一下，这个动作意思含糊不清，它几乎可以指代任何东西——这个局面，也许是这个城镇；她现在觉得，这个城镇不过是任何一张旧地图上的穷乡僻壤。

"你累了。"他说。

宾纳兹哭了起来。她流的不是愤怒或怨恨的泪水，而是无可奈何的、失败的泪水。她失去了更大的信心。肺里的空气如铅一般沉重。来到这个家的时候，她还是个孩子，现在她终于有了自己的孩子，他们却不允许她抚养女儿，陪她长大。她双臂抱着膝盖，久久没有说话。就这样，这个话题到此为止——尽管事实上，它会一直在那里，成为他们生活中永远不会愈合的伤口。

窗外，一个推着小车沿街叫卖的小贩清了清嗓子，夸他的杏子熟得透，美味多汁。屋内，宾纳兹心想，真是奇怪。现在寒风凛冽，还不是吃甜杏的季节。她打了个寒战，仿佛那令小贩毫不在意的寒气穿墙而过，找上了她。她闭上眼睛，但无济于事。她看到雪球堆成高耸的金字塔形。现在，它们又像雨点一样落在她身上，又湿又硬，里面夹杂着鹅卵石。一个雪球打在她鼻子上，接着更多更大的雪球快速飞了过来。又一个打在她下嘴唇上，嘴唇裂了。她睁开眼睛，喘着粗气。这是真的，还是只是一场梦？她试探着摸了摸鼻子。鼻子流血了。下巴上也有一滴血。真是奇怪，她又一次想。难道别人都看不出她正在可怕的痛苦中苦苦挣扎吗？如果他们都看不出，是不是意味着这一切都只是她的想象，都是虚构的？

这不是她的精神疾病第一次发作，但这一直是最为生动的一次。甚至多年以后，每当宾纳兹思索她的神志是何时、如何悄悄消失，就像一个小偷于黑暗中从窗户爬出去一样，她总会回想起那个时刻，她相信正是那一刻，让她变得永远软弱无助。

当天下午，哈罗恩把孩子举在空中，朝向麦加的方向，对着她的右耳诵读宣礼词。

"你，我的女儿，如果真主愿意，你将是这个屋檐下众多孩子中的第一个，你有黑夜般的眼睛，我给你取名为'蕾拉'。但你不会是普普通通的蕾拉。我也会给你取我母亲的名字。你的奶奶是个可敬的女人，非常虔诚，相信有一天你也会是这样。我给你取名'阿菲菲'——'贞洁，无瑕'。我还会给你取名'卡米勒'——'完美'。你将谦虚、正直、纯洁如水……"

想到不是所有的水都是纯净的，哈罗恩停顿了一下，又加了一句，声音大得超出了他的本意，只是为了确保上天不要搞错，真主不要误解。"如泉水一般干净、无尘……凡城的母亲都会教训她们的女儿：'你为什么不能像蕾拉一样呢？'丈夫们都会对妻子说：'你为什么不能生个像蕾拉一样的女儿呢？'"

在这期间，婴儿不停地试图把拳头塞进嘴里，每次失败后，她就噘起嘴唇，露出一副苦恼样子。

"忠于你的信仰，忠于你的国家，忠于你的父亲。"哈罗恩继续说，"你会让我如此骄傲。"

婴儿终于意识到她握紧的拳头太大，对自己很是沮丧，开始哭号起来，似乎下定了决心要弥补早先的沉默。很快，她被递到宾纳兹怀里，宾纳兹毫不犹豫地开始给她喂奶，乳头周围的刺痛一圈又一圈地传来，就像一只四处捕食的鸟儿在天空盘旋。

后来，孩子睡着了，一直守候在一旁的苏珊走到床边，小心翼翼地避免弄出一点声响。避开眼神接触，她把婴儿从她的母亲身边抱走了。

"等她哭了，我会抱她回来的，"苏珊说着，咽了口唾沫，"别担心。我会好好照顾她。"

宾纳兹没有回答，脸色像旧瓷盘一样苍白而憔悴。除了微弱而又清晰可辨的呼吸声，她没有发出一丝响动。她的子宫，她的思想，这座房子……哪怕传说中那个古老的湖里溺死了许多心碎的恋人，但一切都似乎空空如也，干涸枯竭。只有她那酸痛肿胀的乳房还在汩汩地溢出乳汁。

现在房间里只剩下宾纳兹和丈夫，她等着他开口说话。倒不是想听他道歉，而是希望他能承认她所遭受的不公，以及由此给她带来的巨大伤害。但是他什么也没说。就这样，一九四七年一月六日，在有"东方珍珠"之称的凡城，一个女婴降生在一个一夫二妻的家庭。她被取名蕾拉·阿菲菲·卡米勒。这个名字自信，华丽，毫不含糊。而事实证明，这个名字大错特错。因为，虽然她的确长着黑夜一般的眼睛，与"蕾拉"这个名字十分相配，但不久，人们就会发现，她的中间名并不恰当。

从一开始，她就并非完美无瑕；众多缺点像地下溪流一样贯穿了她的一生。事实上，她就是不完美的化身——确切地说，是在她学会了走路之后。至于保持贞洁，时间会证明她并不擅长于此，原因也不在她。

她将成为蕾拉·阿菲菲·卡米勒，一个品行端正、品德高尚的好姑娘。但多年后，身无分文的她孤身一人，来到伊斯坦布尔；她第一次看到大海，惊奇于那一望无际的蓝色一直延伸到天边；她留意到自己的一头鬈发在潮湿的空气中变得更毛躁卷曲；一天早晨，她在一张陌生的床上醒来，发现身旁躺着一个陌生的男人，她感到胸口沉闷，喘不过气来；被卖到妓院后，她被迫在一个房间接客，每天与十到十五个男人发生关系，房间地板上放着一个绿色塑料桶，下雨时用来接天花板上滴下来的水……很久之后，她的五个好友、一生的挚爱和许多客人们都知道，她叫龙舌兰莱拉。

当男人们问她——他们经常这样问——为什么她坚持把"蕾拉"（Leyla）拼写为"莱拉"（Leila），这样做是不是想让自己看上去像个西方人、富有异国情调时，她就会笑着说，有一天她去集市，把"昨天"（yesterday）中的"y"换成了"无穷"（infinity）中的"i"，就是这样。

最终，这一切都不会对那些报道她被杀害的报纸产生任何影响。大多数报纸连她的名字都不屑提起，只要有名字的首字母就够了。几乎所有文章都配了同一张照片——莱拉中学时代的一张老照片，已经难以辨认。当然，要不是担心莱拉浓妆艳抹的面容、夺人眼球的乳沟可能会冒犯国民敏感的神经，编辑们本可以选用一张更近期的照片，哪怕是一张来自警方档案的大头照。

国家电视台在一九九〇年十一月二十九日晚也报道了她的死讯。此前还播放了如下内容：联合国安理会授权对伊拉克进行军事干预的决议；英国"铁娘子"含泪辞职的后续影响；继西色雷斯暴力事件和土耳其族人商店遭劫后，土耳其驻科莫蒂尼领事馆和希腊驻伊斯坦布尔领事馆互遭驱逐，希腊和土耳其之间的局势持续紧张；西德与东德国家足球队在两国统一后合并；已婚妇女必须得到丈夫允许才能外出工作的宪法规定被废除；土耳其航空公司的航班禁止吸烟，全国各地烟民强烈抗议。

节目接近尾声时，屏幕下方滚动着一串明黄色的字：城市垃圾箱内发现被害妓女：一个月内第四起案件。恐慌在伊斯坦布尔性工作者中蔓延。

2分钟

心脏停止跳动两分钟后，莱拉的脑海里浮现出两种截然不同的味道：柠檬和糖。

一九五三年六月。那时，她还是个六岁的孩子，一头浓密的栗色鬈发环衬着她那虚弱苍白的小脸。她的胃口很好，对开心果果仁糖、芝麻脆饼和一切可口的东西来者不拒，尽管如此，她还是瘦得像根芦苇。她是家中的独生女，孤零零的一个人。她生性好动，精力充沛，总是有些心不在焉，就像一粒滚落到地板上的棋子一样上蹿下跳，整天设计一些一个人玩的复杂游戏。

他们在凡城的房子太大了，即使是窃窃私语都有回音。影子在墙上舞动，仿佛正穿过洞穴一般。一条长长的木制旋转楼梯从客厅通往一楼平台。用来装饰入口的瓷砖展示了一系列令人眼花缭乱的场景：孔雀昂首阔步，炫耀它们的羽毛；一块块圆形干酪、一条条辫子面包摆在一杯杯红酒旁边；一盘盘石榴咧着嘴，露出红宝石般的微笑；还有田野里的向日葵，伸着脖子，充满渴望地迎着变换的太阳，就像知道自己永远不会得到心上人回应的单恋者一般。莱拉被这些画面迷住了。有些瓷砖上有裂缝和缺口；有些被粗糙的石膏盖住，不过上面的图案仍然色彩亮丽，清晰可见。女孩觉得它们在讲述一个古老的故事，但讲的是什么，她怎么也琢磨不透。

走廊两旁镀金的壁龛里，摆放着油灯、蜡烛、陶瓷碗和其他装饰品。地板上铺满了流苏地毯——阿富汗、波斯、库尔德和土耳其地毯，颜色和图案各式各样。莱拉会悠闲地从一个房间逛到另一个房间，把里面的东西抱在胸前，就像只能依赖触摸感受事物的盲人一样抚摸它们的表面——有的比较扎人，有的光滑一些。房子里有些地方非常杂乱，但奇怪的是，即使在那些地方，她也感觉少了些什么。主厅内高大的落地式大摆钟敲响，黄铜钟摆来回摆动，轰鸣声太过响亮，太过欢快。莱拉经常感到喉咙发痒，担心自己可能吸进了沉积已久的灰尘——尽管她知道，每一件东西都已被虔诚地清洁、上蜡和抛光。管家每天都来，每星期都会进行一次"大扫除"；每次换季时，还有一次更大规模的清扫。如果哪里有遗漏，爱干净的宾纳兹姨妈肯定会发现，然后她就会用小苏打仔细擦洗，洗到"比白还白"的程度。

母亲解释说，这座房子曾经属于一位亚美尼亚医生和他的妻子。他们有六个女儿，都喜欢唱歌，声音有的低沉，有的高亢。那位医生人缘很好，允许病人时不时来家里住。他坚信音乐可以治愈人类灵魂中最可怕的伤痛，要求每个病人无论天赋如何，都要学会演奏一种乐器。病人弹奏时——有些人弹得很糟糕——女儿们齐声歌唱，房子就像大海中的一叶扁舟，随波摇晃。这都是第一次世界大战爆发之前的事了。之后不久，他们就消失了，就这样，把一切都留在身后。有一段时间，莱拉不明白他们去了哪里，为什么再也没有回来。那位医生和他的家人，还有那些用顶天立地的大树制作的乐器——到底都怎么样了？

哈罗恩的祖父穆罕默德是一位颇有影响力的库尔德将军，后来携自己的亲眷搬了进来。这所房子是奥斯曼政府对他在驱逐该地区亚美尼亚人时所立功勋的奖赏。他果断、坚定，毫不犹豫地执行已下达的命令。如果当权者认定某些人是叛徒，必须将其发配至鲜有人能死里逃生的德尔祖尔沙漠，那么就只能这样做——即使他们是他的好邻居、老朋友。就这样，穆罕默德证明了自己对国家的忠诚，成了一个重要人物；当地人称赞他完美对称的小胡子，闪闪发亮的黑皮靴，以及他那洪亮浮夸的嗓音。人们尊敬他，就像自古以来尊敬那些残忍的权势人物一样——其实，他们心中充满恐惧，连一丝一毫的敬爱也没有。

穆罕默德下令，家里的每样东西都要好好保管，有一段时间的确如此。但是有传言说，在出城之前，亚美尼亚人无法随身携带他们的贵重物品，便把几罐钱币和几箱红宝石藏在了附近某处。很快，穆罕默德和他的亲戚们就挖了起来——花园、院子、地窖……一寸土地都没放过。他们一无所获，于是开始毁墙，但从未想过，即使找到了宝藏，那也不属于他们。等他们放弃时，房子已经变成一堆瓦砾，不得不从头再建。莱拉知道，当时还是孩子的父亲目睹了这场狂热，他现在仍然相信某处有一个装满金子的匣子，数不清的财富就在咫尺之遥。有些夜晚，当她闭上眼睛渐渐进入梦乡时，她会梦见那些珠宝，它们像夏日草地上的萤火虫一样在远处闪闪发光。

并不是说莱拉小小年纪就对钱颇有兴趣。她更喜欢在口袋里装一块榛子巧克力，或者一块赞博口香糖，包装纸上印着一个黑人女子，戴着大大的圆形耳环。父亲会订购这些美味，从遥远的伊斯坦布尔寄过来。一切新奇有趣的事物都来自伊斯坦布尔，这让莱拉感到十分羡慕。那是一个充满奇闻轶事的城市。她告诉自己，总有一天，她会去那里；但她向所有人隐瞒了这个给自己的承诺，宛如牡蛎藏起心底的珍珠。

莱拉喜欢给她的洋娃娃倒茶，喜欢看鳟鱼在凉凉的溪水中游来游去，喜欢盯着地毯上的图案看，直到它们变得鲜活起来；但她最喜欢的还是跳舞。她渴望有一天成为著名的肚皮舞演员。父亲要是知道她连细节都构思好了，一定会对此感到震惊：闪闪发光的亮片，饰有硬币的裙子，咔嗒作响的指钹，伴随高脚鼓——达布卡皮鼓的咚咚声，她的屁股摇摆扭动；观众们为她的魅力所折服，一起鼓掌叫好；她转身、旋转，收尾动作激动人心。光是想想，她就心跳加速。但爸爸总是说，跳舞是撒旦惯用的无数伎俩之一，为的就是把人引入歧途。撒旦先用令人迷醉的香水和闪闪发光的小饰物引诱性格软弱、容易动情的女人，然后再利用女人来引诱男人落入他的圈套。

爸爸是个备受欢迎的裁缝，为女士们制作时髦的现代服装——摇摆裙、紧身裙、圆裙、彼得·潘领衬衫、露背上衣、七分裤。军官、公务员、边境检查官、铁路工程师和香料商人的妻子们都是他的常客。他还出售大批带檐帽、手套和贝雷帽——但这些时髦柔软的服饰，他永远不会允许自己的家人穿戴。

因为父亲反对莱拉跳舞，母亲也跟着反对，不过，尽管莱拉注意到，周围没有其他人时，母亲的信念似乎有所动摇。只有她们两个人的时候，母亲就像完全变了一个人。她允许莱拉解开自己那指甲花染成的红头发，给她梳头，编辫子，给母亲长满皱纹的脸涂上祛皱膏，往她的睫毛上涂混合了煤粉的凡士林，让睫毛变黑。她时常拥抱和赞美女儿，用五彩缤纷的丝线做许多华丽的绒球，把七叶树果穿在绳子上。她还会打牌——这些事情有别人在场时，她都不会做。宾纳兹姨妈在时，她尤其收敛。

"要是你姨妈看到我们玩得这么开心，可能会不高兴，"母亲说，"你不该在她面前亲我。"

"可是为什么呢？"

"这个嘛，她没有孩子，我们不想让她伤心，对不对？"

"没关系，妈妈，我可以亲你们两个。"

母亲吸了一口香烟。"别忘了，我的宝贝。我听说你姨妈和她妈妈一样，脑子有问题。她们生来就这样，疯病是会遗传的。好像她们家每代人都会这样。我们得小心，别让她难过。"

姨妈一难过，就有自残倾向。她会拔掉几绺头发，把脸抓破，把皮肤抠出血来。母亲说，生莱拉那天，姨妈在门口等着，不知是出于嫉妒，还是别的什么莫名其妙的动机，一拳打在了自己脸上。有人问她为什么这样，她说，街上有个卖杏子的家伙从窗户外面向她扔雪球。杏子，在一月份！一切都毫无道理。大家都担心她神智不正常。这个故事，连同许多别的故事一起被母亲翻来覆去地讲述，每次都让莱拉听得目瞪口呆，如痴如醉。

然而，姨妈给自己造成的伤害似乎并不总是故意的。首先，她就像蹒跚学步的孩子一样笨手笨脚。她的手指被滚烫的平底锅烫伤，膝盖撞在家具上，睡觉时从床上摔下来，手被碎玻璃划破一道口子。她的身上伤痕累累，伤疤看上去愤怒而悲伤。

姨妈的情绪像落地钟的钟摆一样来回摇摆。有些日子里，她精力充沛，不知疲倦，干完一件活儿，接着再干下一件。她把地毯清理得干干净净，用抹布把每一件物品的表面都擦得锃亮，把前一天晚上才洗过的床单又拿去煮，一擦地板就是好几小时，还把难闻的消毒剂喷遍家里的每一个角落。她的手粗糙干裂，尽管经常擦羊脂，也并没有变得更为细嫩。这双粗糙的手，她一天要洗几十次，但依然觉得不够干净。没有什么东西真正干净。而有些日子里，她看上去疲惫不堪，几乎不能动弹，甚至连呼吸都很费力。

也有些日子里，姨妈看上去无忧无虑，心情放松，容光焕发，和莱拉在花园里一玩就是几个小时。她们一起在开满花的苹果树枝上挂上布条，称它们是"芭蕾舞女演员"。她们用柳条编小篮子，用雏菊编花冠，给等着为下个开斋节献祭的公羊角系上丝带。有一次，她们偷偷割断了棚子里拴羊的绳子，但公羊并没有像她们预料的那样跑掉。它四处游走，寻找新鲜的青草，之后又回到原地；对它而言，自由的召唤还很陌生，熟悉的圈养生活更令它心安。

姨妈和莱拉喜欢把桌布做成礼服，她们盯着杂志上的女人，模仿她们挺拔的身姿和自信的笑容。在她们仔细研究过的所有女模特和女演员中，有一个人最让她们崇拜：丽塔·海华丝[1]。她的睫毛像箭，眉毛像弓；她的腰身比茶杯还细，皮肤如丝绸般光滑。也许她就是每个奥斯曼诗人追寻的答案，不过这个答案有一个小小的错误：她出生在遥远的美国，又生不逢时。

尽管对丽塔·海华丝的人生充满好奇，但她们两人唯一能做的只有端详她的照片，因为她们都不识字。莱拉还没上学；而姨妈从没上过学。宾纳兹姨妈长大的村子里没有学校，她的父亲不允许她每天和哥哥们一样，沿着那条崎岖不平的路进城上学。他们家没有那么多鞋子，更何况她还得照顾弟弟妹妹。

与姨妈不同，母亲识字，并以此为荣。她会看食谱，翻看墙上每天一页的挂历，甚至阅读报纸上的文章。母亲把世界新闻读给她们听：在埃及，一群军官宣布埃及是一个共和国；在美国，一对夫妇以间谍罪被处决；在德国，成千上万的人上街游行，抗议政府政策，遭到压制；在土耳其，遥远得像是国外一般的伊斯坦布尔，正在举行一场选美比赛。年轻的姑娘们身穿连体泳衣，在 T 形台上摆出各种姿势。宗教团体走上街头，谴责她们有伤风化，但组织者决意继续比赛。他们说，国家的文明体现在三个基本方面：科学、教育和选美比赛。

---

①Rita Hayworth（1918—1987），美籍西班牙裔舞者、影视演员。

每当苏珊大声朗读这些新闻时，宾纳兹就迅速把目光移开。她的左太阳穴处有根血管在跳动，那是她持续无声的痛苦所释放的信号。莱拉同情姨妈，在这个脆弱的女人身上，她依稀发现一些令人安心的东西。但她也意识到，在这件事上，她不可能一直站在姨妈那边。她盼望早日上学。

大约三个月前，在楼梯顶层一个杉木橱柜后面，莱拉发现了一扇通往屋顶的摇摇欲坠的门。一定是有人把它半掩着，凉爽的风吹了进来，带来路边野蒜的香味。从那以后，她几乎每天都去屋顶看一看。

每当她眺望一望无际的城市，竖起耳朵去听在远处闪闪发光的湖面上翱翔的靴雕的叫声，火烈鸟在浅滩上觅食时发出的鸣叫，或是在桤木之间飞翔的燕子啼叫，她就确信，只要努力尝试，她也会飞。怎样才能长出翅膀，在空中无忧无虑地轻盈滑翔呢？这一带居住着苍鹭、白鹭、白头鸭、黑翅高跷、红翅雀、芦苇莺、白喉翠鸟，还有当地人称之为"苏丹女子"的紫水鸡。一对鹳鸟占据了烟囱，衔来一根又一根小树枝，筑起一个精美的巢。现在它们走了，但她知道它们总有一天还会回来。姨妈说鹳鸟不像人类，它们忠于自己的记忆。一旦在一个地方建立一个"家"，即使离家再远，它们也总会飞回来。

每次从屋顶上下来，莱拉都会蹑手蹑脚地下楼，小心翼翼，以免被人发现。毫无疑问，如果她被母亲抓住，麻烦就大了。

但是，一九五三年六月的那个下午，母亲太忙了，根本无暇留意她。家里挤满了客人——全都是女人。这种场合一个月总有两次：一次是《古兰经》诵读日，一次是腿部脱毛日。诵经日时，一位年长的伊玛目会来布道，读一段圣书。邻里的妇女们安安静静、毕恭毕敬地坐着，双膝并拢，裹着头巾，全神贯注地思考。周围要是哪个孩子说话，就会立刻被要求安静下来。

到了脱毛日，情况则完全相反。身边没有了男人，女人们会穿最暴露的衣服。她们懒洋洋地躺在沙发上，叉开双腿，光着胳膊，眼睛里闪烁着藏不住的狡黠。她们叽叽喳喳说个不停，时不时骂骂咧咧，她们中最年轻的听了这些，脸红成了一朵大马士革玫瑰。莱拉不敢相信，眼前狂野的女人和伊玛目全神贯注的听众竟会是同一批人。

今天又是脱毛的日子。客厅里每一寸空间都被占满，女人们坐在地毯、脚凳和椅子上，手里端着糕点和茶。厨房里飘出一股甜腻的气味，蜡在炉子上冒着泡。柠檬、糖和水，等这些材料都混合好了，她们就开始动手，动作麻利又认真，从皮肤上扯下黏黏的布条，疼得龇牙咧嘴。但现在，疼痛先靠后；她们还要尽情地闲聊八卦，大快朵颐。

从走廊上看着这些女人，莱拉瞬间惊呆了，她在她们的动作和对话中寻找有关自己未来的线索。那时的她确信，长大后，她也会像她们一样，腿边一个蹒跚学步的孩子，怀里一个嗷嗷待哺的婴儿，一个她要服从的丈夫，一个得保持干净整洁的家——这就是她的生活。母亲告诉她，她出生后，助产士把她的脐带扔到了学校屋顶上，这样她将来就能成为一名教师，但是爸爸对此并不是很支持，他改主意了。不久前，他遇到一位族长，这位族长向他解释说，女人最好待在家里，实在需要外出的时候，她们应该遮住自己。谁也不愿意购买被其他顾客碰过、挤过、弄脏了的西红柿。如果市场上的西红柿都能被精心包装、好好保存，那就好多了。族长说，女人也是如此。头巾就是她们的包装，是她们的盔甲，保护她们远离挑逗的目光和不怀好意的触碰。

于是，母亲和姨妈开始包起她们的头。与她们不同，邻里的大多数女人都紧跟西方时尚，头发梳成蓬松的波波头，烫成小卷，或者像奥黛丽·赫本那样，向后梳成优雅的小圆髻。母亲决定出门时穿黑色罩袍，姨妈则选择把鲜艳的雪纺围巾紧紧系在下巴底下。两人尽力不露出一根头发，以免让人看见。莱拉相信，不久的将来，她也会步她们的后尘。母亲告诉过她，等那天到来，她们就一起去集市，给她买一条最漂亮的头巾和一件配套的长袍。

"我还能在里面穿肚皮舞服吗？"

"你这个傻丫头。"母亲笑着说。

莱拉一边苦思冥想，一边蹑手蹑脚地穿过客厅，走向厨房。母亲从一大清早就在那里忙活——烤薄饼，泡茶，准备蜡。莱拉无论如何也弄不明白，为什么有人会把这种甜甜的美味涂在毛茸茸的腿上，而不是像她那样心满意足地吃掉。

一进厨房，她惊讶地发现里面还有别人。宾纳兹姨妈独自站在灶台旁，手里握着一把长长的锯齿小刀，刀子闪耀着午后的阳光。莱拉担心她会伤到自己。姨妈这几天必须要当心，因为她刚刚宣布她又怀孕了。没有人谈论这件事，因为他们都害怕"拿撒尔"——恶魔之眼。根据以往的经验，莱拉估计接下来的几个月，随着姨妈怀孕的迹象越来越明显，周围的大人会有意忽视她，仿佛她的肚子是因为食欲旺盛或者慢性腹胀才日渐隆起。到目前为止，每一次都是这样：姨妈肚子越大，人们就越装作看不见她。她就像一张被丢在柏油路上的照片，在无情的阳光下渐渐褪色。

莱拉小心翼翼地向前迈了一步，站在那里注视。

姨妈微微俯下身子，对着一堆沙拉一样的东西，似乎并没有注意到她。她正盯着铺在灶台上的报纸，苍白的皮肤映衬着那双炯炯有神的眼睛。她叹了口气，抓起一把莴苣，开始在砧板上有节奏地切菜叶。刀子剁得飞快，成了模糊不清的一片。

"姨妈？"

那只手停了下来。"嗯。"

"你在看什么？"

"士兵。我听说他们要回来了。"她指了指报纸上的一张照片。两人站在那里，看照片下面的说明文字，试图弄懂那些像步兵营一样排成一排的黑点和旋涡。

"哦，这么说你哥哥很快就回来了。"

姨妈有个哥哥，是被派往朝鲜的五千名土耳其士兵中的一员，他们在帮美国人。土耳其士兵既不会说英语，也不会说朝鲜语，美国士兵除了自己的语言，可能也不懂别的。莱拉想知道，这些拿着步枪和手枪的人，到底怎么交流？如果不能交流，他们又如何相互理解呢？但现在不是提出这个问题的好时机，于是她露出灿烂的笑容。"你一定很兴奋吧！"

姨妈的脸一沉。"我为什么要兴奋？谁知道什么时候才能见他一面——这辈子还能见到他吗？这么长时间了。父母、兄弟姐妹……我一个也没见过。他们没钱出远门，我也不能去找他们。我想念我的家人。"

莱拉不知道该如何回答。她一直以为莱拉他们才是姨妈的家人。她是个善解人意的孩子，还是转换话题更为明智。"你在为客人准备吃的吗？"

说话间，莱拉仔细端详案板上被切碎的那堆莴苣。她注意到在绿色的菜丝中还有什么东西后，倒吸一口凉气：是粉红色的蚯蚓，有些被切成了碎片，有些还在蠕动。

"天哪，那是什么？"

"是给宝宝们的。他们喜欢这个。"

"宝宝们？"莱拉感觉自己的心沉了一下。

显然，母亲永远都是对的：姨妈的脑子有问题。莱拉的目光移到地板上。姨妈没有穿鞋，她的脚底皲裂，周围的皮肤已经发硬，好像跋涉了几英里才来到这里一样。莱拉心想：也许是因为姨妈会梦游，她每天夜里消失在发着窸窣声响的黑暗中，黎明时分又匆匆赶回家，嘴里呼出的气在冷冽的空气中化作一团白雾。也许她一直闭着眼睛，偷偷溜出花园大门，爬上排水管，跳过阳台栏杆，悄悄溜进卧室。要是有一天她记不起回家的路可怎么办？

如果姨妈有梦游的习惯，爸爸会知道的。遗憾的是，莱拉不能问他。这是众多禁忌话题之一。令她感到不解的是，她和母亲睡在一个房间，父亲却和姨妈住在楼上另一个房间。她问母亲为什么，母亲说姨妈在睡梦中与妖魔鬼怪搏斗，所以她害怕一个人待着。

"你要吃吗？"莱拉问，"吃了会不舒服的。"

"我？不！我告诉你了，是给宝宝们吃的。"宾纳兹投来难以置信的目光，仿佛有瓢虫落在了她的手指上一样，"你没看见他们吗？在屋顶上。我还以为你总是去那里呢。"

莱拉惊讶地扬起眉毛。她从没想到姨妈会到她的秘密基地去。尽管如此，她并不担心。姨妈身上有一种幽灵般的特质：她不占有任何东西，只是在它们中间飘过。不管怎样，莱拉确信，屋顶上根本没有什么宝宝。

"你不相信我，是吗？你以为我疯了。大家都以为我疯了。"

她的语气很是受伤，美丽的眼睛里充满了悲伤，一时间，莱拉退缩了。她为自己的想法感到羞愧，试图弥补。"这不是真的。我一直相信你！"

"你确定吗？相信一个人是一件严肃的事情。你不能就这么随便说说。如果你是认真的，无论发生什么你都要支持他们，即使别人说了那个人的坏话。你能做到吗？"

孩子点点头，高兴地接受了这个挑战。

姨妈开心地笑了。"那我就告诉你一个秘密，一个天大的秘密。你能保证不把它告诉任何人吗？"

"我保证。"莱拉立刻说。

"苏珊不是你妈妈。"

莱拉睁大了眼睛。

"想知道谁是你的亲生母亲吗？"

一阵沉默。

"我才是生下你的人。那天很冷，街上有个人在卖甜杏。很奇怪，对吗？要是他们知道我告诉了你，就会把我送回村里——或者把我关进精神病院，我们就再也不能见面了。你明白吗？"

孩子点点头，一脸呆滞。

"好，那就什么也别说。"

姨妈又继续干活儿了，嘴里哼着小曲。坩埚里的气泡、客厅里女人们的闲聊、茶匙碰在玻璃杯上叮叮当当的响声……连花园里的公羊似乎也迫不及待地想加入大合唱，咩咩地唱着自己的歌。

"我有个好主意，"宾纳兹姨妈突然开口说，"下次客人来，我们把虫子放进她们的蜡里面。想想看，这些女人腿上粘着虫子，半裸着从屋里跑出来！"

她大笑起来，眼泪都笑了出来。她跟跟跄跄往后退去，不小心撞到一个篮子，把它打翻了，里面的土豆滚了一地。

莱拉不由得笑了。她试图放松下来。这肯定是个笑话，不然还能是什么呢？家里没人把姨妈当回事——所以她又何必？姨妈的话并不比草地上的露珠，或者蝴蝶的叹息更真实可靠。

莱拉当时就下定决心，忘掉刚才听到的一切。这当然是正确的做法，但她内心还有一丝怀疑。她想揭示一个真相，但另一方面她还没有准备好，也许永远也不会准备好。她不禁感到，她们之间还有问题尚待解决，就像信号很差的无线电波发出的混乱信息，虽然传达了一串串单词，却没能形成任何连贯的内容。

　　大约半小时后，莱拉舀了满满一勺蜡，到屋顶上的老地方坐下，双腿像一对吊坠耳环一样，悬垂在屋顶边缘。尽管几个星期没下雨，但砖块还是很滑，她小心翼翼地走动，知道摔下去会骨折，哪怕没有，妈妈也会把她打成骨折。

　　吃完之后，莱拉像表演走钢丝的马戏团演员一样，慢慢朝屋顶另一端走去。她很少到那里去探险。半路上她停了下来，正准备往回走，突然听到一个声音：轻柔低沉，像一只飞蛾撞在玻璃灯罩上。接着，声音越来越大，大得仿佛有一千只飞蛾。出于好奇，她朝那个方向走去。在那里，就在一堆盒子后面的一个大铁丝笼子里，有一群鸽子。很多，很多鸽子。笼子两边的碗里盛着清水和食物，铺在下面的报纸上有一些鸽子粪，除此之外，它们看上去很是干净。有人在细心照顾它们。

　　莱拉拍着手笑了。一股柔情涌上她的心头，就像她最爱喝的汽水的碳酸泡沫轻抚着喉咙一样。她忽然对姨妈有了一种保护欲，尽管——或者正是因为姨妈有弱点。但这种情绪很快被困惑淹没了。如果鸽子的事宾纳兹姨妈没有错，那她说的还有哪些也是对的？如果她真是莱拉的母亲呢？她们的鼻尖都钝钝的，鼻头朝天，每天一醒来就打喷嚏，似乎对第一抹曙光有些过敏。两人还有些一模一样的怪癖：在吐司上涂抹黄油和果酱时会吹口哨，吃葡萄时吐葡萄籽，吃西红柿时不吃皮。她努力思考她们俩还有什么共同点，但同时她也止不住想：这些年来她一直害怕会有吉卜赛人绑架小孩，把他们变成眼窝凹陷的小乞丐；但也许她该害怕的是自己的家人。也许是他们把她从母亲的怀里抢走了。

这是她第一次能站得远一点，在心理上远距离审视自己和家人；这个发现让她很不舒服。她一直以为他们家很正常，和世界上任何其他家庭一样。现在她不那么肯定了。万一他们有什么不一样的地方——有什么天生就不对劲的地方呢？那时的她还不知道，童年结束的标志，并非是她的身体随着青春期的到来发生变化，而是她在心理上终于能以一个局外人的眼光审视自己的生活。

莱拉开始惊慌起来。她爱母亲，不想把母亲想得太坏。她也爱父亲，虽然有时害怕他。她抱着自己寻求安慰，大口大口地呼吸，思索着自己的困境。她不知道自己该相信什么，不知道该朝哪个方向走；仿佛在森林里迷了路，前方的小路在眼前纵横交错。家里谁更可靠——父亲、母亲还是姨妈？莱拉环顾四周，似乎在寻找答案。一切还是老样子。但是从现在开始，一切又都不一样了。

柠檬和糖的味道在她舌头上融化，她也陷入了迷茫。多年以后，再次回想这一刻，她第一次意识到，事情并不总是像表面看上去那样。正如酸味可以藏在甜味下面，反之亦然；每一个清醒的头脑中都蕴含一丝疯狂，而在疯狂深处，有一粒清醒的种子在闪烁着微光。

这天之前，当姨妈在身边时，她都小心翼翼，不对母亲表达爱意。从现在起，对姨妈的爱也成了要瞒着母亲的一个秘密。莱拉已经明白，她必须永远藏起温柔之情——这种情绪只有在紧闭房门时才能表露，而且在那之后再也不能提起。这是她从成年人那里学到的唯一的爱的形式，而这将会为她带来极其严重的后果。

3 分钟

　　距莱拉的心脏停止跳动已经过去了三分钟,现在她想起了豆蔻咖啡的味道:浓郁、醇厚、香甜。这种味道在她的脑海里永远与伊斯坦布尔妓院街联系在一起,竟然会在她童年时代回忆之后出现,真是奇怪。但人类的记忆就像一个饮酒过量的深夜狂欢者:尽管努力尝试,但它就是走不了一条直线。它摇摇晃晃地穿过一个颠倒的迷宫,以令人眼花缭乱的"之"字形移动,不受理性控制,一不小心就会完全崩溃。

　　于是,莱拉想起了一九六七年九月海港附近的一条死胡同,它离卡拉科伊港①只有一箭之遥,靠近金角湾②,两旁是一排排持证经营的妓院。附近有一所亚美尼亚学校、一座希腊教堂、一所赛法迪犹太人③会堂、一所苏非派分会堂、一间俄罗斯东正教小

---

① 伊斯坦布尔城际和国际客运的主要交通枢纽。
② 博斯普鲁斯海峡位于欧洲部分的天然峡湾。
③ 犹太人的分支之一,多来自西班牙或葡萄牙。

教堂——这些都是过去的遗迹，如今已无人记得。这个地区曾经是繁荣的海滨商业区，是富足的黎凡特①人和犹太人社区的家园，后来成为奥斯曼帝国银行业和航运业的中心，如今却见证了另一种截然不同的交易。无声的信息在风中传递，金钱入手和易手的速度一样快。

港口周围的地区总是拥挤不堪，行人不得不像螃蟹一样侧身而行。穿超短裙的年轻女人手挽手并排走在路上；司机们把头伸到车窗外愤怒地叫喊；咖啡馆里的学徒端着装满小玻璃杯的茶盘来回穿梭；背着沉重背包的游客四处张望，仿佛刚刚睡醒；擦鞋男孩们的刷子碰在黄铜箱子上咔嗒作响，他们的箱子上装饰着女演员的照片——正面贴着她们端庄的照片，背面则贴着裸体照。小摊小贩给腌黄瓜去皮，把新鲜的酸菜榨成汁，烤鹰嘴豆，喊叫声一个盖过一个，司机们则毫无理由地按着喇叭。咸咸的海风中混杂着烟草、汗液、香水、油炸食品的味道，偶尔还有大麻烟味——尽管吸食大麻并不合法。

小街小巷成了纸的海洋。墙上贴满了各种海报，扫大街的清洁工们拿着破扫帚，一脸疲惫地捡垃圾。他们知道，只要一转身，就会有新的传单纷纷落下，这让他们筋疲力尽。

从港口走几分钟，来到一条陡峭的街道，旁边就是妓院街。一扇需要重新粉刷的铁门将这里与外面的世界隔开。门前站着几名轮流值班八小时的警察。其中一些警察显然讨厌这份差事，他

---

① 黎凡特是历史上一个不精确的地理区域名称，相当于现在的东地中海地区。

们鄙视这条声名狼藉的街道，也看不起跨过这个门槛的人，无论男女。他们粗鲁的举止中包含一种无声的训斥，虎视眈眈地盯着那些挤在门口急着进去又不想排队的男人。有些警察就像对待其他工作一样，只是日复一日做着被吩咐做的事。而还有一些警察则暗自嫉妒这些嫖客，希望能与他们交换一下角色，哪怕只是几个小时也好。

莱拉工作的妓院是该地区最古老的妓院之一。门口只有一根日光灯管闪烁个不停，昏暗得就像一千根小火柴一根接一根地点燃一样。空气中弥漫着一股廉价香水的味道，水龙头上结满了水垢，天花板上沾满了多年来尼古丁和焦油留下的棕色黏稠污渍。承重墙上遍布错综复杂的裂缝，像布满血丝的眼睛里的血管一样纤细。就在莱拉房间窗外的屋檐下，悬着一个空马蜂窝——又圆又薄，十分神秘。一个隐秘的宇宙。她时不时地会涌起一种冲动，想去触摸一下这个马蜂窝，把它砸开，露出其中完美的建筑艺术，但每次她都告诉自己，大自然力图保持完整无缺的东西，她没有权利去破坏。

这是她在这条街上待过的第二个处所。第一家妓院让她无法忍受，以至于待了不到一年，她就做了一件空前绝后的事：她收拾好自己为数不多的物品，穿上唯一的那件漂亮外套，来到隔壁妓院寻求庇护。这个消息把社区分成了两个阵营：有人说应该立即把她送回原来的地方，否则，每个老鸨手下的妓女都会效仿她，违反不成文的职业道德准则，整个行业会陷入混乱；但也有人说，凭良心而言，绝望到寻求庇护的姑娘，不管是谁，都应该得到帮助。最后，第二家妓院的老鸨被莱拉的胆量以及她将会带来的新客源所打动，对她产生了好感，把她当作自己人接收了。但在此之前，老鸨向同行支付了一大笔钱，表达了最真诚的歉意，并承诺她不会允许此类事情再次发生。

新老鸨身材丰满、步态坚定，涂了胭脂的脸颊已经下垂，就像两块被撑大了的皮革。对每一个来她店里的男人，无论他是不是常客，她都称他为"我的帕夏①"。每隔几个星期，她就会去一家名为"发梢分叉"的美发店，把头发染成各式各样的金色。她的眼距很宽，眼睛突起，这让她脸上永远都呈一副惊讶的表情，虽然她很少吃惊。她那大大的鼻尖上，断裂的毛细血管网呈扇形散开，就像一条溪流，正沿山腰蜿蜒流淌。没有人知道她的真名。妓女和嫖客当面都称她"甜妈"，背后却叫她"苦妈"。作为一个老鸨，她还算不坏，但凡事总是做得太过火：抽烟太凶，脏话太多，总是叫嚷个不停，在他们的生活中，她就是一个生猛的人——名副其实地活出自己最精彩的样子。

"我们这家妓院可是早在十九世纪就建成了，"苦妈喜欢吹嘘着，语气轻快、带着骄傲地说，"不是由别人，正是由伟大的苏丹阿卜杜勒－阿齐兹②建立的。"

以前她曾经把一幅装裱好的苏丹画像挂在办公桌后面——直到有一天，来了一个有极端民族主义倾向的顾客，当着众人的面

---

①"帕夏"原用于尊称旧时奥斯曼帝国行政系统里的大行政区地方官或其他高官，现为对男子的尊称。
②Sultan Abdülaziz（1830—1876），奥斯曼帝国苏丹，1861 至 1876 年在位。

斥责了她。那个男人直截了当地告诉她,不要再扯"我们伟大的祖先和光辉的过去"这种鬼话。

"一个征服了三大洲五大洋的苏丹,怎么会允许在伊斯坦布尔开这种肮脏场所呢?"他逼问道。

苦妈紧张地绞着手绢,结结巴巴地说:"这个嘛,我想是因为——"

"谁在乎你是怎么想的?你是历史学家还是别的什么?"

苦妈扬起刚刚修过的眉毛。

"也可能你是个教授!"那人轻蔑地笑着说。

苦妈的肩膀耷拉下来。

"一个无知的女人没有权利歪曲历史,"那人不再笑了,说,"你最好弄清楚。奥斯曼帝国没有合法妓院。如果有几个女人偷偷摸摸干这行当,她们一定是基督徒、犹太人,或者是异教徒吉卜赛人。因为我告诉你,正经的穆斯林女人不会做这种不道德的勾当。她们宁愿饿死也不卖身。哪怕直到现在也是如此。现在的人啊,早就不知廉耻了。"

被教训了一通之后,苦妈就悄悄把苏丹阿卜杜勒-阿齐兹的画像取了下来,换上了黄水仙和柑橘水果的静物画。但由于这幅画比之前的那幅画小,墙上依然可见苏丹画像的轮廓,稀薄又苍白,就像在沙地上画的地图。

至于那位客人,他再来的时候,老鸨满脸笑容地鞠躬迎接,对他表示亲切欢迎,还给他安排了一个性感十足的姑娘,说他特别幸运,没有错过她。

"她要离开我们了，我的帕夏。明天早上她就要回家了。这个姑娘，她想办法还清了债务。我有什么办法呢？她说余生会一直忏悔。'真有你的，'我最后说，'你也可以为我们其他人祈祷。'"

这是个谎言，一个相当无耻的谎言。那个女孩是要走了，不过根本不是因为这个。最近一次去医院检查时，女孩的淋病和梅毒检测结果都呈阳性。她被禁止工作，不得不离开妓院，直到她的感染彻底痊愈。苦妈收了那人的钱，放进抽屉，对这个细节只字未提。她没有忘记他之前对她有多么无礼。没有人可以这样和她说话，尤其当着姑娘们的面。与伊斯坦布尔这座总是装作失忆的城市不同，苦妈有着出色的记忆力；她记得一切她受过的委屈，一有适当时机，她就会报仇雪恨。

妓院内部的颜色很是单调：无趣的棕色，陈旧的黄色，还有剩菜汤一样乏味的绿色。晚祷声在这座城市铅灰色的穹顶和凹面屋顶上空回荡时，苦妈便把一串串没有灯罩的灯泡打开：靛蓝、深紫红、淡紫、宝石红，整个妓院沐浴在无比奇特的光辉之中，仿佛被精神错乱的小精灵亲吻过一般。

入口旁边有一个用金属框裱起来的手写大招牌，人们进门第一眼就能看到。上面写着：

市民们！

如果你希望保护自己免受梅毒和其他性传播疾病的危害，请务必做到以下几点：

1. 在跟姑娘进入房间之前，要求她出示健康卡；务必检查她是否健康！

2. 使用安全套。确保每次使用新的安全套。安全套不会多收费；去问老板娘，她会给你一个合理的价格；

3. 如果你怀疑自己可能染上了什么病，切勿在此逗留，立即咨询医生；

4. 性传播疾病可以预防，只要你下定决心保护自己，**保护国家**！

上班时间是上午十点到晚上十一点。莱拉每天有两次茶歇时间：下午半小时，晚上十五分钟。苦妈不同意她晚上休息，但是莱拉坚持说，如果每天不喝豆蔻咖啡，她就会犯严重的偏头痛。

每天早晨，大门一开，姑娘们就在入口处玻璃板后面的木椅和矮凳上坐下。刚来妓院工作的女人，仅凭举止，就能把她们和前辈区分开来。新来的姑娘坐在那里，手放在膝盖上，目光游移，好像刚从一个陌生之地醒来的梦游者。那些在这里待久了的人则表现得若无其事，自如地在屋里来回走动——清洁指甲，抓挠发痒的地方，给自己扇风，对着镜子检查面色，互相编辫子。她们不害怕眼神交流，漠然地看着男人们或是成群结队，或是独自一人。

有几个姑娘提议，不如在这段漫长的等待时间里做点针线活儿或者手工编织，但苦妈根本不听。

"编织——多么愚蠢的主意！你想让这些男人想起家里那无

趣的妻子吗？或者更糟，想起他们的母亲？当然不行！我们为他们提供的是家里没有的服务，而不是和家里一样的东西。"

这是沿同一条小巷一字排开的十四家妓院之一，客人们有很多选择。他们会来回踱步，走走停停，色眯眯地斜瞟一番，抽根烟，想一想，权衡一下他们的选择。如果还需要时间掂量，他们会在路边小贩那里停下来，喝一小杯酸黄瓜汁，或者吃一块油炸*面团糕*。经验告诉莱拉，要是一个男人三分钟之内不能打定主意，那他就永远不会打定主意。三分钟后，她就会把注意力转移到下一个人身上。

大多数妓女都克制自己不去招呼嫖客，只是偶尔抛个飞吻、挤眉弄眼、露出乳沟，或者叉开双腿，这就足够了。苦妈不希望手下的姑娘们表现得过于急切，说这样做会使商品变得廉价。她们也不能表现得冷冰冰的，好像对自己的品质没有把握似的。她们必须达到一种"微妙而复杂的平衡"——虽说苦妈本人无法做到很好的平衡，但她希望她的姑娘们能做到。

莱拉的房间位于二楼右手边第一间。"这是最好的位置。"大家都这样说。不是因为里面装饰得多么奢华，也不是因为从那里能欣赏到博斯普鲁斯海峡的景色，而是因为万一出了什么差错，楼下的人很容易就能听到动静。走廊另一端的房间最为糟糕。即使拼命尖叫，也不会有人跑过来。

莱拉在房间门前放了一张半月形的垫子，供男人们擦鞋用。房间内几乎没有什么家具：一张双人床占据了大部分空间，上面铺着印花床单，还有配套的褶边帷幔。旁边是一个柜子，上面有个上锁的抽屉，里面放着她的信件和各种物品，虽然一点也不值钱，但她对它们有着深厚的感情。窗帘被阳光晒得褪色发旧，颜色就像切开的西瓜，那些看上去像种子一样的黑点，其实是被香烟烫过的痕迹。房间角落里有一个裂了缝的水池；一个煤气灶，上面是一把摇摇欲坠的黄铜咖啡壶；旁边是一双蓝丝绒拖鞋，上面有缎子玫瑰花结，脚趾处装饰着串珠，这算是她最漂亮的物品了。靠墙立着一个胡桃木衣橱，橱门已不太好用。衣架上的衣服下面放着一堆杂志，一个装满避孕套的饼干盒，还有一条散发着霉味、许久不用的毯子。对面墙上挂着一面镜子，镜框里塞着一沓明信片：碧姬·芭铎①抽着细长的雪茄，拉蔻儿·薇芝②身穿兽皮比基尼，披头士乐队和他们的金发女友们与一名印度瑜伽师坐在地毯上，还有风景照：首都城市的河流在清晨的阳光下闪闪发光，巴洛克广场上落了薄薄一层雪，林荫大道在夜间灯光的照耀下熠熠生辉。照片上都是莱拉从未去过、但渴望有一天能去探索的城市：柏林、伦敦、巴黎、阿姆斯特丹、罗马、东京⋯⋯

从各个方面来看，这个房间都更好一些，它展示了莱拉的地位。大多数姑娘可没有她这么舒适。苦妈喜欢莱拉，一部分原因是她诚实肯干；还有一部分原因是她长得与几十年前苦妈留在巴尔干半岛的妹妹惊人地相似。

莱拉被带到这条街上时，只有十七岁。她被一男一女卖到第

①Brigitte Bardot（1934— ），法国著名性感女星。
②Raquel Welch（1940— ），美国女演员，模特出身。

59

一家妓院，那两个皮条客在警察们中间都很有名。那是大约三年前的事，但感觉像是发生在上辈子。那些日子她从来不提，就像她从不谈论自己为什么离家出走，也不提自己是怎样身上只带了五里拉二十库鲁就来到了伊斯坦布尔，最后无处栖身。记忆对她而言就像墓地一般；生命的各个片段被埋葬在里面，躺在不同的坟墓里，她无意让它们复活。

刚来这条街的最初几个月是如此黑暗，那些日子就像一根绳子，把她困在绝望之中，让她好几次动了自杀的念头。悄无声息地迅速死去，这可以实现。那时候，每一件鸡毛蒜皮的小事都会让她不安；每一个声音在她听来都如晴天霹雳。即使投奔了稍微安全些的苦妈，她也觉得自己撑不下去了。厕所里的恶臭，厨房里的老鼠粪便，地下室里的蟑螂，客人嘴里的溃疡，妓女手上的疣，老鸨衬衫上的食物污渍，到处嗡嗡作响的苍蝇，这一切都令她不由自主地感觉浑身瘙痒。晚上，躺在枕头上时，她闻到空气中一股淡淡的铜味，她知道那是腐烂的肉的气息，担心这股味道正在她指甲里聚集，渗入她的血液。她确信自己得了某种可怕的疾病。看不见的寄生虫在她的皮肤上爬来爬去。在当地妓女们每个星期光顾一次的浴室，她把自己洗了又洗，擦了又擦，直到搓得浑身通红；每次一回来，她就把枕套和床单全都煮一遍。但没有用。寄生虫还会回来。

"可能是你的心理问题，"苦妈说，"我以前碰到过。听着，我经营的可是个干净场所，你要是不喜欢，就回原来的地方。但我告诉你，这些都是你想象出来的。告诉我，你妈妈是不是也有洁癖？"

这个问题让莱拉愣住了，在那之后她再也不感觉痒了。她再也不愿意想起宾纳兹姨妈，或是凡城那幢冷冷清清的大房子。

从莱拉房间里唯一一扇窗户望去，可以俯瞰后面的房舍：一个小庭院里种着一棵白桦树，后面是一幢破旧的建筑，除了一楼的家具作坊，其他房间都无人居住。作坊里面，大约四十名工人每天工作十三个小时，吸入灰尘、清漆以及叫不上名字的化学物质。他们中有一半是非法移民，都没有保险，大多数人不超过二十五岁。这不是个能长久从事的工作，树脂散发的烟会把工人的肺熏坏。

工人们由一个满脸胡须的工头监督，他很少说话，也从来不笑。每逢星期五，他便头戴塔基亚帽，手拿一串念珠去清真寺。等他一走，其他人就会打开窗户，伸长脖子，偷看这些妓女。妓院的窗帘大部分时间都拉着，什么也看不见，但他们并不死心，渴望看上一眼她们臀部的曲线或者裸露的大腿。他们互相吹嘘偷看到的撩人一幕，轻声笑着；所有人从头到脚都覆满了灰尘，这使得他们长满皱纹，头发花白，与其说看上去像老人，不如说像困在两个世界之间的幽灵。院子另一头的姑娘们常常无动于衷，但时不时会有一个姑娘，不知是出于好奇还是怜悯，突然出现在窗边，倚着窗台，胸脯重重压在前臂上，静静地抽着烟，直到手中的香烟燃尽。

有几个工人嗓子很好，喜欢唱歌，他们轮流领唱。在一个他们既不能完全理解，也无法战胜的世界里，音乐是唯一免费的快乐，因此，他们唱得满怀热情。他们用库尔德语、土耳其语、阿拉伯语、波斯语、普什图语①、格鲁吉亚语、切尔克斯语②和俾路支语③为窗户里面的女人唱起了小夜曲。女人们的身体笼罩在神秘之中，不像是鲜活的肉体，更像是幻影。

一次，莱拉被一阵美妙的歌声打动，拉开了之前一直关得严严实实的窗帘，向窗外的家具作坊看去。只见一个年轻人站在那里，眼睛盯着她，嘴里唱着她听过的最悲伤的情歌，讲的是一对私奔的恋人在洪水中殒命的故事。那人的眼睛呈杏仁状，颜色像锃亮的铁；下颌轮廓突出，下巴上有一道明显的裂缝。打动莱拉的是他那温柔的目光，没有一丝贪婪。他朝她微笑，露出一排洁白的牙齿，她也忍不住回以微笑。这座城市总让她惊讶。天真无邪的时刻就隐藏在最黑暗的角落，那些时刻如此难以捉摸，等她意识到它们是多么纯洁时，它们已经消失得无影无踪。

"你叫什么名字？"他在风中朝她喊道。

她告诉了他。"你叫什么？"

"我？我还没有名字呢。"

"每个人都有名字。"

"嗯，没错……但我不喜欢我的名字。现在你可以先叫

---

① 中亚和南亚普什图族的民族语言，也是阿富汗的官方语言之一。
② 原生活在北高加索地区的切尔克斯人的方言。该民族在18世纪后四散至土耳其、约旦、叙利亚等西亚国家和地区。
③ 巴基斯坦俾路支族的民族语言。俾路支族主要分布于阿富汗、伊朗和巴基斯坦三个国家。

我——'乌有'"。

接下来的一个星期，她再去看时，那个年轻人不在那里。之后的一个星期也不见他的身影。于是她以为那人永远消失了，以窗台为框，这个由一个头和半个身子构成的陌生人就像一幅来自另一个世纪的油画，是别人想象的产物。

然而伊斯坦布尔带给她的惊喜层出不穷。整整一年后，纯属偶然，她会再次遇见他。不过这一次，"乌有"成了一个女人。

此时，苦妈已经开始把莱拉送到她尊贵的顾客那里去了。尽管这家妓院得到了政府批准，所有在这里进行的交易都是合法的，但那些在外面进行的交易属于无证经营——因此它是免税的。尽管这项新业务有利可图，但苦妈冒了巨大的风险。如果被发现，她会被起诉，很可能还会被关进监狱。但苦妈相信莱拉，她知道莱拉即使被抓，也不会向警察透露她为谁工作。

"你会守口如瓶的，对不对？好姑娘。"

一天晚上，警方突袭了博斯普鲁斯海峡两岸数十家夜总会、酒吧和酒铺，数十名未成年的夜店常客、吸毒人员和性工作者被捕。莱拉和一个身材魁梧的高个子女人被单独关在一间牢房里，那人说她叫"娜兰"，之后便坐在一个角落里，心烦意乱地哼唱着，长长的指甲在墙上有节奏地敲打。

要不是因为那首熟悉的歌——那首老歌，莱拉可能就认不出她了。这激起了莱拉的好奇心，她仔细打量着这个女人，看着那双明亮温暖的棕色眼睛，方方正正的下颌和下巴上的裂缝。

"乌有？"莱拉惊讶地深吸一口气，难以置信地问道，"你还记得我吗？"

那个女人把头歪向一边，脸上的表情一时让人难以捉摸。然后，她的脸上洋溢出迷人的微笑，跳了起来，头差一点撞到低矮的天花板。

"你就是妓院里的那个女孩！你怎么会在这里？"

那天晚上在拘留所，两人一夜无眠。她们坐在脏兮兮的床垫上交谈，先是在黑暗中，后来在黎明的微光中，彼此做伴。娜兰解释说，她们刚认识的时候，她只是在家具作坊做临时工，为变性手术攒钱。事实证明，变性手术比预想的更艰难，更昂贵，而她的整形医生是个彻头彻尾的浑蛋。但是她尽量不抱怨，至少不抱怨得太大声，因为，妈的，她决心坚持到底。她一辈子都被困在一个陌生的身体里，那感觉就像用舌头说一个陌生的外语单词。她出生在安纳托利亚中部一个富裕的养羊户农民家庭，来到这座城市，就是为了纠正万能的主所公然犯下的错误。

第二天早晨，尽管莱拉坐了一整夜，腰酸背痛，双腿也像灌了铅般沉重，但她还是觉得身上轻了一些——现在这种充盈全身的轻松之感，她甚至已然快要遗忘了。

一被释放出来，两人就去了一家油酥糕点店，她们太想喝杯热茶了。一杯变成了许多杯。从那以后，她们就一直保持着联系，时常在同一个街角商店见面。她们觉得即使分开时也有很多话想跟对方说，于是开始通信。娜兰经常给莱拉寄明信片，在明信片背面用圆珠笔写几行字，字迹潦草，还有很多拼写错误；而莱拉喜欢用信纸、自来水笔，字迹工整，这是多年前她在凡城上学时学到的。

时不时地，莱拉会放下笔，想起宾纳兹姨妈，想起她对字母表无声的恐惧。莱拉给家人写过几次信，但从来没有回音。她想知道家人是怎么处理她的信件的——是把信放在一个别人看不到的盒子里，还是把它们撕了？还是邮递员又把退回的信件带了回来？如果带回来了，它们又被放在了哪里？一定有一个地方，一个模糊的地址，用来存放那些不受欢迎、无人问津的信件。

娜兰住在一个潮湿的地下室公寓里，公寓位于离塔克西姆广场不远的锅匠街，有着歪扭的地板，扭曲的窗框和歪斜的墙壁；公寓的布置如此怪异，只可能出自一位吸毒后处于亢奋状态的建筑师之手。她和另外四个变性女人合住，还养了一对乌龟——图蒂和弗鲁蒂——似乎只有她能区分它们。每逢暴雨，不是水管爆裂，就是马桶外溢。不过幸好，娜兰注意到，图蒂和弗鲁蒂都是游泳好手。

对于像娜兰这样自信的女人来说，"乌有"这个昵称不太合适，莱拉决定叫她"思乡者"，不是因为娜兰对过去充满眷恋——显然，她巴不得把过去抛在脑后——而是因为她在这座城市时十分想家。她怀念乡下，怀念那里的丰饶气息，渴望在野外开阔的天空下沉入梦乡。在那里，她不需要时时刻刻保持警惕。

活力四射，胆识过人，对敌人凶狠，对最心爱的人忠心耿耿：思乡者娜兰——莱拉最勇敢的朋友。

思乡者娜兰，五人组之一。

娜兰的故事

曾经，在很长一段时间里，娜兰的名字都是"奥斯曼"，他是安纳托利亚一个农民家庭最小的儿子。生活中充满新翻的泥土和野菜的气息，日子忙忙碌碌：耕地、养鸡、照料奶牛、确保蜜蜂熬过冬天……一只蜜蜂终生辛勤劳作，只为酿出一茶匙蜂蜜。奥斯曼很想知道他的一生会创造出什么——这个问题让他既兴奋又害怕。村庄里夜晚来得早，天黑以后，哥哥姐姐们一进入梦乡，他就会在柳条灯旁的床上坐起来。伴随着只有他一个人能听到的旋律，他的手慢慢地弯成这样那样的形状，在对面墙上形成舞动的影子。在他虚构的故事中，他总是扮演主角——波斯女诗人、中国公主或俄罗斯女皇；人物角色反差很大，但唯一不变的是：在他心里，他永远是一个女孩，而不是一个男孩。

在学校，情况全然不同。教室可不是讲故事的地方。那是一个讲规则、不停重复的地方。在拼写单词、背诵诗歌或朗诵阿拉伯语祷告词时，他发现自己很难跟上其他孩子的步伐。老师是一个冷漠阴沉的家伙，手拿一把戒尺在教室里踱来踱去，用来打捣乱的学生，对他毫无耐心可言。

每个学期表演爱国话剧时，受欢迎的学生们争相扮演土耳其战争英雄，其他人则只能扮演希腊军队。不过奥斯曼并不介意当希腊士兵。他只需立刻死去，躺在地板上一动不动，直到戏剧演完。但让他真正介意的是每天遭到别人嘲笑和欺凌。一切的起因是，一个男孩发现他光着的脚上涂了趾甲。奥斯曼是个娘娘腔！谁身上一旦有了这个标签，无异于每天早上走进教室时，额头上画着一个靶心。

他的父母有钱有势，本可以供孩子上更好的学校，但他父亲不信任城市和城市里的人，宁愿让孩子学习种地。奥斯曼知道植物和草药的名字，就像他城市里的同龄人知道流行歌手和电影明星的名字一样。生活按部就班，平稳向前，是一条可靠的因果链：人们的心情好坏取决于挣了多少钱，挣钱多少取决于收成如何，收成如何取决于季节变化，季节变化掌握在真主安拉手中，而真主安拉不需要任何人。奥斯曼唯一一次跳出这个循环，是离开家乡去服兵役。在部队，他学会了如何清洁步枪，如何给枪上膛，如何挖战壕，如何从屋顶上扔手榴弹。他希望这些技能永远派不上用场。每天晚上，在他和另外四十三名士兵合住的宿舍里，他都渴望重温以前的影子游戏，但这里既没有干净的白墙，也没有迷人的油灯。

回家后，他发现家人和他离开时一模一样。然而，他却变了。他一直都知道自己内在是个女人，但军队的苦难经历磨平了他的灵魂，奇怪的是，他觉得自己有了活出真实自我的勇气。也算是命运的安排，大约在那时，他的母亲提出一个想法：他应该马上结婚，为她生孙子孙女，尽管她已经有很多孙辈了。她不顾儿子的反对，一心一意要为他寻个合适的妻子。

婚礼那天晚上，客人们随着乐师的鼓点声拍手，年轻的新娘穿着松垮的礼袍在楼上一个房间等着，这时奥斯曼偷偷溜了出去。头顶上雕鸮的叫声和石鸻的哀鸣清晰可闻，他熟悉这些声音，就像熟悉自己的呼吸。他跋涉了十二英里，到了最近的车站，跳上了开往伊斯坦布尔的第一趟火车，之后再也没回去过。刚开始他露宿街头，在一家卫生条件差、名声更糟糕的浴室当按摩师。不久，他去了海达尔帕夏火车站打扫厕所。正是在这一份工作中，奥斯曼形成了对人类同胞的大部分定义：任何人都不该对人性的本质进行哲学思考，除非他们到公共厕所工作几个星期，亲眼目睹人们的所作所为；在那里，他们可以破坏墙上的水管，砸烂门把手，到处乱涂鸦，在擦手纸上撒尿，随处乱丢污物垃圾，因为他们知道有人会清理。

这不是他想象中的城市，这些人当然也不是他愿意与之分享生活点滴的人。但只有在伊斯坦布尔，他才能在外表上把自己变成内在真实的模样，于是他留了下来，一直坚持到现在。

奥斯曼已经不复存在，取而代之的是娜兰。她再也不会回去了。

4分钟

心脏停止跳动四分钟后,一个转瞬即逝的记忆片断带着西瓜的气息和味道,浮现在莱拉的脑海中。

一九五三年八月。这是几十年来最热的一个夏天,母亲这样说。莱拉默默揣摩着十年这个概念:十年,到底有多长?她对时间的把握像丝带一样从指间滑落。一个月前,朝鲜战争结束了,姨妈的哥哥安全返回他的村庄。现在姨妈又有别的事需要操心了。与上次不同,这次怀孕似乎进展顺利,只是她日夜感到难受。阵阵恶心让她食不下咽,高温让情况变得更糟。爸爸提议一家人去度一次假,到地中海旁的某个地方换换空气。他还邀请了他的弟弟妹妹以及他们的家人。

他们挤进一辆小型巴士,前往东南沿海的一个渔村。总共有十二个人。叔叔坐在司机旁边,阳光在他脸上欢快地跳动着,他给大家讲起学生时代的趣事,讲完后,又开始唱爱国歌曲,号召大家一起唱。连爸爸也加入了大合唱。

叔叔身材修长，头发剃得紧贴头皮，一双蓝灰色的眼睛，长长的睫毛末端卷曲。大家都说他很帅气。他的举止带着其他家庭成员所没有的从容和自如，由此可见，从小到大听到这番恭维话对他的影响有多大。

"瞧瞧我们，在路上的了不起的阿卡苏家族！我们可以组建自己的足球队了。"叔叔说。

和母亲一起坐在后排的莱拉大声说："足球队里有十一个球员，不是十二个。"

"是吗？"叔叔回头看着她说，"那我们当球员，你来当教练，负责指挥我们，你想让我们干什么都行。我们听从您的吩咐，女士。"

莱拉喜笑颜开，为有机会当一次领导而感到兴奋。接下来的旅途中，叔叔愉快地陪她玩耍。每到一站，他都为她开门，给她饮料和饼干，下午下了一点雨，他抱着她迈过路上的水坑，这样她的鞋子就不会弄脏了。

"她是足球教练还是希巴女王①？"在一旁看着的爸爸说。叔叔说："她是我们足球队的教练，也是我心中的女王。"

每个人都笑了。

那是一段漫长而缓慢的旅程。司机抽着卷烟吞云吐雾，薄薄的烟雾在他周围缭绕，轻轻地用草书在他头顶描画尚未阅读的信息。外面，太阳猛烈地晒着。车内充满一股霉味，令人窒息。莱

---

① 又称示巴女王，是《圣经·旧约》中的人物。传说她是一位统治非洲东部希巴王国的女王，美艳绝伦，与所罗门王育有一子。

拉把手放在腿下面，为了不让塑料坐垫灼伤大腿背面，但过了一会儿，她觉得累了，就放弃了。真希望自己当时穿的是长裙或宽松的纱丽，而不是棉布短裤。谢天谢地，她记得带了一顶草帽，草帽一边画着鲜红的樱桃，看起来非常美味。

"我们交换帽子吧。"叔叔说。他戴着一顶窄边的白色软呢帽，虽然有些破旧，但很适合他。

"好啊，我们换吧！"

天黑后，换了新帽子的莱拉望着窗外高速公路模糊的轮廓，过往车辆的灯光就像蜗牛在花园里留下的黏糊糊的银色痕迹一样。高速公路那边的小镇街灯闪烁，一簇簇房屋遍布四周，还有清真寺和尖塔的剪影。她想知道，住在这些房子里的都是什么样的人家，有没有孩子正看着他们的车，纳闷他们要去哪里？这些孩子都长什么样子？到达目的地时已是夜里，莱拉睡着了，把软呢帽紧紧抱在胸前，车窗映出她那苍白的小小身影，划过一座又一座建筑。

莱拉看到他们要住的地方，惊讶之余又有些失望。每扇窗户上都盖着破旧的蚊帐，墙上爬满霉斑，花园里的石阶周围挨挨挤挤长满了荨麻和荆棘等杂草。但让她开心的是，院子里有一个木制洗脸盆，可以把水抽到里面。路那边的田野里耸立着一棵巨大的桑树。风从山上呼啸着吹过来，晃动着大树，紫色的桑葚纷纷落下，染红了他们的衣服和手。房子不算舒适，但感觉和家里很不一样，既新鲜又刺激。

比她大的堂兄表姐们都十几岁了，多少都有些不情不愿，说莱拉太小了，不想与她同住一个房间。分给母亲的房间太小，几乎放不下手提箱，她也不能和母亲住一起。因此，莱拉不得不和蹒跚学步的小娃娃们一起睡，有的孩子会尿床，在睡梦中时哭时笑。这取决于他们做了什么梦。

深夜里，莱拉躺在床上，睁大眼睛，一动不动，对每一个嘎吱声、每一个来往的影子都充满警惕。从蚊子的嗡嗡声判断，它们一定是从铁丝网的洞里钻了进来。它们围在她脑袋周围，在她的耳朵边嗡嗡作响。它们都等着天全黑下来，悄悄溜进房间——除了蚊子，还有她的叔叔。

"你睡了吗？"第一次来的时候，他坐在她床沿上问。他把声音放得很低，只比耳语高一点，留心不把小娃娃们吵醒。

"睡了……不，还没睡着。"

"很热，是吧？我也睡不着。"

莱拉觉得奇怪的是，他没有去厨房，他可以在那里倒杯凉水喝。冰箱里还有一碗西瓜，最适合当夜宵吃，爽口极了。莱拉知道，有些西瓜长得很大，大得能放进去一个婴儿，之后还有多余的空间。但是她从来没有跟别人分享过这件事。

叔叔点了点头，仿佛读懂了她的心思。"我不会待很长时间，就一小会儿——如果公主殿下允许的话？"

她想笑，但脸却觉得僵硬。"嗯，好吧。"

他迅速拉开床单，躺在她身边。

她听到了他的心跳——又响又快。

"你是来看托尔加的吗？"过了一小会儿，莱拉尴尬地问道。

托尔加是叔叔最小的儿子，睡在窗边的小床上。

"我来看看大家。不过，还是别说话了。我们可不想吵醒他们。"

莱拉点点头，他说得很有道理。

叔叔肚子里传来咕咕的叫声。他害羞地笑了。"哦，我一定是吃得太多了。"

"我也是。"莱拉说，尽管她并没有。

"真的吗？让我看看你的肚子有多饱。"他掀起她的睡衣，"我可以把手放到这里吗？"

莱拉什么也没说。

他开始在她的肚脐周围画圆圈。"嗯，你怕痒吗？"

莱拉摇了摇头。大多数人的脚和腋窝怕痒。她的脖子怕痒，但她并不打算告诉他。在她看来，要是把弱点告诉别人，他们肯定会把它当成攻击目标。她沉默不语。

一开始，圆圈又小又轻，但后来越来越大，一直延伸到她的私处。她很尴尬，挪开了。叔叔慢慢逼近。他身上有股她不喜欢的味道——嚼过的烟草、酒精、油炸茄子的气味。

"你一直是我最喜欢的孩子，"他说，"我相信你知道。"

她是他最喜欢的孩子吗？他任命她为足球队的教练，可是……看到她一脸困惑，叔叔用另一只手抚摸她的脸颊。"你想知道我为什么最喜欢你吗？"

莱拉等着听他的答案，她很好奇。

"因为你不像其他孩子那样自私，你是个聪明可爱的女孩。永远不要变。答应我，你不会变。"

莱拉点了点头，心想，要是堂兄表姐们听到他这样夸奖她，该会多么恼火。真可惜，他们不在这里。

"你相信我吗？"黑暗中他的眼睛如黄玉般晶莹。

她又点点头。多年以后，莱拉会渐渐对她这种无条件服从年龄和权威的姿态感到厌恶。

他说："等你长大了，我会保护你不受男孩子的伤害。你不知道他们都是什么德行，我不会让他们靠近你。"

他吻了吻她的额头，每次开斋节，他们一家人来她家，给她带来夹心糖果和零用钱时，他也是这样吻她。然后他离开了。这是第一个晚上。

第二天晚上，他没有来，莱拉准备忘掉这一切。然而第三天晚上，他又来了。这次他笑得更加灿烂。空气中弥漫着一股辛辣的气味；会不会是他用了须后水？莱拉一看见他走过来，就闭上眼睛，假装睡着了。

他悄悄把床单拉到一边，从一旁抱住她。他再次把手放在她肚子上，这一次圆圈画得更大，更执着——他的手不停地寻找着，渴望得到他认为本就属于他的东西。

"昨天我没能来，你婶婶不舒服。"他说，似乎在为自己的失约而道歉。

莱拉能听到走廊尽头母亲的鼾声。爸爸和姨妈被安排在楼上一个大房间住，就在浴室旁边。莱拉无意中听到大人们说，姨妈晚上睡觉会时不时醒来，她一个人睡会好些。这是否意味着她不再与恶魔抗争了？也许意味着恶魔赢得了最终的胜利。

"托尔加尿床了。"莱拉睁开眼睛，脱口而出道。

她不知道自己为什么说这个。她并没看见那孩子尿床。

叔叔并没有表现出吃惊的样子。"我知道，宝贝。我会处理的，你不用担心。"

他呼出来的气息温暖地贴着她的脖子。他长出了胡楂，莱拉的皮肤感到刺痛，这让她想起爸爸最后处理给未出生的孩子做木摇篮时用的砂纸。

"叔叔——"

"嘘。我们不该打扰到别人。"

我们。他们俩是一伙的。

"握着。"说着，他抓过她的手，顺着他的睡衣短裤前面往下，朝他两腿之间的地方推去。孩子吓了一跳，缩回了手指。他抓住她的手腕，又把她的手往下压，听上去饥渴而又愤怒。"我说了，握着！"

莱拉的掌心感觉到了他的坚硬。他扭动着身子，咬紧牙关，呻吟着。他来回扭动，呼吸急促。她静静地躺在那里，吓呆了。她甚至已经拿开了手，但似乎他并没意识到这一点。最后他呻吟了一声，停了下来。他喘着粗气。空气中弥漫着一股刺鼻的气味，床单湿了。

"看看你对我做了些什么。"等平静下来后，他说。

莱拉感到困惑而又尴尬。她本能地感觉到，这件事情不对，永远不该发生。都是她的错。

"你是个淘气的姑娘。"叔叔说，他神情严肃，几乎有些悲伤，"你看上去那么可爱天真，但那只是个面具，是不是？内心深处，你和其他人一样肮脏无礼。你骗了我。"

一阵内疚刺痛了莱拉，让她几乎不能动弹。泪水涌上她的眼睛。她努力忍住不哭，但没有成功。她抽泣起来。

他看了她一会儿。"好了，好了。我不忍心看你哭。"

莱拉的哭声突然慢了下来，但她并没感到好受一些。她感觉更糟了。

"我依然爱你。"他的嘴唇紧紧压在她的嘴上。

还从没有人吻过她的嘴。她整个身体都麻木了。

"别担心，我不会告诉任何人。"他把她的沉默当作顺从，"但你必须证明你值得信赖。"

多么长的一个词。值得信赖。她甚至不知道那是什么意思。

"意思是说你不能告诉任何人，"叔叔说，似乎读懂了她的心思，"意思是这是我们之间的秘密。你知我知，不能让第三个人知道。现在告诉我，你擅长保守秘密吗？"

但她当然擅长这种事。她的肚子里已经藏了太多秘密；现在又多了一个。

后来，长大后的莱拉会一遍遍问自己，为什么叔叔选择了她。他们家是个大家庭。还有别的孩子。她不是最漂亮的，也不是最聪明的。事实上，她并不觉得自己有什么特别之处。她一直在思考这个问题，直到有一天，她意识到这个问题有多么可怕。问"为什么是我"就是在问"为什么不是别人"。她为此而恨自己。

一幢带有苔绿色百叶窗和栅栏的度假小屋，栅栏尽头就是卵石滩。女人们在做饭、扫地、洗碗；男人们在玩纸牌、西洋双陆棋、多米诺骨牌；无人看管的孩子们跑来跑去，互相扔芒刺，芒刺粘在它们接触到的一切物品上。地面上散落着踩碎的桑葚，座套上到处是西瓜渍。

海边度假小屋。

莱拉六岁；她的叔叔四十三岁。

回到凡城那天，莱拉发烧了。她的嘴里有一股金属味，腹部深处拧成一个结，疼痛不已。她的体温很高，宾纳兹和苏珊把她抱到浴室，将她放进冷水里，但是没用。她躺在床上，额头上敷着一条浸过醋的毛巾，胸前敷着洋葱膏，背上是煮熟的卷心菜叶，肚子上全是土豆片。每隔几分钟，她们就在她脚底擦一次蛋清。整个房子散发着夏日傍晚鱼市的臭味。但这些都没用。这个孩子说话语无伦次，磨牙，眼前冒着金星，时而清醒，时而昏迷。

哈罗恩给当地的理发师打了电话——这人身兼数职，包括割包皮、拔牙和灌肠——但他因紧急情况外出不在家。于是哈罗恩派人去请那个女药剂师。这对他来说是一个艰难的决定，因为他不喜欢那个女人，那个女人也不喜欢他。

没有人确切知道她的真名。对所有人来说，她就是"那个女药剂师"，一个奇怪但很有权威的女人。她是个寡妇，身材结实、眼睛明亮，发髻和笑容一样利落。她身穿剪裁考究的西装，戴着活泼神气的小帽子，说话时带着权威人士那种一贯的自信。她拥护世俗主义、现代主义和许许多多来自西方的东西。她坚决反对一夫多妻制，毫不掩饰对那种家里有两个妻子的男人的厌恶；甚至一想到这个，她就感到不安。在她眼里，哈罗恩和他的全家，他们的迷信思想和拒绝适应科学时代的顽固态度，与她对这个矛盾重重的国家的未来构想大相径庭。

尽管如此，她还是来帮忙了。陪同她的是她的儿子思南。那男孩和莱拉年龄相仿。一个由单身职业女性养大的独生子，这种事闻所未闻。镇上的人们经常议论母子二人，有时带着轻蔑，甚至讥讽，但他们很小心。他们发现自己时不时需要她帮忙，尽管私下里议论，他们仍然十分敬重女药剂师。因此，这对生活在社会边缘的母子，虽然从未被完全接纳，但也得到了足够的容忍。

"这种情况有多久了？"女药剂师一来就问道。

"从昨晚开始的……能想到的办法，我们都已经试过了。"苏珊说。

身边的宾纳兹点了点头。

"是，我看得出你们做了什么——用你们的洋葱和土豆。"女药剂师讽刺道。

她叹了口气，打开了她的黑皮包。和当地理发师提着去男孩割礼派对的那种皮包很像。她拿出几个银盒子，一个注射器，几个玻璃瓶，几把量匙。

与此同时，躲在母亲裙子后面的男孩探出头来，盯着床上那个浑身发抖、大汗淋漓的女孩。

"妈妈，她会死吗？"

"嘘，别胡说。她不会有事的。"女药剂师说。

直到这时，莱拉才将头转向一边，循着声音，看了看那个女人，看到她手里举在空中的针，针尖上的水滴像一颗碎钻石一样闪闪发光。她哭了起来。

"别担心，我不会伤害你的。"女药剂师说。

莱拉想说点什么，但没有力气。她的眼皮颤动着，又失去了意识。

"好吧，你们两个，谁能帮我一下？我们得把她翻过来。"女药剂师说。

宾纳兹立即主动请缨。苏珊也很想帮忙，四处寻找她能做的活儿，最后她决定，再往床头柜上的碗里倒些醋。空气中弥漫着一股刺鼻的气味。

"走开，"莱拉对她床边的人影说，"叔叔，走。"

"她在说什么？"苏珊皱着眉头，不解地问道。

女药剂师摇了摇头。"没什么，她出现了幻觉，可怜的宝贝。打完针她就会好的。"

莱拉的哭声变得撕心裂肺，沉痛而刺耳。

"妈妈，等一下。"男孩说，他的脸上写满了关心。

他走到床边，靠近莱拉的头，在她耳边轻声说："打针的时候你要抱个东西。我家里有一只毛绒猫头鹰，还有一只猴子，不过猫头鹰最好。"

他说话的时候，莱拉的呜咽渐渐停了，最后随着一声长长的叹息，她安静了下来。

"如果你没有玩具，可以捏我的手。我不会介意的。"

他轻轻拉起女孩的手，它那么轻盈，几乎失去了知觉一般。然而令他吃惊的是，就在针扎进去时，她把手指扣进他的指缝，没有松开。

打完针后，莱拉很快就昏睡了过去。她发现自己置身于一片盐沼中，独自在一片芦苇丛中跋涉，芦苇丛外是一望无际的大海，波涛汹涌，浪头一个紧接一个拍打过来。只见她的叔叔在远处的渔船上朝她叫喊，尽管天气恶劣，他却轻松自如地划着船，飞快地朝她驶过来。她惊骇万分，想转身回去，但却陷进了黏糊糊的泥浆里，几乎动弹不得。就在这时，她感到身边有个让她感到安心的人，正是女药剂师的儿子。他一定会背着背包一直站在那里。

"来，拿着这个。"说着，他从包里掏出一个巧克力棒，用闪亮的锡纸包着。尽管有些不自在，莱拉接了过来，觉得身体变得放松。

高烧退去，莱拉睁开眼睛，终于可以吃些酸奶汤了。她迫不及待地询问关于那个男孩的事。她还不知道，他们不久后还会再次见面，而这个安静聪明、略显笨拙、心地善良、非常害羞的男孩，会成为她人生中第一个真正的朋友。

思南，替她遮风挡雨的大树，她的庇护所，见证了她的人生、她的向往，以及最后她未能实现的一切。

思南，五人组之一。

思南的故事

　　他们的家就在药房上面。那是一间小公寓，一边是牧场，从家里可以看到牛羊在里面心满意足地吃草；另一边则是一片破败的墓地。上午，他的房间沐浴在阳光下，但黄昏过后，等他放学回来时，屋里又变得阴沉沉的。每天他都用挂在脖子上的钥匙开门，等母亲下班回家。厨房工作台上已经备好了食物；吃的是便餐，因为母亲没有时间准备更复杂的饭菜。她会不顾他的抗议，往他书包里放些奶酪和面包之类的简单零食，还总是放鸡蛋。教室里的男生取笑他带的午饭，抱怨它气味难闻，给他起了个外号："蛋挞"。他们带的都是自制家常菜——葡萄叶萨尔玛①、酿甜椒、碎肉薄饼……他们的母亲都是家庭主妇。在他看来，镇上所有孩子的母亲都是家庭主妇，除了他的母亲。

　　其他的孩子都来自大家庭，他们会谈论堂兄弟姐妹和祖父

① 这道菜通常是把肉馅包裹在葡萄叶、卷心菜或甜菜叶中制成，或者以各种碎坚果为馅，用生面团做成甜点。

母，而他家只有他和母亲。自从去年春天父亲突发心脏病去世后，家里就只剩他们两个人了。母亲仍然睡在原来那间卧室，夫妻俩的卧室。有一次，他看到母亲用一只手抚摸着另一边的床单，仿佛在找寻她曾经依偎过的身体，同时，另一只手被一种思南无法理解的渴望所驱使，抚摸着自己的脖子和乳房。她的脸扭曲着，过了一会儿他才意识到她在哭。他感到心里一阵刺痛，无助地颤抖起来。那是他第一次看到母亲哭。

父亲当过兵，是土耳其军队的一员。他相信进步、理性、西化、启蒙——这些词语的确切含义男孩还不明白，但却令他感到舒服，因为他已经听习惯了。父亲总是说，总有一天这个国家会变得文明开化，与欧洲国家平起平坐。他会说，一个人无法改变地理环境，但可以欺骗命运。虽然这个东部城镇里的大多数居民都很无知，被宗教和僵化的习俗压得喘不过气来，但接受正确的教育能使他们从过去的生活中解脱出来。父亲相信这一点，母亲也相信。他们是新共和国的理想夫妻，两人一起努力奋斗，决心共同创造美好的未来。他们一个是军人，一个是药剂师，都意志坚定，内心刚韧。思南是他们的后代，他们的独子，遗传了他们最好的品质以及他们的进步精神，尽管他担心，自己无论是性格还是外表都和父母并不相像。

父亲又高又瘦，头发如玻璃般光滑。很多次，男孩拿着润肤露和梳子站在镜子前，试图模仿父亲的发型。他用过橄榄油、柠檬汁、鞋油，还有一大块黄油，结果弄得一团糟。一切都无济于事。就凭他那胖乎乎的脸和笨手笨脚的样子，谁会相信他是那个有着完美笑容和完美身姿的士兵的儿子呢？他的父亲已经不在了，却又无处不在。男孩觉得，要是死去的人是他自己，就不会在生活中留下这么大的空白。他不时发现母亲愁眉苦脸、疲惫不堪地盯着他看。他突然觉得，也许她在纳闷，为什么死去的人是他父亲，而不是他？这样的时刻让他感到如此孤独而又难堪，使他几乎无法动弹。就在他最为孤独的时刻，母亲会过来给他一个充满温柔与爱意的拥抱，他便会为自己的想法感到尴尬，同时稍微松一口气，但疑虑仍然挥之不去：不管他如何努力，如何改变，他还是会让她失望。

他向窗外看了一眼——偷偷地、迅速地瞥了一眼，他害怕墓地。里面有一种诡异的、挥之不去的气味，尤其是在秋天到来、世界变成黄褐色时。他们家族的男人一连几代都是英年早逝。他的父亲、他的祖父、他的曾祖父……不管如何努力控制自己的情绪，男孩总无法摆脱一种预感：有一天他也会被埋在那里。他的母亲经常去墓地为丈夫扫墓种花，有时她只是坐在那里发呆，他就从窗口偷偷看她。他从没见过母亲不化妆的时候，也没见过她头发凌乱的样子；看着她坐在泥地里，衣服上粘着枯叶，他就有些畏惧，有些担心，仿佛她变成了一个陌生人。

周围每个邻居，不分老少，都来过药房。偶尔会有穿着黑色罩袍的女人拖着孩子来。有一次，他听到一个女人恳求母亲，给她一个能让她不生孩子的药方，那女人说她已经有十一个孩子了。母亲给了她一小包方方正正的东西，打发她走了。一个星期后，那女人又回来了，抱怨说肚子痛得厉害。

"你把它吞下去了吗？"母亲惊叫道，"那些避孕套？"

楼上的男孩静静地听着。

"那不是给你的，是给你丈夫的！"

"我知道，"那女人说，声音听起来很疲惫，"但我无法说服他用这些东西，所以心想还是自己用吧。也许会有帮助，我想。"

母亲非常生气，甚至在那女人离开之后，还不停地喃喃自语：

"愚昧无知，头脑简单的农民！他们就像兔子一样繁殖！如果没文化的人一直比有文化的人多，这个贫穷的国家还怎么能实现现代化？我们生了一个孩子，悉心把他养大。可他们生了十个小兔崽子，又不好好照顾他们，那会怎样？他们就会让孩子自生自灭！"

母亲对死者很温柔，对生者却不那么仁慈。但男孩认为，对待活着的人应该比对待死人更温柔些，毕竟他们都在这个世界上挣扎地活着，不是吗？头发上粘着黄油的他，肚子里吃进避孕套的那个农妇……似乎每个人都有些失落、脆弱、不自信，不管他们是否受过教育，是否现代，是否来自东方，也不管他们是大人还是孩子。这就是这个男孩的想法。他一直觉得，和不完美的人在一起，他会觉得更为自在。

5 分钟

心脏停止跳动五分钟后，莱拉想起弟弟出生时的情景。那段记忆带着香料炖羊肉的味道：孜然、茴香籽、丁香、洋葱、西红柿、羊尾油和羊肉。

孩子出生时，她七岁。塔尔坎，那个盼星星盼月亮盼来的儿子。爸爸欣喜若狂。这么多年，他一直在等待这一刻的到来。第二个妻子一分娩，他就喝下一杯拉克酒，把自己锁在一个房间里，在沙发上一躺就是好几个小时。他咬着下唇，拨弄着念珠，就像莱拉出生那天一样。

尽管孩子是下午出生的——那是一九五四年三月一个风和日丽的日子，但莱拉直到晚上才被允许去看他。

她用手捋了捋头发，小心翼翼地走到摇篮跟前，脸上已经摆好了表情，打定主意不会喜欢这个男孩，这个不受欢迎、闯入她生活的不速之客。但是，就在她的目光落在他那玫瑰花蕾般的脸庞、如面团般白嫩柔软的脸颊，还有像软泥一样弯曲着的膝盖上的那一瞬间，她就知道她没办法不爱弟弟。她静静地等着，仿佛期待听到他的问候。他的五官有些特别。就像一个远行的旅人听到美妙的旋律，会停下仔细聆听、寻找其源头那样，她也试图理解他。她惊讶地发现，与家里其他人不同，弟弟的鼻子似乎是扁的，眼睛也微微上斜，脸上的神情像一个远道而来的人。这令她更爱他了。

"姨妈，我能摸摸他吗？"

宾纳兹从那张被四根帷桩支撑着的锻铁床上坐起身来，笑了。她的眼睛下面有黑眼袋，颧骨上娇嫩的皮肤也绷紧了。整个下午她都与助产士和邻居们在一起。现在她们都走了，她享受着和莱拉以及儿子在一起的安宁时刻。

"当然可以，亲爱的。"

摇篮是爸爸用樱桃木雕刻出来的，漆成宝蓝色，把手上挂着邪眼珠①。每当外面有卡车驶过，窗户格格作响，在耀眼车灯的照耀下，那些珠子就会像太阳系中的行星一样慢慢旋转。

莱拉向婴儿伸出食指，婴儿立即抓住，朝他天鹅绒般柔软的嘴巴拉去。

"姨妈，你看！他不想让我走。"

"那是因为他爱你。"

"是吗？但他根本不认识我。"

宾纳兹眨了眨眼。"他一定是在天堂学校里见过你的照片。"

---

① 土耳其及周边地区常见的一种驱赶恶意的护身符。

"什么？"

"你不知道吗，在七重天①有一所很大的学校，里面有几百间教室。"

莱拉笑了。姨妈从没受过正规教育，这一直是她人生的遗憾，那一定是她心目中天国的样子。现在，莱拉已经开始上学，见识了学校的样子，她对此表示强烈反对。

"在那里，学生都是未出生的婴儿，"宾纳兹对莱拉的想法一无所知，继续说道，"他们没有课桌，只有一块长黑板面朝着婴儿们的摇篮。你知道为什么吗？"

莱拉吹了吹遮住眼睛的一缕头发，摇了摇头。

"因为那块黑板上有男人、女人和孩子们的照片……许多照片。婴儿们想到谁家里，就做出选择。你弟弟一看见你的脸，就对值班的天使说：'就是这个了！我要她做我的姐姐！请把我送到凡城吧。'"

莱拉笑得更灿烂了。她的眼角瞥见一根羽毛飘走了——也许来自躲在屋顶上的鸽子，也许来自头顶上飞过的天使。尽管她对学校的样子持保留意见，但她还是很喜欢姨妈描述中的天国。

宾纳兹说："从现在起，我们将形影不离——你、我，还有小宝宝。还记得我们的秘密吗？"

莱拉猛地吸了一口气。自从去年脱毛日以来，这个话题她们再没提过。

---

① 西方传说中的至善之地。

"我们要告诉你弟弟，我是你的妈妈，苏珊不是。那我们三个人就有了一个大秘密。"

莱拉想了想。根据她的经验，秘密是两个人之间的事。她琢磨着这件事，这时屋里响起门铃的声音。她听见母亲去开了门。声音在走廊里越来越大。熟悉的声音。是叔叔、他的妻子和他们的三个儿子前来贺喜。

客人们一进屋，莱拉的脸上就掠过一道阴影。她后退了一步，从弟弟如丝绸般柔软的小手中挣脱出来。她双眉紧锁，目光定格在波斯地毯边沿一排排的小鹿图案上，它们顺时针走着，十分对称。它们让她想起她每天早上穿着黑色校服，背着书包，和其他孩子一起列队走进教室的情景。

莱拉悄悄在地板上盘腿坐下，仔细打量着地毯。仔细观察后，她发现并不是所有小鹿都遵守规则。其中一只站着不动，翘着前蹄，头向后仰，充满渴望，也许是想去相反的方向，朝着长满柳树的茂密山谷前进吧？她眯眼看着这个任性的小家伙，直到视线变得模糊，那头小鹿就像被魔法激活了一般，朝着她走过来，阳光透过它雄伟的鹿角闪耀着光芒。孩子呼吸着草原的气息，向那头鹿伸出了手；要是她能跳上它的背，骑着它离开这个房间就好了。

与此同时，没有人注意莱拉。大家都围在婴儿周围。

"他有点胖，是不是？"叔叔说。他轻轻把塔尔坎从摇篮里抱出来，举了起来。

婴儿看上去软塌无力，脖子很短。有什么地方不对劲。但是叔叔假装没注意到。"我的侄子，他将来会成为一名摔跤手。"

爸爸用手指拨弄着他浓密的头发。"哦，我可不想让他当摔跤手。我的儿子要当部长！"

"拜托，可别去从政。"母亲说。

他们笑了起来。

"好吧，我让助产士把他的脐带带到市长办公室去。如果进不去，她答应会把脐带藏在花园里。所以，如果我儿子有一天成为这个镇的镇长，可不要吃惊。"

"快看，他笑了。我想他同意了。"叔叔的妻子说。她涂着亮粉色口红。

他们都对塔尔坎说着好话，轮流抱起他，轻声细语地念着不成句的玩笑。

爸爸的目光落在莱拉身上。"你怎么不说话？"

叔叔一脸好奇地转向莱拉。"是啊，我最喜欢的侄女今天怎么不说话了？"

她没有回答。

"来吧，加入我们。"叔叔用手指摸着下巴，她以前见过叔叔这么做，在说俏皮话或讲有趣的故事时，他就会做这个动作。

"我在这里就好……"她的声音越来越小。

叔叔的目光从好奇变成怀疑。

看到他那样仔细打量她，莱拉感到一阵焦虑不安。她觉得胃不舒服。她慢慢站起来，把重心从一只脚移到另一只脚，让自己镇静下来。她用手把裙子的前襟拉直，然后一动不动。

"我可以走了吗，爸爸？我还有作业要做。"

大人们会意地对她笑了笑。"可以，宝贝，"爸爸说，"去学习吧。"

莱拉走出房间，脚步轻轻地走在地毯上，上面有一头小鹿孤零零地站在那里。这时，她听见叔叔在她背后低声说："哦，真主保佑她！她是在吃小宝宝的醋呢，可怜的宝贝。"

第二天早上，爸爸去一家玻璃制造商那里订了一颗邪眼珠，比蓝天还蓝，比拜毯① 还大。在塔尔坎出生后的第四十天，他献祭了三只山羊，把山羊肉分给穷人。一时间，他变得开心又骄傲。

几个月后，塔尔坎的嘴里出现了两颗米粒大小的牙齿。现在他长出了乳牙，是时候决定这个男孩未来的职业了。所有邻家妇女都被邀请过来。她们来了，穿着既不像《古兰经》诵读日那样保守，也不像腿部脱毛日那样大胆。今天她们的打扮介于两者之间，象征着她们母亲与家庭主妇的二重身份。

塔尔坎头顶上撑着一把白色大伞，伞上倒了一盆煮熟的小麦粒。看到麦子像雨点般落在自己身上，婴儿似乎有些吃惊，但令大家欣慰的是，他没有哭。他通过了第一个考验，以后会成为一个强壮的人。

现在他被放在地毯上，周围摆了一堆东西：一沓钱、一个听

---

① 穆斯林教徒礼拜时用于跪坐的毛毯。

诊器、一条领带、一面镜子、一串念珠、一本书、一把剪刀。如果选钱，他会成为一名银行家；如果选听诊器，他会成为一位医生；如果选领带，他会成为政府官员；如果选镜子，他会成为美发师；如果选念珠，他会成为一位伊玛目；如果选书，他就会当老师；如果朝剪刀爬去，那么他一定会接父亲的班，成为一名裁缝。

妇女们围成一个半圆，慢慢地靠近，大气不敢出地等待着。姨妈神情专注，目光有些呆滞，紧紧盯着一个目标，就像要打一只苍蝇一样。莱拉抑制住想笑的冲动。她瞥了一眼弟弟，只见他正吮吸大拇指，并未意识到他正处于人生一个关键的十字路口——他即将选择自己的命运走向。

"到这边来，宝贝。"姨妈指着那本书说。如果儿子将来当了老师，甚至做了校长，那不是很好吗？她会每个星期都去看望他，骄傲地踏进学校大门：在那个她从小就渴望成为其中一员、但却被拒之门外的地方，她终于变得受人欢迎。

"不，这边。"母亲指着念珠说。在她看来，没有什么比家里有一个伊玛目更出人头地的了——这种好事可以让他们离真主更近。

"你疯了吗？"一位年长的邻居说，"人人都需要医生。"她用下巴朝听诊器一指，眼睛盯着婴儿，声音里像拌了蜜糖。"到这边来，亲爱的宝贝。"

"嗯，要我说，律师挣得最多。"坐在她旁边的女人说，"显然你们都忘了这一点。怎么没看到宪法书啊。"

与此同时，困惑的塔尔坎扫视了一下周围的物品，他对这些都不感兴趣，转身背对着客人。就在这时，他看见了默默站在他身后的莱拉，表情立刻变得柔和，他朝姐姐伸出手，摘下莱拉的手镯——手镯由棕色皮革编织而成，中间有一条蓝色缎子绳——把它举在空中。

"哈！他不想当老师……也不想当伊玛目。"莱拉咯咯笑着说，"他想成为我！"

女孩的喜悦那么纯粹、那么自然，大人们虽然很失望，但也和她一起笑起来。

塔尔坎身体虚弱，肌肉的张力和控制力都很差，经常生病。轻微的身体活动似乎就让他筋疲力尽。他的个头比同龄孩子小，身体似乎也不按比例长。随着时间的推移，大家都能看出他跟别的孩子不一样，但没有人公开谈论这件事。直到他两岁半时，爸爸才同意带他去医院。莱拉坚持陪他们一起去。

他们到达医生办公室时，雨下得很大。爸爸把塔尔坎放在一张铺着床单的床上。婴儿的目光从他身上移到莱拉身上，又移回来，下唇一耷拉，摆出要哭的架势。莱拉第无数次感到一股强烈而又无助的爱意涌上心头，几乎让她心痛。她轻轻把手放在他暖乎乎的小肚皮上，笑了。

"我认为你有麻烦了。我为你儿子的病情感到难过——这是难免的，"医生给塔尔坎检查完，说，"这些孩子什么都学不会，尝试也没有多大意义。反正他们活不长。"

"我不明白。"爸爸竭力控制自己的语气。

"这个婴儿是先天愚型 [①]。你没听说过这种病吗？"

爸爸出神地凝望着远处，沉默不语，一动也不动，好像是他问了一个问题，在等着对方回答。

医生摘下眼镜，对着灯光举起来。他一定是觉得眼镜很干净，所以他又把它们重新放回鼻子上。"你的儿子不正常。你现在肯定也意识到了。我的意思是，这很明显。我甚至不明白你为什么这么惊讶。请问，你的妻子呢？"

爸爸清了清嗓子。他不打算告诉这个自以为高人一等的男人，除非万不得已，他是不赞成年轻的妻子离开家门的。"她在家里。"

"好吧，她应该和你一起来。让她清楚地了解病情，这很重要。你得跟她谈谈。在西方，有专门为这些孩子设立的机构，他们一辈子都待在里面，不打扰别人。但我们这里没有这种支持机构。以后你妻子得照顾他，这可不容易。告诉她情感上不要太过投入。这种孩子通常活不到青春期。"

莱拉听着他说的每一个字，她心跳加速，怒气冲冲地对那个男人说："闭嘴，你这个愚蠢的坏蛋！你为什么说这种可怕的话？"

"蕾拉……听话。"爸爸说，但语气似乎不像平时那样严厉。

医生转向女孩，一脸迷惑，好像忘记了她也在房间里一样。"别担心，孩子，你弟弟什么都听不懂。"

---

① 即唐氏综合征。

"他懂！"莱拉喊道，声音像碎玻璃一样，"他什么都懂。"

她的情绪失控让医生吃了一惊，他抬起一只手想拍拍她的头，但又迅速把手放了下来，肯定是他转念一想，觉得还是放弃了事。

爸爸对塔尔坎的情况很自责，他认为一定是自己做了什么可怕的事，激怒了真主。他是在为自己过去和现在犯下的罪过遭受惩罚。真主在向他传达一个明确的信息，如果他仍不接受，更糟糕的事情会接踵而至。长时间以来，他一直在虚度光阴，一心想着他能从全能的真主那里得到什么，却从没想过真主对他的要求。难道这不是因为他在莱拉出生那天就发誓戒酒，但后来却食言了吗？这一生，他屡次背弃诺言，半途而废，现在，既然他已经设法平息了内心那个自私的声音，他便准备去弥补自己犯下的错误。他去征求了族长的意见，决定听从族长的建议，不再制作现代女士服装。他再也不做那些暴露的服装、不做什么短裙了。他会更好地利用他的手艺。无论余生还有多长，他都会致力于宣扬对真主的敬畏，因为他亲身经历了人们不再敬畏真主后所遭受的打击。

两个孩子可以由他的两个妻子照顾。爸爸受够了婚姻，也受够了性，他现在意识到，性和钱一样，只会让人生变得更复杂。他搬到房子后面一间光线昏暗的卧室，命令家里人把里面的家具全都搬走——只留下一张床垫、一条毯子、一盏油灯、一个木头柜子，还有族长精心挑选的几本书。他把衣服、念珠和斋戒沐浴巾放在柜子里。所有舒适的用品，甚至是枕头，他都弃之不用。像许多迟到的信徒一样，爸爸渴望弥补他过去的迷失岁月。他渴望把身边的每个人都带到真主——他的真主——面前，希望他能有弟子，即使没有几十个，至少能有几个。如果还是不行，有一个忠诚的追随者也可以。而有谁能比他的女儿更适合这个角色呢？她很快就会变成一个目中无人的年轻人，举止越来越粗鲁无礼。

要不是塔尔坎生下来就患有严重的唐氏综合征（多年后人们这样称呼他的病情），爸爸本来会把他的期望和失意更平均地分配给两个孩子，但照目前的情况来看，它们都压在了莱拉一个人的肩上。随着时间流逝，这些期望和失意也与日俱增。

一九六三年四月十三日。莱拉十六岁，已经养成了密切关注世界新闻的习惯——既因为她对别处发生的事情感兴趣，也因为这有助于她不过分沉浸在自己狭隘的小天地中。这天下午，她把报纸铺在餐桌上，给姨妈读新闻。在遥远的美国，一位勇敢的黑人因为抗议他的同胞所受的虐待而被捕，其罪行是未经许可举行示威游行。报纸上有一张他的照片，下面的标题写着："马丁·路德·金入狱！"他穿着笔挺的西装，打一条深色领带，脸斜对着镜头。他的双手吸引了莱拉的注意。他的手优雅地举在空中，手掌弯曲着，彼此相对，好像握着一个无形的水晶球，虽然这颗水晶球无法预示未来会是什么样子，但他还是向自己承诺他永远不会放手。

莱拉慢慢翻到国内新闻版块。安纳托利亚的数百名农民举行了反对贫困和失业的游行，多人被捕。该报称，安卡拉政府决心镇压叛乱，避免重蹈邻国伊朗国王的覆辙。巴列维国王[①] 为了赢得农民的忠诚，一直为没有土地的农民分配土地，但这个计划似乎并不奏效。在这片盛产石榴和里海虎[②] 的土地上，不满的情绪正在酝酿。

"啧啧，这个世界跑得跟阿富汗猎犬一样快，"莱拉读完新闻后，姨妈说，"到处都是苦难和暴力。"

姨妈望着窗外，她被远方的世界吓住了。这是她生活中无尽的烦恼之一。即使过了这么长时间，即使她已经有了两个孩子，被赶出这个家的恐惧却丝毫未减。她依然没有安全感。现在塔尔坎九岁了，却只有三岁孩子的沟通能力，此刻他正坐在她脚边的地毯上，玩着一个毛线球。这是最适合他的玩具，没有锋利的棱角，也没有危险的零件。整整一个月来，他一直不舒服，抱怨胸口痛，再加上似乎永远摆脱不掉的流感，他的身体更虚弱了。虽然他近来体重增加了不少，但皮肤却因憔悴而变得苍白。莱拉带着不安的微笑看着弟弟，不知道他是否明白，他永远也不会和其他孩子一样。她希望他不懂这些。为了他好。与众不同，并且内心深处知道自己与众不同，这一定很痛苦。

那时，谁也没有意识到，这将是莱拉以及家里所有人最后一次大声读报。如果说世界在变，那么爸爸也在变。族长去世后，

---

① Shah Pahlavi（1919—1980），伊朗末代国王。
② 又称波斯虎，曾分布在伊朗、伊拉克、阿富汗、土耳其、蒙古及俄罗斯境内，自 1970 年代灭绝。

他一直在寻找新的精神导师。早春时节，他开始参加凡城郊区苏非派的敬拜仪式。那里的牧师比他小十岁，长着一双枯草色的眼睛，十分严厉。尽管苏非派的历史源自古老的苏非哲学，以及其关于爱、和平和谦逊的神秘教义，但如今僵化、狂热和傲慢已凝聚其中。圣战，曾经指个人与其自我的终身斗争，现在却只意味着对异教徒的战争——而异教徒无处不在。牧师想知道："在伊斯兰教中，国家和宗教是一体的，怎么能分开呢？"也许这种人为的二元论对酗酒成性、道德堕落的西方人有用，但对做任何事情都希望得到真主指引的东方人没有用。世俗主义是撒旦魔王统治的别名。苏非派成员会全力以赴与之抗争，终有一天，他们将通过恢复神创的伊斯兰教教义来结束这个人为的政权。

为此，牧师建议，每个成员都必须从个人生活开始，为真主的工作开辟道路。他们有责任确保家人——也就是他们的妻子和孩子——按照神圣的教义生活。

于是，爸爸在家里发动了一场"圣战"。首先，他制定了新的规则。莱拉不许再到女药剂师家看电视。从现在开始，爸爸不许她再阅读任何出版物，尤其是时尚杂志，比如每月封面上都有一个不同女演员的《生活》杂志。歌唱比赛、选美比赛和体育比赛都是不道德的。穿暴露裙子的花样滑冰运动员都是有罪之人。游泳运动员和体操运动员穿的紧身衣也会激起虔诚的男同胞们的淫念。

"那些女孩光着身子在空中翻腾！"

"但你以前喜欢运动。"莱拉提醒他。

"我那是误入歧途，"爸爸说，"现在我的眼睛睁开了。真主不希望我迷失在旷野中。"

莱拉不知道父亲说的旷野指的是什么。他们住在城市。虽然不是很大，但它怎么说也是一座城市。

"我是在帮你。总有一天你会感激不尽的。"爸爸会说。他们两人坐在厨房餐桌前，桌子中间放着一堆宗教宣传册。

每隔几天，母亲就会用她祈祷时特有的柔和而哀伤的声音提醒莱拉，她该开始包裹头发了。时间一晃而过，到了母女必须一起去集市挑选最好的布料的时候了，就像她们曾经约定的那样——只不过现在，莱拉不再觉得她一定要受此约束。她不仅拒绝戴头巾，还把自己的身体当作人体模特，随心所欲地塑形、打扮和涂抹。她用柠檬汁和洋甘菊茶染头发和眉毛，当厨房里的柠檬和洋甘菊全都神秘消失后，她又打起母亲的指甲花的主意。如果染不了金发，为什么不染红发试试呢？于是，母亲又悄悄把家里的指甲花全都处理掉了。

一天，莱拉在上学路上看到一名库尔德妇女下巴上有一个传统文身，受到这种启发，一个星期后她在右脚踝上方文了一朵黑玫瑰。文身用的墨水根据当地部落流传了几百年的古老配方制成：柴火烟灰、山羊胆汁、鹿脂和几滴母乳。针每扎一次，她都会痛得缩一下身子，但最后她还是忍着痛继续。奇怪的是，几百针过后，她感觉自己有了活力。

莱拉用流行歌手的照片装饰笔记本，但爸爸不允许她听音乐，尤其是西方音乐。就因为他这样说，不留任何妥协的余地，所以莱拉最近只听西方音乐。生活在如此偏远的地方，要跟上欧美单曲排行榜并非易事，但她抓住一切追赶潮流的机会。她尤其喜欢埃尔维斯·普雷斯利[①]，他那一副黝黑英俊的面孔，看上去更像土耳其人，而不是美国人，那么亲切，讨人喜爱。

她的身体变化很快。腋下长出毛发，两腿之间也出现一小片黑色；新的皮肤，新的气味，新的情感。她的乳房变得陌生，像一对势利小人，鼻尖高高地举在空中。她每天都带着好奇和不安照镜子，端详自己的脸，仿佛镜子中盯着她看的是另外一个人。她一有机会就化妆，不扎辫子，而是把头发散开；只要有可能她就穿紧身裙，最近还偷偷抽起了从母亲的烟袋里偷来的香烟。她在班里没有朋友，其他同学不是觉得她奇怪，就是觉得她吓人，她也说不清是因为什么。同学们用大到她能听见的声音说她的闲话，称她是个坏女孩。莱拉觉得无所谓。反正她不喜欢和同学们待在一起，尤其是那些受欢迎的女生，她们喜欢用评头论足的眼光瞪着别人，言语刻薄。她的成绩很差，但爸爸似乎并不介意。反正过不了多久她就会结婚，组建自己的家庭。他不指望她成为一个模范好学生；他只希望她做一个好女孩，一个端庄正派的女孩。

直到今天，她在学校唯一的朋友还是女药剂师的儿子。他们的友谊经受住了时间的考验，就像一棵橄榄树，随着岁月的流逝

① Elvis Presley（1935—1977），即"猫王"，美国著名歌手、演员，被视为20世纪中最重要的文化符号之一。

而越发茁壮。思南天生胆小、沉默寡言，他是个算术能手，数学成绩总是名列前茅。他不像大多数同龄人那样开朗活泼，也没有别的朋友。他身边的人都是些强势人物——班主任、校长，尤其是他的母亲——而他通常都是一言不发，独来独往。但和莱拉在一起时却不一样。他们俩在一起时，他滔滔不绝，言语间充满兴奋。在学校，一到课间休息和午餐时间，他们都会寻找对方。他们俩坐在角落里——而女孩们三五成群地聚在一起，不是聊天就是跳绳；男孩们则踢足球，玩弹珠——聊个不停，在这个性别被限制在指定空间的城市，他们毫不理会他人责备的目光。

思南把他能找到的有关第一次和第二次世界大战的一切资料都读了个遍：战役的名称、空袭的日期、抵抗运动的英雄……他知道很多关于齐柏林飞艇[①]和德国伯爵的信息，这些飞艇都是以他的名字命名的。莱拉喜欢听他讲述那些故事，他说得那么起劲，她几乎可以看见一个巨大的圆筒形的影子从头顶上飘过，掠过尖塔和圆顶，朝大湖飞去。

"总有一天你也会有发明的。"莱拉说。

"我吗？"

"是的，而且会比德国伯爵的发明更好，因为他的发明杀人，而你的会帮助别人。我相信你会取得真正了不起的成就。"

她是唯一认为他有能力成就非凡的人。

思南对密码和破译尤其感兴趣。当他谈到战时抵抗运动的

---

① 齐柏林飞艇是一种硬式飞艇的总称，由著名德国飞艇设计师斐迪南·冯·齐柏林伯爵（Ferdinand von Zeppelin，1838—1917）设计而成。

秘密情报传输时，眼里闪烁着喜悦的光芒，他称之为"破坏者广播"。他倒不在乎内容；使他着迷的是无线电广播的力量：那声音中透露出坚定不移的乐观，在黑暗中对着一片空旷说话，相信那里有人正侧耳倾听。

爸爸不知道的是，这个男孩不停地给莱拉提供书、杂志和报纸，这些她在自己家再也不能看了。就是这样，她了解到，英国经历了一场大寒潮，伊朗妇女获得了选举权，而越南战争中的美国人并不顺利。

"你一直跟我说的那些地下电台广播，"他们两人坐在操场上唯一的一棵树下时，莱拉说，"我在想，你就是那样，是不是？多亏了你，我才了解到世界上正在发生的事情。"

他的脸一下子亮了起来。"我就是你的破坏者电台！"

上课铃响了，该回教室了。莱拉站起身来，掸了掸身上的灰尘，说："也许我应该叫你'破坏者思南'。"

"你是认真的吗？我很喜欢这个称呼！"

就这样，镇上唯一的女药剂师的独生子有了"破坏者"的绰号。在莱拉离家出走后不久的某一天，这个男孩跟着她从凡城一路来到伊斯坦布尔。这座城市是所有不满足于现状的人和梦想者最终的归宿。

6 分钟

在心脏停止跳动六分钟后，莱拉从她的记忆档案中提取出火炉的气味。一九六三年六月二日，叔叔的大儿子要结婚了。他的未婚妻是一个有钱人家的女儿，他们的财富来自丝绸之路贸易。丝绸之路上不全是丝绸和香料交易，也有罂粟，这个事实许多本地人都知道，但当着外人的面，他们却不愿提及。从安纳托利亚到巴基斯坦，从阿富汗到缅甸，数以百万计的罂粟花在微风中摇曳，鲜艳的色彩在干旱大地的映衬下分外扎眼。神奇的乳白色液体从种子荚里渗出，一滴一滴地落下来，种植罂粟的农民贫穷如故，其他人却发了大财。

在凡城最大的酒店中举行的奢华派对上，没人提起这个。客人们一直狂欢到凌晨。抽烟的人们吞云吐雾，整个派对就像着了火了一般。爸爸不满地注视着每一个踏入舞池的人，但最让他恼火的是那些紧紧挽着胳膊、跳起传统舞蹈的男男女女们，他们扭动着屁股，好像不知何谓庄重正派。尽管如此，看在弟弟的分上，他没有发表意见。他很喜欢弟弟。

第二天，双方的家人在一家照相馆见面。在一系列变换的塑料背景墙下——埃菲尔铁塔、大本钟、比萨斜塔，还有一群火烈鸟飞向夕阳的画面，这对新婚夫妇穿着价格不菲的新衣，忍受着闷热，为子孙后代合影留念。

莱拉从侧面观察这对幸福的新人。年轻的新娘身材苗条、一头黑发，穿着镶满珍珠的礼服，手捧一束白色栀子花，腰间系一条象征贞洁的红腰带。看到她，莱拉感到心情沉重，十分压抑，仿佛胸口压了一块石头。她的脑海中不由得浮现出一个念头：她永远也不可能穿上那样的礼服。她听过各种各样关于新娘在新婚之夜被发现不是处女的故事——她们的丈夫带她们去医院进行私密体检，穿过漆黑的街道时，她们的脚步声在空荡荡的身后回响，邻居们躲在花边窗帘后面窥探；她们被送回父亲家，遭到家人肆意惩罚；蒙羞失宠的她们再也不能完全融入社会，年轻的容颜就这样成了一具空壳……她抠着无名指上的外皮，直到抠出血来。腹部熟悉的悸动令她平静下来。她有时会这样做。她用在家切苹果或橙子的那把刀割自己的大腿和上臂，割在别人看不见伤口的地方，皮肤在闪闪发光的刀锋下轻轻蜷缩。

那天叔叔是多么骄傲。他穿了一身灰色西装，配白色丝绸马甲，打了一条带花纹的领带。照全家福时，他一只手搭在儿子肩膀上，另一只手搂着莱拉的腰。没有人注意到。

从照相馆回家的路上，阿卡苏一家人在一家面包店停了下来，店门口有一个漂亮的院子，阴凉下摆着几张桌子。刚出炉的**多层薄饼**散发出诱人的香气，从窗口飘了出来。

叔叔给每个人都点了饮品：他给大人点了一壶茶，给孩子们点了冰柠檬水。现在儿子娶了有钱人家的女儿，叔叔抓住一切机会炫耀他的财富。就在一个星期前，他还给哥哥家送了一部电话，这样他们就可以经常联系了。

"再给我们拿点吃的来。"叔叔对服务员说。

几分钟后，那人端着他们的饮品和一大盘肉桂卷过来了。要是塔尔坎也在这里，莱拉想，他会马上抓起一个，他那真诚的眼睛里会闪烁着喜悦的光芒，他的快乐是那么纯粹，不加掩饰。为什么不带他参加家庭庆祝活动呢？塔尔坎从未去过任何地方，甚至连假埃菲尔铁塔都没去过；除了在很小的时候去看过一次医生，他甚至连花园篱笆外面的世界都没见过。家里来了邻居，他就被关在一个房间里，避开别人窥探的目光。因为塔尔坎一直待在家里，姨妈也不出门了。莱拉和姨妈之间的关系不再亲密；每过一年，她们之间的距离似乎就变得更遥远一些。

叔叔倒上茶，对着光线端起杯子，喝了一小口，摇了摇头。他向服务员打了个手势，俯身向前，吐字很慢，仿佛每一个字都很费劲。"瞧这颜色，看见了吗？还不够深。你往里面放了什么，嗯？香蕉叶子？尝起来像洗碗水。"

服务员急忙道歉，把茶壶拿走，几滴茶水洒在了桌布上。

"他真笨，是不是？左手右手都分不清。"说着，他转向莱拉，语气突然变得温和起来，"学校里怎么样？你最喜欢哪个科目？"

"都不喜欢。"莱拉耸耸肩说，目光一直盯着茶渍。

爸爸皱起了眉头。"你就这样跟长辈说话吗？一点礼貌也没有。"

"别担心，"叔叔说，"她还年轻。"

"年轻？她母亲在这个年纪，早就结婚了，干活儿到手指都磨破了。"

母亲挺直了腰板。

"今时不同往日了。"叔叔说。

"嗯，我的族长说，有四十个迹象表明末日审判快到了，其中一个迹象就是年轻人变得一发不可收拾。现在的情况正是这样，不是吗？男孩留着拖把头，接下来留什么——难道像女孩子那样留长发？我总是告诉女儿，一定要当心。这个世界上道德败坏的事太多了。"

"还有什么别的迹象？"叔叔的妻子问。

"我一时想不起来全部了。显然，还有三十九个。首先，我们会看到大规模的山体滑坡。海水会激增。哦，世界上的女人会比男人多。我会给你一本书，里面解释得清清楚楚。"莱拉用眼角的余光注意到，叔叔在聚精会神地盯着她看。她急忙把头扭到一边，这时她看到一家人走了过来。看上去是幸福的一家。女人的笑容如幼发拉底河般灿烂，男人眼神慈祥，两个女孩头上扎着缎子蝴蝶结。他们在找桌子，随后就在他们旁边的桌子周围坐了下来。莱拉看见那位母亲抚摸着小女儿的脸颊，轻声说着什么，女孩咯咯笑了起来。与此同时，大女儿和父亲一起研究菜单。他们一起挑选糕点，询问对方想吃什么。每个人的意见似乎都很重要。一家人亲密无间，形影不离，犹如用灰浆紧紧砌在一起的石头。看着他们，莱拉突然感到一阵刺痛，不得不垂下眼帘，担心自己的羡慕之情会在脸上流露出来。

这时服务员又端着一个新茶壶和一套干净的玻璃杯过来了。

叔叔抓起一个杯子，抿了一小口，不满地噘起了嘴。"你竟敢管这叫茶，热都不热！"他咆哮道，尽情体会着对这个彬彬有礼、老实温顺的人耍威风带来的存在感。

在叔叔的重锤之下，服务员像钉子一样退缩了，他不停地道歉，然后匆匆退下。过了好长一段时间，他端着第三壶茶来了。这一次茶水很热，不停冒着热气。

莱拉注意到那人毫无血色的脸，他往杯子里倒茶时，看上去很疲惫。除了疲惫，那一副逆来顺受的样子也令人恼火。就在这时，莱拉从他的举动中认出一种熟悉的无助感，一种无条件屈服于叔叔的强权的无奈，对此她比任何人都愧疚。她突然感到一阵冲动，站起身来，抓起一个杯子。"我想喝茶！"

不等有人开口说话，她就喝了一口，烫着了舌头和上颚，烫出了眼泪。但她还是咽了下去，咧着嘴对服务员微笑着说："完美！"

那人紧张地看了叔叔一眼，又扭头看了看莱拉。他咕哝了一句"谢谢"，然后离开了。

"你这是干什么？"叔叔有些不高兴，但更多的是吃惊。

母亲试图缓和气氛。"这个，她只是——"

爸爸打断她的话。"别替她说话。她表现得就像个疯子。"

莱拉感到自己的心在收紧。眼前就是一直以来她悄悄察觉却告诉自己并不是真相的事实:爸爸站在叔叔那边,而不是她这边。她现在明白了,永远会是如此,爸爸的第一反应总是帮他弟弟。她噘起嘴唇,嘴唇已经被她抠得结痂了。直到很久以后,再回想起这一刻,她才觉得这一瞬间尽管渺小寻常,却预示了未来的一切。在她的一生中,从来没有哪一刻像现在这样,让她感到如此孤独。

自从爸爸不再为追逐西方时尚的顾客做衣服,家里生活就变得拮据了起来。去年冬天,他们偌大的房子里只有几个房间可以供暖;但是厨房总是很暖和。一年四季,一家人在里面度过了很多时光:母亲簸大米,泡豆子,在柴炉上做饭,姨妈则一直密切留意着塔尔坎。塔尔坎如果无人看管,就会撕破衣服,从高处摔下来,吞下让他几乎窒息的东西。

"你最好弄明白,蕾拉。"那年八月,莱拉拿着书坐在餐桌旁,爸爸说,"等我们死后,孤零零地躺在坟墓里时,有两个天使会来看我们:一个是蓝天使,一个是黑天使,分别叫'孟卡尔'和'纳吉尔',被拒绝天使和拒绝天使。他们会要求我们从头到尾背诵《古兰经》的全部章节。要是你答错了三次,就会被打入地狱。"

他朝壁橱那里指了指,好像地狱就在架子上摆着的一排排腌黄瓜坛子之间。

莱拉每逢考试就紧张。在学校，大多数考试她都不及格。听爸爸说话时，她不禁在想：当那一时刻到来时，黑天使和蓝天使会怎样测试她的宗教知识？是口试还是笔试，是面试还是多项选择题？答错了会不会扣分？是马上知道成绩，还是要等到所有分数都出来——如果是这样的话，这个过程需要多长时间？会由一个最高权威，比如正义沙漠和永恒诅咒高级委员会，来宣布考试结果吗？

"那加拿大人、韩国人，或者法国人呢？"莱拉问。

"他们怎么了？"

"嗯，你知道……他们大多都不是穆斯林。他们死后会怎样？我的意思是说，天使不能要求他们背诵我们的祈祷文。"

爸爸说："为什么不呢？每个人的问题都一样。"

"但是别的国家的人不会背诵《古兰经》吧？"

"没错。只要不是正统穆斯林，都无法通过天使的考试，他们会直接下地狱。这就是为什么我们必须向尽可能多的人传播真主的启示，这样我们才能拯救他们的灵魂。"

一时间，他们静静地坐着，听炉子里的柴火噼啪作响，仿佛在用它自己的语言向他们诉说紧急的事。

"爸爸……"莱拉坐直了身子，"地狱中什么最可怕？"

她以为他会说满是蝎子和蛇的深坑，或者硫黄味的沸水，或者扎姆哈里尔 ① 刺骨的霜冻。他可能会说，最可怕的是被迫饮用

① 地狱中的极寒之所。

熔化的铅，或者不得不吃欑楛树 ① 上的果实。欑楛树树枝上挂着恶魔的头颅，而不是甜美的果子。但稍作停顿后，爸爸回答道："是真主的声音……这个声音日复一日，不停地叫喊，威胁。他告诉罪人，他曾经给过他们机会，但他们却让真主失望了，现在他们必须付出代价。"

莱拉僵住了，但脑子飞快地转个不停。"真主不会原谅他们吗？"

爸爸摇了摇头。"对——即使有一天他决定原谅他们，那也是在每个罪人都遭受最痛苦的折磨之后。"

莱拉望着窗外。天空变得灰蒙蒙的。一只孤独的大雁正朝湖边飞去，奇怪的是，它悄无声息。

"如果……"莱拉深吸了一口气，又缓缓吐出来，"比方说，如果你做错了什么事，也知道那样做不对，但你真的不是故意的，又会怎么样？"

"那也无济于事，真主还是会惩罚你的，但如果只错了一次，他可能会更仁慈些。"

莱拉挑了一下拇指上的倒刺，一小滴血慢慢渗了出来。"如果不止一次呢？"

爸爸蹙紧眉头，摇了摇头。"那就会被打入地狱，永世不得翻身，没有任何借口。你现在可能觉得我太严厉，但总有一天你会感谢我的。我有责任教你明辨是非。趁着你年纪还小，清白无

---

① 一种生长在地狱之中的树。

罪，好好学习这些。明天可能就来不及了。树枝一弯，树就长不直了。"

莱拉闭上了眼睛，胸口中有什么东西开始变得坚硬起来。她是还年轻，但并不觉得自己清白无罪。她做了一件可怕的事，不是一次，也不是两次，而是很多次。叔叔仍在碰她。每当一大家人聚在一起，叔叔都想办法接近她，但几个月前发生的一件事——那时爸爸要做肾结石手术，母亲不得不去医院陪了他一个星期左右——让人难以启齿，即使现在回想起来，莱拉仍觉得恶心。姨妈一直和塔尔坎待在她房间里，什么也听不见。整整一个星期，叔叔每天晚上都来找她。第一次之后她不再流血了，但那之后的每一次都很疼。她试图让他走开，但叔叔提醒她，是她在那座闻上去有一股切开的西瓜味道的度假屋，开始了这段情事。

　　我以前还想，怎么说，她可是个可爱天真的小女孩，但原来你喜欢玩弄男人的心思……还记得那天你在大巴车上的表现吗？为了引起我的注意，你一直咯咯笑个不停。你为什么要穿小短裤？为什么允许我晚上到你的床上？如果你让我走开，我就会这么做，但你没有。你本可以睡在你父母的房间里，但你也没有。每天晚上你都在等我。你有没有问过自己为什么？嗯，我知道为什么。你也知道为什么。

她身上很脏，这一点她深信不疑。脏东西就像手掌上的纹路一样怎么洗也洗不掉。现在爸爸又告诉她，无所不知、无所不见的真主安拉不会原谅她。

长期以来，羞耻和自责一直如影随形，莱拉走到哪里，它们就跟到哪里。然而，她第一次感到一种从未有过的愤怒，全身的肌肉紧绷，怒火中烧，不知如何压制。她不想和这个发明了各种各样的方法审判和惩罚人类，却在人类最需要时没能保护他们的真主有任何瓜葛。

她站起身来，椅子在瓷砖地板上发出刺耳的刮擦声。

"你要去哪里？"爸爸睁大了眼睛。

"我得去看看塔尔坎。"

"我们还没结束呢。我们正在学习。"

莱拉耸耸肩。"是啊，不过，我不想再学习了。没意思。"

爸爸愣住了。"你说什么？"

"我说我觉得没——意——思。"她像嚼口香糖一样把这个词在嘴里拉长，"真主，真主，真主！我受够了这些废话。"

爸爸一下子朝她扑过去，抬起了右手。接着，他又突然后退，浑身颤抖着，眼里流露出失望的神色。他的脸上又长出了新的皱纹，像裂开的干泥一样。他知道，她也知道，他差点动手打了她。

爸爸从没打过莱拉。之前没打过，之后也没有。虽然他有一些缺点，但他从不会诉诸暴力，也不会纵容自己的愤怒。因此，他会一直归咎于她，是她激起了他内心的这种冲动，激发出他性格中如此阴暗、如此陌生的东西。

她也为此自责，在之后的日子里，她也一直在责备自己。那时候的她已经对此习以为常。她的一切所作所为、所思所想，都带着一种无时不在的负罪感。

那天下午的记忆深深烙在她的脑海中，以至于多年后的今天，在伊斯坦布尔郊区的一个金属垃圾箱里，当她的大脑渐渐停止运转时，想起那木头炉燃烧的气味，仍让她感受到一股强烈而彻骨的悲伤。

7 分钟

莱拉的大脑还在挣扎,她回忆起泥土的味道:干燥、混沌、苦涩。

在从破坏者思南那里偷偷借来的一本旧《生活》杂志上,她看到一个身穿黑泳衣、脚踩黑高跟鞋的金发女郎开心地转着一个塑料圈。图片下方写道:"在丹佛,美国模特费伊·肖特纤细的腰间转动着呼啦圈。"

这幅画引起两个孩子的好奇心,尽管原因不同。破坏者想知道,为什么有人穿高跟鞋和泳衣,却站在绿草地上;而莱拉则被呼啦圈所吸引。

她的思绪回到十岁那年的春天。在和母亲去集市的路上,她看到一群男孩在追赶一位老人。追上老人时,那群孩子又喊又笑,用粉笔在他周围画了一个圈。

"他是雅兹迪人①,"看到莱拉吃惊的样子,母亲向她解释说,

---

① 一种教徒群体,但也属于库尔德人的一部分。现今主要分布在伊拉克。

"他一个人是出不去的。必须有人替他把那个圆圈擦掉。"

"哦，那我们去帮他吧。"

母亲的表情与其说是恼火，不如说是困惑。"为什么？雅兹迪人很邪恶。"

"你怎么知道？"

"我怎么知道什么？"

"知道他们很邪恶。"

母亲拉着她的手。"因为他们崇拜撒旦。"

"你怎么知道？"

"每个人都知道。他们被诅咒了。"

"谁诅咒他们？"

"真主，莱拉。"

"但不是真主创造了他们吗？"

"当然了。"

"真主让他们生来是雅兹迪人，然后又因为他们是雅兹迪人而生气……这说不通啊。"

"够了！快走！"

从集市回来的路上，莱拉坚持沿原路回去，只是为了看看老人是否还在那里。令她十分欣慰的是，老人不见了踪影，圆圈的一部分被人抹掉了。也许那故事是编的，他自己轻而易举地走了出来；也许他不得不等着有人过来，结束他的监禁。多年后，当莱拉看到那个金发女人腰间的圆圈时，又想起了那件事。同样的形状，前者把一个人隔绝、围困其中，后者却成了另一个人极致自由和快乐的象征，这是为什么呢？

"别再叫它圆圈了，"当她把这个想法告诉破坏者思南时，他说，"那是呼啦圈！我让我妈妈从伊斯坦布尔买了一个。我苦苦求她，最后她订了两个呼啦圈：一个给她，一个给你。它们刚到。"

"给我？"

"嗯，本来是给我的——但我想把它送给你！它是亮橙色的。"

"哦，谢谢你，但我不能要。"

破坏者很固执。"拜托……你就不能把它当成一件我送给你的礼物吗？"

"可你怎么跟你妈妈说呢？"

"没关系。她知道我有多在乎你。"他的脖子上泛起一层红晕，一直红到脸颊。

莱拉让步了，尽管她知道父亲不会高兴。

把一个呼啦圈偷偷带回家可不是一件容易的事。它既不能装进书包里，也不能藏在衣服下面。她本想这几天先把它埋在花园的树叶底下，但这不是个好办法。最后，趁家里没人时，她把它从厨房门口滚了进去，带着它飞快地跑进卫生间。在那里，她站在镜子前面，试着像那个美国模特那样转动呼啦圈。这比她想象得难。她必须练习。

她从脑海里的音乐盒中选了一首猫王的歌，用一种完全陌生的语言唱着他的情歌。"好——好——对待——我，不要——

吻——我——一次，吻——我——两次。"① 一开始她并不想跳舞，但她怎么能拒绝穿着粉色夹克和黄色裤子的猫王呢？这些颜色在这个城市很不寻常。尤其是对男人来说，它们就像叛军的旗帜一样充满挑衅。

她打开橱柜，里面放着妈妈和姨妈为数不多的洗漱用品。在一瓶瓶药丸和一管管药膏中间，藏着一件宝贝：一支鲜艳的樱桃红色口红。她毫不吝啬地把口红涂在嘴唇和脸颊上。镜子里的女孩仿佛透过一扇结了霜的窗户，像个陌生人一样盯着她。霎时间，她在那影像中瞥见了自己未来的模样。她想看看这个既熟悉又陌生的女人是否幸福，但她的影像消失了，像清晨树叶上的露珠一样杳无踪迹。

要不是姨妈在走廊里给长条地毯吸尘，莱拉是不会被发现的。她听到爸爸沉重的脚步声。

爸爸朝她大吼，嘴巴像抽绳袋子一样绷得紧紧的。他的声音从地板上弹了起来，几秒钟前猫王还在那里展示他的标志性舞步。爸爸又露出如今她已经习以为常的失望表情，愤怒地瞪着她。

"你在干什么？告诉我这个套圈是哪里来的！"

"是一个礼物。"

"谁送的？"

"一个朋友，爸爸。没什么大不了的。"

---

① 原文为用土耳其语发音拼写的英语歌词，以表现莱拉的口音。

"真的吗？看看你自己，你还是我女儿吗？我都认不出你来了。我们辛辛苦苦，就是为了让你有个像样的成长环境。我不敢相信你表现得像个……妓女！你最后就是想变成这个样子吗？一个该死的妓女？"

他在家里抛出这样一个粗鲁刺耳的单词，让她打了个冷战。她还从未听过这个词。

那天之后，莱拉再也没见过那个呼啦圈，虽然她时不时纳闷，爸爸是怎么处理它的，可是她不敢开口问。难道他把它扔进了垃圾桶？是送人了？也许他把它埋了起来，希望它也能变成一个鬼？她越来越怀疑这座房子里已经有了太多的鬼。

圆圈，对一位雅兹迪老人来说，它是将之囚禁其中的图案；对一个年轻的美国模特来说，它又是自由的象征。而对一个来自东方小城的女孩来说，它就这样成了一段悲伤的回忆。

一九六三年九月。在征求了族长的意见后，爸爸决定，既然莱拉越来越不受控制，最好还是让她待在家里，直到结婚。爸爸不顾她的抗议做出了这个决定。尽管新学期已经开始，离毕业也不远了，莱拉还是被迫辍了学。

星期四下午，莱拉和破坏者最后一次一起走在回家的路上。男孩跟在她身后几步远的地方，双手插在口袋里，一副垂头丧气的样子，嘴巴绝望地歪扭着。他不停地踢着路上的鹅卵石，背包在肩膀上晃荡。

到了莱拉家，他们在门口停了下来。有那么一会儿，两个人都没有说话。

"我们现在必须说再见了。"莱拉说。过了一个夏天，她的体重有所增加，脸颊也变得圆润起来。

破坏者摩挲着额头。"我要叫我妈妈去跟你父亲谈谈。"

"不行，求你了。爸爸会不高兴的。"

"我不在乎。他这样对你，太不公平了。"他哽咽着说。

莱拉转过脸去，她不忍心看他哭的样子。破坏者说："要是你不去上学了，那我也不去了。"

"别傻了。拜托别和你妈妈提这件事。爸爸不想见到她。你知道他们合不来。"

"要是我去跟你父母谈谈呢？"

莱拉笑了，她意识到，她的朋友一向沉默寡言，他提出这样的建议得需要多大的勇气。"相信我，这不会改变什么。不过我还是很感激……真的。"她的肚子里一阵发紧，有那么一会儿，她觉得很不舒服，浑身发抖，好像从早上开始支撑着她的决心已经弃她而去。她一贯如此：当她发现自己在感情上走投无路时，她总是快速决断，不想把事情拖得太久。

"好了，我得走了。我们会再见面的。"

他摇了摇头。学校是未婚异性年轻人唯一可以交往的地方。没有其他场合能这样了。

"我们会找到办法的。"察觉到他的疑虑，她说。她轻轻吻了一下他的脸颊。"别这样，振作起来。保重！"

她飞快地跑开，连看都没看他一眼。过去几个月，破坏者个子蹿得很快，还没适应自己目前的身高，他一动不动地在原地站了很久。然后，不知为何，他开始往口袋里装鹅卵石，接着是石头，越大越好。每增加一点重量，他的心情就更为沉重。

与此同时，莱拉直奔花园，坐在她和姨妈曾经用绸缎装饰过的那棵苹果树下。芭蕾舞女演员。上面的树枝上，她还能看到一片薄薄的布条在微风中飘动。她把手放在温暖的泥土上，想把一切都抛到脑后。她抓起一把土，送到嘴里，慢慢咀嚼着。她的喉咙里泛起一股酸味。她又抓起更多泥土，更快地吞咽下去。

几分钟后，莱拉进了家门。她把背包扔在厨房里的一把椅子上，没有注意到姨妈正在目不转睛地盯着她。她在煮准备做酸奶用的牛奶。

"你吃了什么？"姨妈问。

莱拉歪着头，舔了舔嘴角。她用舌尖碰了碰牙缝里的土粒。

"过来，张开嘴，让我看看。"

莱拉听话地照做了。

姨妈眯起眼睛，然后又睁大。"这……是土吗？"

莱拉一声不吭。

"你吃土了吗？天哪，你为什么要这样？"

莱拉不知道怎么回答。她从没问过自己这个问题。但是现在，当她开始考虑这个问题时，一个念头在她的脑海中闪现。"你以前跟我说起过你们村里的一个女人，还记得吗？你说她吃沙子、碎玻璃……甚至砾石。"

"是啊，可是那个可怜的农妇，她怀孕了——"姨妈吞吞吐吐地说。她眯起眼睛看着莱拉，就像她盯着熨烫过的衬衫，试图寻找漏掉的皱褶时一样。

莱拉耸耸肩。她心中涌起一阵冷漠，一种她以前从未有过的麻木；她觉得好像什么都不重要，也许从来就没重要过。"也许我也是。"

事实是，她一开始根本不知道怀孕是怎么一回事。没有女性朋友，也没有姐姐，就有这个坏处。没有人可以解答她的疑问。她考虑过找女药剂师咨询一下，有几次她也试着提起这个话题，但每次出现了合适的时机时，她却鼓不起勇气。

姨妈的脸上毫无血色。尽管如此，她还是用轻描淡写的语气说道："亲爱的，我可以向你保证，如果要怀孕，你得先知道男人的身体。一个人不会因为触摸了一棵树就怀孕的。"

莱拉敷衍地点了点头。她给自己倒了一杯水，喝之前先漱了漱口。她把杯子放在一边，然后面无表情地低声说："但是我知道……男人的身体，我什么都知道。"

姨妈的眉毛往上一扬。"你说什么？"

"我是说，叔叔算不算男人？"莱拉仍然对着杯子说。

姨妈僵住了。铜锅里的牛奶慢慢溢了出来。莱拉走到炉子前，把火关掉。

第二天，爸爸说想和她谈谈。他们坐在厨房的圆桌前，就是在这里，他曾教她用阿拉伯语祈祷，告诉她将来会有黑天使和蓝天使造访她的坟墓。

"你姨妈告诉我一件非常令人不安的事……"爸爸停顿了一下。

莱拉沉默不语，把颤抖的双手藏在桌子底下。

"你一直在吃土。别再这样了。肚子里会生虫子，你听见了吗？"爸爸的下巴歪向一边，牙齿紧紧咬在一起，仿佛在咀嚼什么看不见的东西，"还有，你不应该胡编乱造。"

"我没有胡编乱造。"

在窗外照进来的灰蒙蒙的光线之下，爸爸显得比平时更苍老，不知为何也更矮小了。他冷冷地注视着她。"有时候我们的大脑会捉弄我们。"

"你要是不相信我，可以带我去看医生。"

他的脸上掠过一丝绝望，但很快又变得冷酷起来。"看医生？你想让全城的人都知道吗？绝对不行。你明白吗？这事不可以和外人说。交给我来处理吧。"

然后，他又匆匆补充了一句，仿佛说出早已背过的答案一般。"这是家庭内部问题，我们一家人会一起想办法解决。"

两天后，他们又围坐在餐桌旁，母亲和姨妈也在，她们手里捏着纸巾，眼睛哭得又红又肿。早上，两个女人都问过莱拉这个月她有没有来月经。莱拉已经两个月没来月经了，她十分疲惫，有气无力地告诉她们，前天早上她又开始流血了，但这次有点不对劲：血流得太多，疼痛难忍。每动一下，就仿佛有根尖尖的针扎进她的内脏，让她喘不过气来。

母亲听了这话，似乎暗自松了一口气，很快就转移了话题。姨妈则用悲伤的眼神盯着她，莱拉的流产让她想起了自己的经历。"很快就会过去的，"她低声说，"很快就会结束。"这是多年来第一次有人告诉莱拉关于女性身体的奥秘。

接着，母亲言简意赅地告诉她，她不用再担心怀孕的事了，这样最好，这是因祸得福；他们应该把它抛在脑后，永不再提，只有在祈祷时，他们才会感谢仁慈的真主在最后时刻做出了行动。

"我和我弟弟谈过了。"第二天下午，爸爸说，"他能理解，你还年轻……还很糊涂。"

"我不糊涂。"莱拉仔细端详着桌布，用手指描着上面精细的刺绣。

"他跟我说起你在学校里玩得来的那个男孩。我们一直被蒙在鼓里，显然大家都在谈论这件事。药剂师的儿子，我的天哪！我一点也不喜欢那个阴险冷酷的女人。我早该知道的。有其母必有其子。"

莱拉觉得自己的脸颊红了。"你是说破坏者……思南？别把他扯进来。他是我的朋友，我唯一的朋友。他是个心地善良的孩子。叔叔在说谎！"

"住口。你要学会尊重长辈。"

"你为什么从来不相信我——不相信你的亲生女儿？"她感到精疲力竭。

爸爸清了清嗓子。"听着，现在大家都冷静下来。我们必须妥善地处理这个情况。我们开了个家庭会议。你的堂弟托尔加是个好孩子。他已经同意和你结婚了。你们会订婚——"

"什么？"

托尔加，就是那个在度假屋和她睡在同一个房间的孩子。晚上他睡在小床上，而他的父亲在她的肚子上画圆圈。现在这个男孩被家中的长辈选为她未来的丈夫。

母亲说："我们知道他比你小，不过没关系。我们会宣布订婚的消息，这样大家就都知道你们的事定下来了。"

"是的，这就会堵住所有恶毒的嘴巴，"爸爸继续说，"然后你们就可以举行一场宗教婚礼。几年后，如果你愿意，你们也可以正式结婚。在真主安拉眼里，宗教婚礼就足够了。"

莱拉开口，她的声音比她的内心平静得多。"你怎么做到用真主安拉的眼睛看呢？我一直想知道。"

爸爸把一只手放在她肩上。"我知道你很担心。但你不用再担心了。"

"如果我不答应和托尔加结婚呢？"

"你不可以这样做。"爸爸说着，表情更严厉了。

莱拉把脸转向姨妈，眼睛睁得大大的。"你呢？你相信我吗？我相信过你，你还记得吗？"

有那么一会儿，莱拉以为她会点头——哪怕是最轻微的动作——可是姨妈没有。她说："我们都爱你，蕾拉宝贝。我们都希望生活回归正常。你父亲会解决这件事的。"

"解决这件事？"

"别对你姨妈无礼。"爸爸说。

"什么姨妈？我还以为她是我亲生母亲呢。她到底是不是？"

没有人回答。

"这个家里充满了谎言和欺骗。我们的生活从来就没有正常过。我们不是一个正常的家庭……你们为什么总是装模作样？"

"够了，蕾拉！"母亲说着，眉头紧锁，"我们这都是想帮你。"

莱拉慢慢地说："我不这么认为。我想你们是在救叔叔吧。"

她的心堵在胸口。这些年来，她一直担心，如果她把暗地里发生的事情告诉父亲，会有什么后果。她敢肯定，父亲绝不会相信她的话，因为他是那么宠爱他的弟弟。但现在她明白了，其实爸爸相信她，这让她感到沉重。这就是为什么他没有愤愤不平地跑到女药剂师家，要求她的儿子娶他那被玷污了的女儿。这就是为什么他想保持沉默，不让这事传到外面的原因。爸爸知道谁在说真话，谁在撒谎。

一九六三年十一月。快到月底时，塔尔坎病得厉害。他的流感恶化成了肺炎，但医生说主要还是因为他心脏衰竭。婚礼计划被搁置，姨妈忧心忡忡，莱拉也是如此，虽然这些日子她感到越来越麻木，也发现自己越来越难表露情绪。

叔叔的妻子经常过来帮忙，带着自制的炖菜和果仁酥饼，仿佛来到遭丧之家。有时，莱拉发现那个女人盯着她看，眼神中带着几分怜悯。叔叔没有露面。莱拉永远不会知道，这是他的决定，还是爸爸的决定。

塔尔坎死的那天，他们把家里所有的窗户都打开，这样他的灵魂就能化作光，他的呼吸就能变成空气，他留下的一切就能安然飞走了。就像一只被困住的蝴蝶，莱拉想。这就是弟弟在家里时的样子。她不安地意识到，他们每个人都辜负了这个美丽的孩子，包括她自己。尤其是她自己。

就在同一天下午，莱拉离家出走了。她已经计划了有一阵子了，当这一刻来临时，她飞快地采取行动，各种思绪在脑海中翻腾，担心如果自己犹豫不决，哪怕是一秒钟，就可能会失去勇气。于是她离开了——不假思索，眼睛眨都不眨。她没走厨房门。家人和邻居，男人和女人，大家都在那里，婚礼和葬礼是男男女女唯一可以自由往来的场合。当伊玛目开始诵读《古兰经》的开端章时，客人们渐渐静了下来。"求你引导我们上正路，你所佑助者的路，不是受谴怒者的路，也不是迷误者的路。"

莱拉转而走到房子前面，打开了正门。大门很结实，有压铸的螺栓和铁链，但奇怪的是，它们摸上去却很单薄。她的包里装着四个煮熟的鸡蛋和十几个冬苹果。她径直朝女药剂师的药店走去，但她不敢进去。她在药店外面徘徊，到它后面的老墓地里漫步，读墓碑上死者的名字，一边想象他们生前都过着怎样的生活，一边等朋友放学回家。

她坐公交车的车费是破坏者思南从他母亲那里偷来的。

"你确定吗？"他们朝车站走去时，男孩不停地问，"伊斯坦布尔可是个大城市。那里你一个人都不认识。留在凡城吧。"

"为什么？这里再也没什么值得我留恋的了。"

他的脸上掠过一丝痛苦，莱拉注意到了，然而为时已晚。她碰了碰他的胳膊。"我不是说你。我会非常想你的。"

"我也会想你的。"他说。他的上唇长出了毛茸茸的小胡须，以前那个胖乎乎的男孩不见了；他近来瘦了，圆脸也变窄了些，颧骨更突出了。有那么一秒钟，他似乎还想说些什么，但当他的目光从她脸上移开时，他又失去了勇气。

"听着，我每个星期都会给你写信，"莱拉保证说，"我们还会再见面的。"

"你在这里不是更安全吗？"

虽然莱拉没有说出来，但曾经仿佛听到过的一句话却在她内心深处回响：你觉得这里安全，并不代表这里适合你。

公交车里弥漫着柴油尾气、柠檬古龙水和疲惫的味道。坐在她前面的乘客正在看报纸。莱拉看到上面的头版新闻时，睁大了眼睛：美国总统，一个有着灿烂笑容的男人，被人暗杀。照片上是他和他那身穿西装，戴着平顶小圆帽的美丽妻子，在第一声枪响的几分钟前，他们还在车队中向人群挥手致意。她还想再读一些，但很快灯关上了。她从包里拿出一个煮鸡蛋，剥了皮，静静地吃起来。时间慢了下来，她闭上了眼睛。

当时的她一无所知，毫无戒备，以为自己在伊斯坦布尔可以应付自如，征服这个大都市。但她不是大卫；伊斯坦布尔也不是歌利亚①。没有人为她的成功而祈祷，如果不成功，她也没有人可以求助。在这里，物品很容易消失得无影无踪——她一到这里，就明白了这一点。去公共汽车站的厕所洗脸洗手时，她的包被人偷了。短短一瞬间，她就丢了一半的钱、没吃完的苹果，还有她的手链——就是弟弟在长牙仪式上举在空中的那个。

当她坐在厕所外的空板条箱上整理思绪时，一名服务员提着一桶洗车剂和一块海绵向她走来。他看上去彬彬有礼，体贴入微，在了解了她的困境后，他主动提出帮忙。他说，莱拉可以到他姑姑家住几个月。他的姑姑是一家商店的收银员，刚刚退休，她年纪大了，孤零零一个人，需要有人陪伴。

"我相信她是个好人，但我必须自己找地方住。"莱拉说。

"当然，我理解。"年轻人微笑着说。附近有一家招待所干净又安全，他告诉了她那家店的名字，并祝她好运。

天色渐渐暗下来，夜幕降临，她终于找到了那家招待所。那是坐落在一条小巷中的一栋破旧建筑，似乎多年没有粉刷打扫过。她不知道的是，在她找那家店时，那个人一直跟着她。

一进门，她便朝角落走去，经过几把污渍斑斑的破椅子和一个贴满过期旧告示的布告栏，一个面容憔悴、沉默寡言的男子坐在充当前台的摇摇晃晃的搁板桌旁，身后发霉的墙上有带编号的挂钩，上面挂着几把房间钥匙。

她来到楼上的房间，心神不宁，把五斗橱推到门后。床单像

①《圣经》中被大卫杀死的巨人。

旧报纸一样发黄，散发着一股霉味。她把外套铺在床上，然后和衣躺下。疲惫不堪的她很快就睡着了。深夜，她被一阵声音吵醒了。房间外的走廊里有人在转动门把手，试图进来。

"是谁？"莱拉喊道。

脚步声在走廊里响起，从容不迫，不慌不忙。在那之后，她再也没合过眼，对每一个声音都保持警觉。早上，她又回到公交车站，她在这个城市唯一知道的地方。那个四肢修长的年轻人还在那里，正优雅地给司机们送水。

这一次，她接受了他的提议。

那个人的姑姑是一个尖声尖气的中年妇女，皮肤苍白得可以看到底下的血管。她真是个好人，给了莱拉食物和漂亮的衣服，还坚持说，要是莱拉打算从下个星期开始参加工作面试，就必须学会装扮自己。

最初几天在轻松愉快的气氛中度过。尽管莱拉直率坦诚、头脑敏锐，但其实她的内心很是脆弱。虽然无论当时还是后来，莱拉都不愿承认，她被这个年轻人以及他考究的魅力迷住了。终于有个人可以倾诉了，这让她有了一种如释重负之感——否则她永远也不会告诉他在凡城发生的事情。

"你不能回到家人身边，这一点很清楚，"他说，"听着，像你这样的女孩我见得多了——大多都来自破烂的城镇。有些人在这里混得不错，找到了工作，但很多人没有。如果你够聪明，就跟着我，否则伊斯坦布尔会把你击垮的。"

他的语气中有什么东西让她感到害怕，她现在明白了，那是嵌在他灵魂深处强忍的怒火，像磨刀石一样坚硬沉重。她暗暗下定决心，马上离开这个地方。

他察觉到了她的不安。他很擅长捕捉别人的焦虑。

"我们以后再谈，"他说，"你不必太担心。"

当天晚上，正是这个男人和那个女人——其实根本不是他的姑姑，而是他的生意伙伴——把莱拉卖给了一个陌生人，一个星期之内她又被转卖了许多次。酒精。酒精弥散在她的血液里，她喝下的饮料里，她的呼吸里。他们灌她喝了很多的酒，这样她就什么也不记得了。之前没有看到过的，现在她看到了：大门上了锁，窗户被封死，伊斯坦布尔不是一个充满机遇的城市，而是一个伤痕累累的城市。堕落一旦开始，就迅速螺旋式下行，像水从拔掉塞子的水池流下一样。来这所房子的男人各年龄段的都有，从事着各种技能要求不高、报酬低的工作，他们几乎都有自己的家庭。他们是父亲、丈夫、兄弟……有些人的女儿还与她同龄。

第一次给家里打电话时，莱拉的手控制不住地颤抖。现在她已经被这个新的世界完全吞噬，他们相信她无处可去，允许她一个人在附近走动。前一天晚上刚下过雨，她看见蜗牛在人行道上爬，与她呼吸着同样湿润的空气，让她感到窒息的空气。站在邮局前，她摸索着找了一支烟，打火机在她的手里直哆嗦。

最终，她走进邮局。她对接线员说，她想打一个对方付费的电话，希望她的家人能够付费。他们同意了。然后，她等着母亲或姨妈拿起听筒。她揣摩着她们此时此刻可能在做什么，不知道自己更愿意和她们中的哪一个先说话。她们接了电话，两个人一起。听到莱拉的声音，她们都哭了。她也哭了。身后，大厅里的时钟嘀嗒作响，这一成不变的稳定节奏与周围的变幻无常极不协调。然后是寂静——沉重的、潮湿的、滴着水的寂静像一种黏稠液体，让她们越陷越深。显然，母亲和姨妈都希望她感到愧疚，而莱拉确实如此——比她们想象的还要更加愧疚。但她也明白，在她走后，母亲的心像握起的拳头一样紧紧闭上了；塔尔坎死后，姨妈的状况变得更加糟糕。挂断电话时，她带着沉重的挫败感，知道自己再也回不去了，而她陷入其中的这种缓慢的死亡，如今已经成了她的人生。

不过，她还是一有机会就给家里打电话。

有一次，早早回家的爸爸接了电话。一听到她的声音，他倒吸一口气，便沉默不语了。莱拉敏锐地意识到，他是在尽力寻找合适的话。这是她第一次见识到父亲的脆弱。

"爸爸。"她说。声音暴露了她的紧张。

"别这么叫我。"

"爸爸……"她又叫道。

"你给我们带来了耻辱。"他喘着粗气说，"每个人都在背后议论我们。我不能再去茶馆，也不能进邮局了。即使在清真寺，人们也不搭理我。大街上没人跟我打招呼，就好像我是个幽灵，他们看不到我。我一直想：'也许我没有财富，也许我寻不到宝藏，甚至连个儿子也没有，但至少我还有荣誉。'现在我连这个也没有了。我已经万念俱灰。我的族长说，真主安拉会诅咒你，而我会活到那一天。这是对我的补偿。"

窗户上结了几滴水珠。她用指尖轻轻碰了一下，让它在手上停留了一秒钟，然后她又放手，看着它滚落下来。疼痛在她身体内某处剧烈地跳动，在一处她也说不清楚的地方。

"别再给我们打电话了，"他说，"要是你再打过来，我们就告诉接线员，我们不接电话。我们没有一个叫蕾拉的女儿。蕾拉·阿菲菲·卡米勒，你不配叫这个名字。"

莱拉第一次被捕时，和其他几个女人一起被塞进一辆货车。她把两手手心紧贴在一起，眼睛盯着车窗栏杆外面露出的一角天空。比在警察局受到的待遇更糟糕的，是前往伊斯坦布尔性病医院进行后续检查——多年以来她常去那里。她会拿到一张新的身份证，上面清清楚楚地列出她的各个体检日期。她被告知，若是错过一次体检，会被当场拘留，只能到监狱里过夜，或者再去医院补做一次性病检查。

来来回回，从警察局到医院，再从医院回到警察局。

妓女们称之为"妓女的乒乓球"。

正是有一次去医院体检时，莱拉结识了她在伊斯坦布尔的第一个朋友。一个年轻苗条的非洲人，名叫贾梅拉。她的眼睛圆圆的，特别亮，眼皮几乎是半透明的；头发紧贴着头皮，梳成玉米辫；手腕瘦骨嶙峋，为了掩住上面布满的红色伤痕，她戴了好多手链和手镯。她是个外国人，和所有外国人一样，她身上也带着来自异域的影子。她们以前见过几次面，但从没打过招呼。现在莱拉已经明白，聚集在城市各个角落的女人，无论是本地人还是外地人，都属于一个看不见的部落。不同部落的成员之间不应该有交集。

每次一同去那里时，她们都会坐在一条狭窄走廊上的长椅上，走廊里散发着一股强烈的消毒水的气味，甚至用舌头就可以尝到。土耳其妓女坐在一边，外国妓女坐在另一边。由于女人们被逐个叫进检查室，等待的时间漫长难熬。冬天，她们会把双手放在腋窝下，放低声音，为一天里剩余的时间节省能量。医院的这个区域，其他病人和大部分工作人员都避之不及，这里的暖气从来不够热。夏天，女人们懒洋洋地伸开四肢，抠着身上的疤痕，拍打蚊子，抱怨天气太热。她们会脱掉鞋子，按摩疲惫的双脚，空气中弥漫着一股淡淡的异味，将人包围起来。偶尔，一个土耳其妓女会发表关于医生、护士、坐在对面长椅上的人、外国人或是侵略者尖酸刻薄的言论，有人大笑，但不是那种开心的笑。在这样一个狭窄的空间里，敌意可能会以电荷移动的速度传播，也以同样快的速度消失殆尽。当地人尤其不喜欢非洲人，她们指责非洲人抢了饭碗。

那天晚上，莱拉看了看坐在对面的年轻黑人女孩，并没有把她当作外国人。相反，莱拉看到了她的编织手链，想起了自己丢失的那条；看到了她缝在羊毛衫里的护身符，想起所有没能保护自己的护身符；看到她把背包紧紧抱在胸前，仿佛等着被随时踢出这个国家，或者被踢出这个地方。从女孩的举止中，她认出一种熟悉的孤独和凄凉。她有一种奇怪的感觉，仿佛她正在看着自己的倒影。

"你的手链真漂亮。"莱拉用下巴朝它一指。

那个女人缓缓抬起头，动作轻得几乎察觉不到，径直盯着莱拉。她什么也没说，但她的表情很平静，这让莱拉很想继续和她说话。

"我也有过一个那样的手链，"莱拉说着，向前倾了倾身子，"我来伊斯坦布尔的时候把它弄丢了。"

接下来还是沉默。这时一名当地妓女说了一句下流的话，其他人都咯咯笑了起来。莱拉现在开始后悔跟她搭腔，她垂下眼睛，陷入了沉思。

"我自己编的……"就在大家以为她永远不会开口时，那个女人说道。她的声音很小，拖着长长的调子，听起来有些刺耳，土耳其语十分蹩脚。"每个人的都不一样。"

"你给每个人挑选不同的颜色？"莱拉加入了对话，"真好，你是怎么挑选的？"

"通过观察。"

从那以后，每次见面，她们都会多说几句话，分享更多的内容，用手势填补言语无法表达的沉默。在距离她们第一次交谈几个月后的一个下午，贾梅拉从对面的长椅伸出手，越过一堵看不见的墙，往莱拉的手心里轻轻放了什么东西。

那是一条用长春花、石楠花和深樱桃的颜色编织而成的手链—— 一条紫色的手链。

"给我的吗？"莱拉轻声问。

她点了点头。"是的，你的颜色。"

贾梅拉，能看到别人灵魂深处的女人，只有当她看到自己想要看到的东西时，才决定是否向别人敞开心扉。

贾梅拉，五人组之一。

贾梅拉的故事

贾梅拉出生在索马里，父亲是穆斯林，母亲是基督徒。她的童年生活无忧无虑，但在父母去世很久以后她才意识到这一点。她的母亲曾经告诉她，童年是巨大的蓝色波浪，将你托起，带着你向前，就在你以为它会永远这样下去时，它却从眼前消失了。你既不能去追它，也不能让它回来。但在消失之前，海浪留下了一份礼物——岸边的海螺壳。壳里储存着童年的全部声音。即使在今天，如果贾梅拉闭上眼睛仔细听，她还能听到它们：弟弟妹妹们的欢声笑语，父亲斋戒结束后一边吃着枣一边说着的溺爱话语，母亲备餐时的歌声，晚上点燃火堆时发出的噼里啪啦声，外面的金合欢树的沙沙声。

摩加迪沙[1]，印度洋上的白色珍珠。晴朗的天空下，她遮着眼睛眺望远处的贫民窟，它们就像建造时所使用的泥土和漂流木

---

[1] 索马里首都、重要港口和历史古城，也是该国第一大城市。

一样脆弱。那时的她无须担心贫穷。日子风平浪静，她的梦轻松而甜美，仿佛抹在面包上的蜂蜜。但后来，她挚爱的母亲在经历了漫长的病痛后，被癌症夺去了生命，母亲的笑容直到生命最后一刻才暗淡下来。父亲变成了过去那个男人的影子，一人要带着五个孩子，他对肩上的重担毫无准备。他的脸色阴沉下来，渐渐地，他的心也阴沉下来。家里的长辈劝他再婚——这次是和一个信奉同一宗教的女人。

贾梅拉的继母是一个寡妇，连她要取代的女人的鬼魂都嫉妒，她决心抹去所有前任的痕迹。不久，大女儿贾梅拉几乎在所有事情上都和继母对着干，从穿着打扮、饮食习惯到说话方式。为了让惊慌失措的自己平静下来，她开始花更多时间在街上游荡。

一天下午，她不知不觉间来到母亲常去的那座古老的教堂，她不再去那个教堂了，但从未完全忘记那里。她没有多想，推开高高的木门，走了进去，呼吸着蜡烛和抛光木材的味道。祭坛旁那位上了年纪的牧师向她讲述起她母亲在成为妻子和母亲很久以前的往事，听来像是别人的故事。

贾梅拉并不打算再去教堂，但一个星期后，她还是去了。十七岁时，她加入了教会，这触怒了父亲，伤透了弟弟妹妹们的心。在她看来，她并不是在两个亚伯拉罕宗教之间做出选择；她只是抓住了一根看不见的线，一根把她和母亲联结起来的线。没有人这么想，也没有人原谅她。

牧师说她不该过于悲伤，因为现在她找到了一个更大的家庭，一个由信徒组成的大家庭。但是，尽管她努力尝试，还是没有体会到牧师口中那迟早会来的平静和满足。她又一次发现自己孤身一人，没有家人，也没有教会。

她需要找份工作。现有的工作机会她都不够格，除此之外没有别的了。那个她过去常常从远处观察的贫民窟很快就成了她的住所。与此同时，这个国家也在发生变化。所有的朋友都附和着穆罕默德·西亚德·巴雷①的豪言壮语，不停地谈论如何将生活在他人枷锁下的索马里人解放出来，建立一个更伟大的索马里。他们说他们已经准备好为之战斗，为之牺牲。在贾梅拉看来，每个人，包括她自己，都在试图逃避当下：她渴望重返童年；而她的朋友们则期待着一个像海上沙漠中的流沙一样不确定的未来。

然后局势开始恶化，街道上弥漫着燃烧的轮胎和火药的味道，变得不再安全。被逮捕的政权反对者们手握苏联制造的武器。监狱——此前英国和意大利统治的遗迹——很快就人满为患。学校、政府大楼和军营都变成了临时监狱，甚至总统府内也腾出一些地方用作监狱，但仍然没有足够多的地方来关押所有被捕人员。

大约就在这时候，一个熟人告诉她，有几个白人正在招募身体好、能吃苦的非洲妇女去伊斯坦布尔——去做一些打理家庭杂务、带孩子、做饭之类的底层工作。这位熟人解释说，土耳其人喜欢雇用索马里人做家务。贾梅拉觉得机会来了。她的生活就像

---

① Mohamed Siad Barre（1919—1995），索马里政治家、军人，于1969年至1991年担任该国总统。

一扇已经关上的门,她渴望到别处打开另一扇门。她想,一个没有走遍世界的人,有什么眼界可言。

她和四十多人一起踏上了前往伊斯坦布尔的旅程,其中大部分是妇女。抵达那里之后,他们被分成几组,排好队。贾梅拉注意到,像她这样的年轻女孩被安排在一边,其余的人很快被带走了。她再也没见过他们。等她明白过来这是个骗局——只是把人带来当廉价劳力或是进行性剥削的借口,那时已经来不及逃跑了。

伊斯坦布尔的非洲人来自旧大陆的四面八方。坦噶尼喀[①]、苏丹、乌干达、尼日利亚、肯尼亚、上沃尔特[②]、埃塞俄比亚,他们都是为了逃离内战、宗教暴力以及政治叛乱才来到这里。这些年来,寻求庇护的人每天都在增多,其中有学生、专家、艺术家、记者、学者……但是报纸上唯一一提及的非洲人,就是那些像她一样被贩卖的人口。

在塔拉巴西的一所房子里,沙发破旧不堪,窗帘是由磨损的床单改成的,空气中弥漫着烧焦的土豆和油炸洋葱的味道,还有一股未成熟的核桃一样的酸味。晚上,几个女人会被召集起来——她们从不知道是她们当中的哪几个。每隔几个星期,警察就会敲开房门,把她们围起来,带她们到性病医院检查。

那些反抗逮捕者的妇女会被关在房子下面的地窖里,地窖又

---

① 坦桑尼亚的非洲大陆部分,地处非洲东部,濒临印度洋。
② 位于非洲撒哈拉沙漠南缘、沃尔特河上游的内陆国家,1984 年改名为布基纳法索。

黑又小，只有蹲下才能容身。比起饥饿和腿上的疼痛，她们对于关押者自相矛盾的担心则更为可怕：她们担心，唯一知道她们下落的这些人会出事，害怕自己会被永远遗弃在那里。

"这就像驯马一样，"其中一个女人说，"他们就是这样对我们的。一旦我们精神崩溃了，他们就知道我们哪里也去不了。"

但贾梅拉从未放弃过逃跑的想法。在医院遇见莱拉的那天，她也在考虑这个。她在想，也许她只是一匹没有完全崩溃的马，吓得不敢溜走，瘸得没了胆量，但她仍然记得自由的甜美滋味，并因此对自由充满渴望。

8 分钟

八分钟过去了，莱拉从记忆档案中提取出的下一个片断是硫酸的味道。

一九六六年三月。在妓院街，在她楼上的房间内，莱拉斜倚在床上，翻阅着一本精美的杂志，封面是索菲娅·罗兰[①]的照片。她并没有专心看，纷乱的思绪分散了她的注意力——直到她听到苦妈喊她的名字。

莱拉放下杂志，慢慢地站起身来，伸展四肢。她迷迷糊糊地穿过走廊，走下楼梯，两颊微微泛红。一个中年客人站在苦妈旁边，侧身背对着她，在看那幅画着黄水仙和柑橘的画。不等看清他的脸，她就认出了他手中的雪茄。是那个妓女们都极力回避的男人。他残忍、凶狠，满口脏话，几度因为暴力举动被赶出妓院。但是今天，苦妈似乎又一次原谅了他。莱拉的脸沉了下来。

[①]Sophia Loren（1934—　），意大利女演员，曾凭借代表作《烽火母女泪》获得第34届奥斯卡金像奖最佳女主角。

他穿着一件卡其布马甲，上面有几个口袋。正是这个细节最先引起了莱拉的注意。只有摄影记者才会穿这种衣服，她想，或者是有很多东西需要藏起来的人。他的举止让莱拉想到水母：不是一只生活在开阔的大海中的水母，而是被关在一个玻璃罩中的水母——它那半透明的触须悬在密闭的空间里。仿佛没有什么东西能把那个男人的身子撑直；他的整个身体一团松软，好像由一种不同寻常的固体材料构成，随时都可能会液化。

苦妈把手掌放在桌子上，庞大的身躯前倾，朝那个男人眨了眨眼睛。"她来了，我的帕夏，龙舌兰莱拉！她可是我这里最好的姑娘。"

"那是她的名字吗？你为什么这么叫她？"他从头到脚打量着莱拉。

"因为这个姑娘啊，她很不耐烦，总是希望生活过得快些，但她也很有韧劲。酸味苦味一饮而尽，就像喝龙舌兰酒一样。于是我给她取了这个名字。"

那人不悦地笑了。"那么她最适合我了。"

楼上的房间里，就在几分钟前，莱拉还在那里看着索菲亚·罗兰完美的身材和她的白色蕾丝裙，现在莱拉脱掉了衣服。先是碎花裙，然后是比基尼上装——她讨厌这件粉色的褶边衣服。她脱下长筒袜，但仍穿着天鹅绒拖鞋，似乎这样她就会更有安全感。

"你觉得那个贱人在监视我们吗？"那人压低嗓音说。

莱拉惊讶地瞥了他一眼。"你说什么？"

"楼下的老鸨。她可能在监视我们。"

"当然不会。"

"看，就在这里！"他指着墙上的一道裂缝说，"看到她的眼珠子了吗？看到它怎么转了吗？魔鬼！"

"那里什么也没有。"

他眯起眼睛看着她，目光中的仇视和怨恨显而易见。"你为她工作，我为什么要相信你？你这个魔鬼的仆人。"

莱拉突然感到害怕。她往后退了一步，意识到自己正在和一个精神不正常的男人独处一室，胃里涌起一股恶心。

"有间谍在监视我们。"

"相信我，这里没有别人。"莱拉安慰道。

"闭嘴！愚蠢的婊子，你什么都不知道。"他大叫道，接着他放低了声音，"他们在给我们的谈话录音。到处都安装着摄像头。"

然后他拍着自己的口袋，嘴里的话成了听不清的喃喃细语。他拿出一个小瓶子，拔出软木塞，瓶子发出一声压抑的呻吟。

莱拉惊慌失措。困惑中，她朝那个男人走去，想搞清楚瓶子里装的是什么，接着她改变了主意，向门口的方向倒退。要不是那双她视如珍宝的可爱拖鞋，她本可以逃得更快些。她绊了一跤，失去了平衡，男人一秒前朝她泼过来的液体落在了后背上。

是硫酸。他正打算把剩下的液体泼到她脸上，但她忍着被酸灼伤皮肉的剧痛，冲进了走廊。那种疼痛不同寻常。她疼得喘不过气来，浑身发抖，像一把废弃的破旧扫帚一样斜靠在墙上。她头晕目眩，但还是拖着身体朝楼梯挪过去。她紧紧抓住楼梯扶手，以免摔倒。她开始喊叫——用一种原始而又野性的声音，她喊破了嗓子，声音雨点般落在妓院的所有房间内。

硫酸在地板上留下了一个洞。莱拉出院后，背上的伤口仍很脆弱，颜色也变了，伤口从未完全愈合。她经常坐在那个洞旁边。她会用手指抚摸它，抚摸它那不规则的形状和粗糙的边缘，仿佛他们之间有一个秘密。如果她长时间认真地盯着那个黑洞，它就会像豆蔻咖啡表面的旋涡一样开始旋转。正如小时候她看到地毯上的鹿在动那样，现在那个硫酸留下的洞在她眼前转动着。

"你知道的，那个洞也可能会留在你脸上。感谢你的幸运星吧。"苦妈说。

客人们也有同感。他们告诉她，她是多么幸运，因为这次毁容并未妨碍她的工作。如果说有什么不同于以往的话，那就是她比以前更受欢迎了。她成了一个有故事的妓女，而男人们似乎都很喜欢有故事的女人。

袭击事件发生后，妓院街上的警察数量增加了——这持续了大约两个星期。整个一九六六年春天，暴力事件在城市各个角落升级，政治派别之间发生冲突，流血事件不断，大学生在校园内遭到枪杀，街上的海报内容更加激进、语气更加急迫。很快，额外派来的那些警察就被部署到其他地方去了。

袭击事件之后的很长一段时间里，莱拉尽量避免与其他妓女接触，她们大多数都比她年长，说话尖酸刻薄，开一些冷嘲热讽的玩笑，这令她十分恼火。必要时她会进行反击，除此之外，她几乎不与人来往。对这条街上的女人来说，抑郁很普遍，它像火苗舔舐木头一样撕扯着她们的灵魂。但没有人用"抑郁"这个词。她们用"糟糕"一词，不是形容她们自己，而是描述除了自己以外的一切人和事。食物糟糕透了。报酬真糟糕。这双鞋真糟糕，把我的脚弄疼了。

莱拉只喜欢和一个女人待在一起。那是一个阿拉伯女人，年龄不详，个头矮小，只能穿童装。她叫扎伊纳布122，根据不同的心情，她会把名字拼成"扎伊纳布""泽伊纳布""扎乌涅布""泽乌涅布"……她声称可以用一百二十二种不同的方式拼写自己的名字。这个数字也与她的身高有关，她恰好一百二十二厘米。"小矮人""侏儒""大拇指"——这些都是别人给她起的外号，有的甚至更难听。她受够了人们盯着她看，受够了人们暗地里或公开地表示想知道她到底有多高。于是，为了表示反抗，她在自己名字后面加上了这个数字。她的胳膊与躯干不成比例，手指又粗又胖，几乎看不见脖子。宽阔的额头、裂开的上颚、闪烁着智慧的灰色眼睛是她脸上最突出的特征。她的土耳其语很流利，但口音中的喉音暴露了她的出身。

扎伊纳布122拖地、擦厕所、用吸尘器打扫房间，努力工作的同时，她还满足妓女们的一切需求。这些活儿都不容易，因为她不仅四肢短小，脊椎也弯着，这让她很难长时间地站立。

扎伊纳布122业余时间里还是个占卜师——但她只给她喜

欢的人占卜。她每天给莱拉煮两次咖啡，从未间断过。咖啡喝完后，扎伊纳布122会观察杯底剩下的黑色咖啡渣。她从不谈论过去和未来，只说现在。她预测的都是一个星期之内的事，最多未来几个月。但是在一个特别的下午，扎伊纳布122打破了惯例。

"今天你的杯子里充满惊喜。我从没见过这种情形。"

她们并排坐在床上。外面的路上响起了欢快的旋律，让莱拉回忆起小时候听到的冰激凌车的叫卖声。

"看！一只雄鹰栖息在高高的山顶上。"扎伊纳布122转着杯子说道，"它头顶上有一个光环。是个好兆头。可是下面有一只乌鸦。"

"那是个坏兆头吗？"

"不一定。这是冲突的标志。"扎伊纳布122又转了一下杯子，"哦，天哪，你得看看这个！"

莱拉身体前倾，眯起眼睛好奇地打量着杯子。她只看见里面有一堆乱七八糟的棕色残渣。

"你会遇到一个人，他又高又瘦又帅气……"扎伊纳布122加快语速，她的话就像火堆里迸出的火星，"铺满鲜花的道路，意味着一个美好的浪漫故事。他拿着一枚戒指。哦，天哪……你要结婚了。"

莱拉挺直腰板，端详着自己的手掌。她眯起眼睛，仿佛在凝视远处灼热的太阳，又或是遥不可及的未来。再次开口时，她的声音很是平淡。"你在取笑我。"

"我发誓我没有。"

莱拉犹豫了。要是别人说这样的话，她会立刻走出房间。但这个女人从不说别人坏话，尽管总是受到别人的嘲笑。

扎伊纳布122把头歪向一边，就像她在土耳其语中寻找合适的单词时那样。"我听上去太激动了，对不起，我没忍住。我是说……我已经很多年没看到这么充满希望的预兆了。我说的就是我看到的。"

莱拉耸耸肩。"这只不过是杯咖啡。一杯愚蠢的咖啡。"

扎伊纳布122摘下眼镜，用手帕擦了擦，又戴上。"你不相信我，没关系。"

莱拉一动不动地站着，眼睛失神地盯着房间外的某处，说："相信一个人是件严肃的事情。"一时间，她又成了凡城的那个女孩，站在厨房里，看着那个生下她的女人剁着莴苣和蚯蚓。"你不能就这么随口一说。相信，是一个非常重大的承诺。"

扎伊纳布122好奇地盯着她看了很久。"嗯，这一点我们看法一致。所以为什么不把我的话当真呢？总有一天，你会穿着婚纱离开这里。让这个梦想给予你力量吧。"

"我不需要梦想。"

"这是我听你说过的最愚蠢的话。"扎伊纳布122说，"人人都需要梦想，*亲爱的*。总有一天你会让所有人大吃一惊。他们会说：'看看莱拉，真是惊天动地！首先，她有足够的勇气离开一个可怕的老鸨，从一家妓院到了另一家妓院；然后，她彻底退出这条街，洗手不干了。真是个了不起的姑娘！'即使你离开很久之后，她们还会谈论你。你将给她们带来希望。"

莱拉深吸一口气表示反对，但她什么也没说。

"当那一天到来时，希望你能带上我。我们一起走。而且你还需要有个人帮你托着婚礼面纱。你的面纱会很长的。"

莱拉的嘴角忍不住露出一丝笑意。"我上学的时候……还是在凡城……看到一张公主出嫁的照片。天哪，她可真美。她的礼服最漂亮了，面纱足有两百五十英尺长，想想吧！"

扎伊纳布 122 朝水池走去。她踮起脚，让水流出来。这是她从老师那里学来的：如果咖啡渣显示出绝佳的征兆，必须马上把它冲掉，否则命运之神就会像惯常那样插手其中，把事情搞得一团糟。她轻轻地擦干杯子，把它放在窗台上。

莱拉继续说道："她站在宫殿前，看上去就像一个天使。破坏者把画剪下来，交给我保管。"

"破坏者是谁？"扎伊纳布 122 问道。

"哦。"莱拉的脸沉下来，"一个朋友。他是我的挚友。"

"嗯，关于那个新娘……"扎伊纳布 122 说，"你说她的面纱两百五十英尺，是吗？那不算什么，*亲爱的*。我告诉你，虽然你不是公主，但如果我在你杯子里看到的是真的，你的礼服会比那更漂亮。"

扎伊纳布 122——占卜师、乐观主义者、信徒；对她来说，"信仰"就是"爱"的同义词，对她来说，真主就是她心之所爱。

扎伊纳布 122，五人组之一。

扎伊纳布的故事

　　扎伊纳布出生在黎巴嫩北部的一个偏远山村，距伊斯坦布尔有一千英里。该地区的逊尼派穆斯林世世代代近族通婚，侏儒症在村子里十分普遍，时常吸引外部世界的好奇游客——记者、科学家等前来参观。扎伊纳布的兄弟姐妹都是正常身材，到了适婚年龄，他们便一个个结婚成家了。她的父母都是侏儒，兄弟姐妹中，只有她一个人遗传了父母的身高。

　　一天，一名来自伊斯坦布尔的摄影师敲开了他们的家门，希望能为她拍照。扎伊纳布的生活由此改变。这个年轻人当时正在中东地区旅行，记录那里不为人知的生活。他在极力寻找像她这样的人。"没有什么比一个女侏儒更好的题材了。"他腼腆地笑着说，"对西方人来说，阿拉伯女侏儒是个双重谜团。我希望这个展览能在全欧洲展出。"

　　扎伊纳布以为父亲不会同意，没想到他竟然答应了，只要隐去他们一家人的名字和地址。日复一日，她摆好姿势让摄影师拍照。他是一个有才华的艺术家，但不懂人情世故。他没有注意到，他的模特每次进屋时，脸上都会泛起阵阵红晕。在拍了一百多张照片后，他心满意足地离开了，声称她的脸将是他展览的重点展品。

同年，由于健康状况不断恶化，扎伊纳布与姐姐一同前往首都贝鲁特，在那里生活了一段时间。就是在这里，在萨尼山下，看病之余，一位占卜大师对她心生喜爱，向她传授了一种古老的占卜术——根据茶叶、酒渣和咖啡渣进行占卜。扎伊纳布有生以来第一次意识到，自己异于常人的身高能够派上用场。让一个侏儒预测命运，人们似乎对此非常着迷——就好像她是凭借身高才对神秘之物有了独特的认知。走在街上，她可能会遭到人们的嘲笑或怜悯，但在自己的占卜室中，她却能得到赞美和尊重。她喜欢这种感觉，技艺也越来越高超。

多亏了这门新技能，扎伊纳布能赚钱了。赚得不多，但足以给她带来希望。然而，希望是一种危险的化学物质，能引发人类心灵的连锁反应。她厌倦了人们窥探的目光，也苦于自己没有结婚和工作的前景，长久以来，她的身体成了一个诅咒。她刚攒了一些钱，便幻想抛开一切，到另一个地方去开始新生活。从小到大，她听到的故事不都在传递这个信息吗？只要口袋里还有一线希望，你就可以穿越沙漠，翻过高山，纵横四海，战胜巨人。这些故事里的英雄无一例外都是男性，没有一个有她那样的身高，但这并不重要。如果他们有胆量，她也可以。

回家后的几个星期里，她和她年迈的父母商量，希望能说服他们允许她离家外出，闯出自己的一片天地。她一直是个孝顺的女儿，没有父母的祝福，她不可能出国，也不会去别处；如果得不到他们的允许，她就会留下来。她的兄弟姐妹们强烈反对她的梦想，认为这纯属疯狂。但是扎伊纳布态度坚决。真主安拉创造出他们，赋予他们如此悬殊的境遇，他们怎么可能理解她内心深处的感受，怎么会知道，身为侏儒的她是如何在社会边缘苦苦挣扎？

最后，还是她的父亲比任何人都更了解她。

"我和你妈妈都老了。我一直在问自己，我们走了以后，你一个人怎么办？当然了，你的姐妹们会照顾好你。但我知道你自尊心很强。我一直希望你能找一个和你个头相当的小伙子结婚，但最终这个愿望也没能实现。"

她吻了父亲的手。但愿她能向他解释，婚姻不是她的宿命。许多夜晚，当她枕在枕头上时，她的眼前出现了*旅行天使*[①]，她不知道那究竟是梦还是幻觉；也许家不是她出生的地方，而是她选择死亡的地方。她希望用自己余下的健康和岁月，去做她的家人都不曾做过的事，成为一个旅行者。

父亲长叹了一口气，歪着头，仿佛听见了所有她没说出口的肺腑之言。他说："*我的宝贝*，如果你一定要走，那就走吧。去交朋友，交好朋友，忠诚的朋友。除了全能的主，没有人能独自生存。记住，在人生的沙漠中，愚者独来独往，智者结伴同行。"

---

① 在传说中，达达伊尔（Darda'il）是在地球上旅行的天使。

一九六四年四月。叙利亚颁布新宪法。宪法规定，叙利亚是一个"社会主义民主共和国"，第二天扎伊纳布就去了卡萨波镇①。在一个亚美尼亚家庭的帮助下，她越过边境进入土耳其。不知为何，她决定前往伊斯坦布尔，也许是因为记忆中一个遥远的时刻，一个隐秘的渴望。摄影师的面孔依然在脑海中牵动着她的回忆——那是她唯一爱过的男人。她躲在卡车后面的纸箱中间，被最可怕的念头折磨着。每次司机踩下刹车，扎伊纳布都担心会发生什么糟糕的事。好在旅途出奇顺利。

然而，在伊斯坦布尔找一份工作谈何容易。没有人愿意雇用她。不懂土耳其语，她就无法进行占卜。经过几个星期的寻找，一家名为"发梢分叉"的理发店雇用了她。工作繁重，钱不够花，老板也不友善。由于长时间站立，每天她的背部都疼痛难忍。但她还是坚持了下来。几个月过去了，一晃一年过去了。

理发店的常客中有一个身材矮胖的女人，每隔几个星期，她就来把头发染成各式各样的金色。她很喜欢扎伊纳布。

"你不如去我那里工作吧？"有一天，女人对她说。

"是个什么样的地方？"扎伊纳布问。

"这个嘛，是家妓院。先别急着抗议，也别拿东西砸我脑袋。有一点我先说清楚：我经营的可是个正经地方。正规、合法，可以追溯到奥斯曼帝国时期，只是别对每个人都这么说。有些人显

---

① 叙利亚地名。

然不愿意听。不管怎样，如果你到我那里工作，我一定好好对你。你还是做和在这里一样的工作——打扫卫生、煮咖啡、洗杯子……仅此而已。但我会给你更好的报酬。"

就这样，扎伊纳布122从黎巴嫩北部的高山，来到伊斯坦布尔低矮的丘陵，走进了龙舌兰莱拉的生活。

9分钟

第九分钟，莱拉的回忆在放慢速度的同时又渐渐失去了控制，过去的记忆碎片在她的脑海中如狂热的舞蹈般盘旋，就像一群蜜蜂飞过。现在她想起了达阿里。一想到他，她便回忆起巧克力夹心糖的味道，里面的夹心充满惊喜：焦糖、樱桃酱、榛子果仁……

一九六八年七月。那是一个漫长而闷热的夏天。阳光炙烤着柏油路，空气潮湿，万里无云，一点风也没有，一阵雨也没下。海鸥静静地站在屋顶上，眼睛盯着地平线，仿佛在等待敌军舰队的幽灵归来；喜鹊栖息在木兰树上，环顾四周，寻找着闪闪发光的小饰品，但因为天气太热，它懒得动弹，最终几乎一无所获。一个星期前，一根水管爆裂，脏水顺着街道一直流到南边的托普哈内，形成一个个小水坑，孩子们把叠好的纸船放在上面。未被清理的垃圾散发出一股恶臭。妓女们抱怨苍蝇和令人作呕的味道，但并不指望有人会听。没有人相信管道很快能被修好。她们只能等待，就像等待生活中许多其他事情一样。然而，令每个人都无比惊讶的是，一天早上，她们被工人钻马路、修管道的声音吵醒了。不仅如此，人行道上松动的石头被整修过了，妓院街入口处的大门也被粉刷一新。现在，门被刷成了吃剩的扁豆一样的深绿色——只有急于赶工的政府官员才会选用这种颜色。

妓女们怀疑政府是这场疯狂活动的幕后主使者。事实证明，她们猜得没错。原因很快揭晓：美国人要来了。第六舰队正在前往伊斯坦布尔的途中。一艘重达两万七千吨的航空母舰将停靠在博斯普鲁斯海峡，随后它将参与北约行动。

这个消息在妓院街引起一阵阵兴奋的骚动。数以百计的船员很快就下船了。他们口袋里装着崭新的美元，许多船员在离家数个星期后，无疑会渴望女人的温存。苦妈欣喜若狂。她在前门上挂上**"打烊"**的牌子，命令每个人卷起袖子开始干活儿。莱拉和其他姑娘们抓起拖把、扫帚、抹布、海绵等一切能找到的清洁用品，擦亮门把手，擦洗墙壁，拖地，擦窗户，还把门框重新刷成蛋壳白色。苦妈恨不得把整栋楼重新粉刷一遍，但又不愿花钱雇专业油漆工，只好找了个业余人士草草了事。

与此同时，整个城市都陷入忙乱之中。伊斯坦布尔市政府决定让美国游客感受一下土耳其人的热情好客，于是在街道上摆满了鲜花。悬挂在车窗、阳台和房前花园里的成千上万的旗帜迎风招展。一家豪华酒店的外墙上挂了一面横幅，上面写着**"北约是安全，北约是和平"**。当所有被修缮一新的路灯亮起来时，新扫过的柏油路面反射出一片金光。

第六舰队到达的那天，鸣放礼炮二十一响。大约在同一时间，为了确保不出任何乱子，警察突袭了伊斯坦布尔大学校园，围捕左翼学生领袖，将他们关押起来，直到舰队离开这座城市。警察们挥舞着警棍，拿着手枪，气势汹汹地突袭食堂和宿舍，靴子发出蝉鸣一样整齐的声响。但学生们做了一件出乎意料的事：他们奋力抵抗。随后，对峙演变成暴力流血事件——三十名学生被捕，五十名惨遭毒打，一名被杀害。

　　那天晚上，伊斯坦尔看上去美丽迷人，但又极度紧绷，宛如一个为了参加一场她再也不想出席的聚会而盛装打扮的女人。随着时间的流逝，气氛越来越紧张。许多市民夜不能寐，焦急地等待着天亮，担心事态会发展到最坏的地步。

　　第二天早上，为美国人种植的鲜花上的露珠还在闪闪发光，成千上万的抗议者已走上街头。人群唱着革命歌曲，涌向塔克西姆广场。游行队伍在杜尔马－巴切宫前停下。杜尔马－巴切宫是六位著名奥斯曼苏丹和他们的无名情妇的居所。刹那间，人群屏息静气，不知在等待什么，场面安静得令人尴尬。这时，一个学生领袖抓起扩音器，用英语高声喊道："美国佬，滚回家！"

　　人群仿佛被一道闪电击中，立刻精神抖擞，齐声高喊："美国佬，滚回家！美国佬，滚回家！"

　　此时，美国船员们早早就下了船，正在四处闲逛，准备参观这座历史名城，拍几张照片，买些纪念品。刚听到远处的声音时，他们并没多想——直到他们转过一个弯，径直撞上愤怒的示威者。

夹在抗议游行队伍和博斯普鲁斯海峡之间的船员们选择了后者，他们直接跳进了大海。有些游走后被渔民救起；还有一些留在岸边，在游行结束后被路人拉了上来。这一天还没结束，第六舰队的指挥官就发现此地危险，不可久留，决定提前撤离伊斯坦布尔。

与此同时，在妓院，苦妈气得脸色发白。她给所有姑娘买了比基尼上衣和草裙，还准备了一个用不地道的英语写着"欢迎美国大兵"的牌子。她一向不喜欢左翼分子，现在对他们更是恨之入骨。该死，他们以为自己是谁，竟然敢断了她的生意。粉刷、清洁和上蜡全都是白费力气。在她看来，她埋头苦干一辈子，可不是为了让一小撮误入歧途的激进分子告诉她，现在她必须把自己辛辛苦苦挣来的钱分给一群游手好闲的懒蛋和穷光蛋。不，她是坚决不会那么做的。她决定把钱捐给全市的反对活动，不管他们有多么软弱无能。她暗自骂了一句，然后把门上的牌子翻转到**"营业中"**的那一面。

既然美国船员不会光顾妓院了，妓女们也都松懈下来。楼上的房间里，莱拉盘腿坐在床上，用钢笔轻敲着脸颊，腿上放着一沓纸。她正希望自己能有一段清闲时间。她写道：

亲爱的娜兰，

　　我一直在思考那天你和我说的农场动物的智慧。你说我们把它们杀掉，吃进肚子里，自认为比它们更聪明，但我们从没有真正了解过它们。

你说牛能辨认出伤害过它们的人，绵羊也能识别人的脸。但我问自己，它们什么都改变不了，记住这么多又有什么用？

你说山羊就不一样了。虽然它们容易恼火，但很快就会忘掉。我们人类是否就像绵羊和山羊一样，由两种人组成：一种人永远不会遗忘，另一种人很容易就原谅别人……

莱拉被一阵刺耳的尖叫吓了一跳，停下笔来。苦妈正朝一个人大喊。老鸨本来就窝着一股火，现在听上去更气急败坏了。

"你想干什么，小子？"苦妈说，"告诉我你要找什么！"

莱拉走出房间，站在楼梯上旁观。

门口站着一个年轻人。他的脸涨得通红，又长又黑的头发散乱着。他微微喘着气，像是在逃命。莱拉看了他一眼，便觉得他可能是在街头抗议的左翼分子，很可能还是一名大学生。警察封锁了道路，左翼、右翼和中间派都一并逮捕，他一定是从游行队伍中掉了队，冲进了一条小巷，结果却发现自己来到了妓院街。

"我再最后问你一次，不要挑战我的耐心。"苦妈皱起了眉头，"你到底想干什么？如果你什么都不想，那好，滚出去吧！别像个稻草人一样站在那里。说话！"

年轻人环视四周，双臂紧紧交叉在胸前，好像抱着自己以寻求安慰。正是这个动作，触动了莱拉的心。

"甜妈，我想他是来找我的。"莱拉对着楼下说。

他吃了一惊，抬起头来，看见了她，嘴角扬起无比温柔的微笑。

与此同时，苦妈正耷拉着眼皮打量这个陌生人，等着听他会说些什么。

"嗯，是的……没错……我是来和这位女士谈谈的，其实。谢谢你。"

苦妈笑得浑身发抖。"和这位女士谈谈——其实？谢谢你？喂，小子。你刚刚说你是从哪个星球来的？"

年轻人眨了眨眼睛，突然害羞了起来。他一只手掌划过太阳穴，似乎需要花些时间才能说出答案。

现在，苦妈认真起来，一副公事公办的样子。"你到底要不要她？身上带钱了吗，我的帕夏？她是我这里最好的姑娘，可不便宜。"

这时门开了，一位客人走了进来。在街上变幻莫测的灯光照耀下，莱拉一时看不清年轻人脸上的表情。之后她看到，他在点头，焦急的脸上露出平静的神情。

年轻人上楼来到她房间，饶有兴趣地环顾四周，仔细查看每一个细节——水池的裂缝，关不上门的碗柜，被香烟烧出洞的窗帘。最后，他转过身来，看见莱拉正在慢慢脱衣服。

"哦，不，别这样。停下！"他迅速后退一步，侧过头去，皱起眉头，镜子反射的光让他的脸更有棱角了。因为一时情绪激动，他变得局促不安，接着他镇静下来。"我是说……请把衣服穿上。我来这里不是为了这个。"

"那你想干什么？"

他耸了耸肩。"我们坐下来聊聊天怎么样？"

"你想聊天？"

"是的，我很想认识你。天啊，我连你的名字都不知道。我叫达阿里——不是真名，谁又愿意用真名呢，对吧？"

莱拉盯着他。院子对面的家具作坊里，有人开始唱歌，一首她听不出是什么的歌。

达阿里一屁股坐在床上，拉起腿，轻松地盘起来，两手托腮。"说真的，如果你没心情说话，也不用担心。我也可以卷支烟。我们就默默地抽烟。"

达阿里。他那乌黑的头发像波浪般一直垂到衣领上；他的眼睛是不安分的绿宝石色，当他沉思或困惑时，眼睛就会变得更亮。他是个移民的儿子，一个被迫背井离乡的孩子。土耳其、德国、奥地利，然后回到德国，再回到土耳其——就像一件被钉子钩破了好几次的开襟羊毛衫，到处都可以看到过去的痕迹。在遇到他之前，莱拉从未见过这样的人，在这么多地方定居过，却没有一个地方让他感受到家的自在。

他在德国护照上的真名，是阿里。

年复一年，他一直在学校里遭受着种族歧视与冷嘲热讽，还时不时地领受同学们的辱骂和拳头。后来，他们中有人得知他热爱艺术，这让他们更有理由在每天早上他走进教室时取笑他了。叫阿里的男孩来了……真是个白痴，他还以为自己是达利！无休止的嘲讽深深刺痛了他。有一天，一位新来的老师要求全班同学做自我介绍，他一跃而起，带着坚定而自信的微笑说："大家好，我叫阿里，但我更喜欢别人叫我达阿里。"从此以后，针对他的恶意评论就消失了，但倔强任性又有主见的他却开始使用这个名字，甚至喜欢上了这个曾经给他带来伤害的绰号。

他的父母都来自爱琴海附近的一个村庄，二十世纪六十年代初从土耳其来到德国，以"外来工人①"的身份被请来那里务工，等他们不再被人需要时，就得收拾行李离开。一九六一年，他的父亲率先到了那里，与另外十名工人同住一间宿舍，其中一半的人是文盲。夜晚昏暗的灯光下，识字的人会替不识字的人写信。在如此狭小的空间生活了一个月，每个人都知晓了彼此的一切，从家族秘密到如厕问题。

一年后，他的妻子带着达阿里和他们的双胞胎女儿也来了。起初，生活并不像他们期望的那样一帆风顺。在奥地利定居失败后，一家人回到德国。科隆的福特工厂需要工人，于是他们在附近安顿下来。一到下雨天，街道上弥漫着一股沥青味，房子看上去都大同小异，楼下的老太太只要听到他们发出一丝动静，就会报警。妈妈给每个人买了松软的拖鞋，他们习惯了低声说话，看电视时把音量调低，晚上不放音乐，也不冲厕所：这些声音也不行。阿里的弟弟在这里出生，他们在这里一起长大，每晚听着莱茵河的潺潺流水进入梦乡。

达阿里的深色头发和方下巴就是遗传了父亲。父亲经常提出

---

① 原文为德语。

搬回土耳其：他们受够了这个冷酷傲慢的国家，等攒够了钱，他们就会离开。他要在自己村里盖一所房子，一所大大的房子，后面建个池塘，种个果园。到了晚上，他们会听到山谷的嗡嗡声，偶尔还能听到鸽子的哨音。他们再也不用穿毛茸茸的拖鞋，也不用悄声说话了。随着岁月流逝，他的归乡计划也越来越详尽。家里没有人把他的话当回事。德国才是家。德国才是祖国^①——尽管作为一家之主的父亲并不接受这个事实。

达阿里上中学时，老师和同学们都知道，他注定要成为一名艺术家。然而，家里人从不鼓励他对艺术的热情，甚至当他最喜欢的老师来找他们谈话时，他的父母也不理解。达阿里永远不会忘记那天下午他有多么羞愧：身材魁梧的克里格夫人坐在椅子上，手里优雅地端着小茶杯，试图向他父母解释，他们的儿子确实很有艺术天赋，只要加以辅导，他就能考上当地艺术与设计学校。达阿里看着父亲，只见父亲同情地盯着这个浅橙色皮肤、金黄短发的德国女人，面带微笑地听对方教导他如何对待自己的儿子，但他眼中并没有笑意。

达阿里十八岁那年，一天晚上，妹妹们去朋友家参加聚会，结果出事了。双胞胎妹妹中的一个没有回家，尽管她只能在外面最晚待到八点。第二天早上，她被发现躺在公路边，昏迷不醒。她被救护车紧急送往医院，是因饮酒过量导致低血糖而昏迷，必须接受治疗。他们给她洗胃，直到她觉得自己的灵魂都被掏空

---

① 原文为"fatherland"，有指特殊语境下的"德国"之意。

了。达阿里的母亲对丈夫隐瞒了这件事，那天晚上他上晚班。

流言蜚语在村庄传得很快——每一个移民社区，无论大小，本质上都是一个村庄。很快，丑闻就传到了父亲耳朵里。就像一场猛烈的风暴在山谷肆虐，他惩罚了全家人。够了，这是最后一根稻草。孩子们将被送回土耳其，一个不留。父母继续留在德国，一直待到退休，但年幼的孩子们从现在起将和他们在伊斯坦布尔的亲戚一起生活。欧洲不适合抚养女儿，更别说抚养两个女儿了。达阿里将在伊斯坦布尔上大学，并密切留意弟弟妹妹。要是出了什么事，就是他的责任。

于是在十九岁时，他带着一口蹩脚的土耳其语和无可救药的德国做派回来了。在德国，他习惯了局外人的感觉，但来伊斯坦布尔生活之前，他从未想过在土耳其也会有同样的感觉，甚至更加强烈。不仅仅是口音，和不由自主地在句子最后加上的"ja"或"ach so"[①] 让他与众不同，还有他脸上的表情，让达阿里看上去仿佛对他看到、听到、无法融入其中的一切，都感到不满或失望。

愤怒。来这座城市的第一个月，他经常被突如其来的愤怒攫住——与其说是对德国和土耳其的愤怒，不如说他在对事物的秩序、对拆散家庭的资本主义、对将财富建立在工人的汗水和痛苦之上的资产阶级、对一个不允许他有所归属的不均衡的制度感到愤怒。中学时，他读过大量有关马克思主义的著作，一直钦佩罗

---

① 德语，分别意为"是的"和"原来如此"。

莎·卢森堡①，那是一位勇敢杰出的女性，最后在柏林被自由军团杀害，尸体被扔进了运河。运河静静地流经克罗伊茨贝格②。达阿里曾造访过几次，有一次还偷偷往河里扔了一朵花。一朵献给罗莎的玫瑰花。然而，直到他上了伊斯坦布尔大学，才与一个左翼团体打成一片。新战友们和达阿里一样，渴望打破现状，重建一切。

一九六八年七月，达阿里出现在莱拉房间门口时，正是为了躲避驱散抗议第六舰队示威游行队伍的警察。伴随催泪瓦斯的气味，他还带来了激进的思想、复杂的过往，和他那满怀深情的微笑。

"你是怎么来到这里的？"男人们总是这样问她。

每次莱拉都根据自己觉得他们可能的喜好，给每个人编一个不同的故事。一个根据客户需求定制的故事。这种本事是她从苦妈那里学来的。

但她不愿这样对待达阿里，更何况他也从没问过这个问题。相反，他想知道关于她的其他事情：她小时候在凡城吃的早餐是什么味道；那时的冬天她记忆的印象最深的香气有哪些；如果她给每个城市赋予一种气息，伊斯坦布尔会是什么味道？他想知道，如果"自由"是一种食物，她会如何在舌尖上品味它？那"祖国"呢？达阿里似乎通过味觉和嗅觉来感知世界，甚至是生

---

① Rosa Luxemburg（1871—1919），德国马克思主义思想家、理论家、革命家。
② 德国首都柏林的一个区。

活中的抽象事物，比如爱情和幸福。随着时间的推移，这变成了他们两人的一个游戏，一种两人专属的通货：把脑海中的回忆和精彩瞬间提取出来，将它们一一转换成味道和气味。

莱拉喜欢他那抑扬顿挫的声音，听他讲几个小时也不觉得厌烦。在他面前，她感到一种久违的轻松愉快。她本以为自己再也感受不到的充满希望的涓涓细流，流经她的血管，令她心跳加速。这让她想起自己儿时的感觉，那时她常常坐在凡城家里的房顶上，望着远处的风景，就好像明天永远也不会到来。

令莱拉最为不解的是，从一开始，他就平等地对待她，就好像妓院只是他大学里的另一间教室，而她则是他在昏暗的走廊中一次又一次遇到的同学。正是这一点，这种意想不到的平等之感，比任何事情都更能让莱拉放下戒备。这当然是一种幻觉，但她很珍惜这种感觉。她行走在这个陌生领域，她发现了他，也重新发现了自己。每个人都能看到，见到他时，她的眼里闪烁着光芒；但很少有人知道，兴奋之余，又总有一股负罪感涌上她的心头。

"你不该再来这里了，"有一天莱拉说，"这对你不好。这个地方充满了痛苦与不幸，你没看见吗？它会污染人们的灵魂。别以为你不会受到影响，因为这是一个沼泽，会把你吸进去。我们都不正常，这里没有人是正常的。这里的一切都不自然。我不想再让你和我待在一起了。你为什么总来这里，你甚至都不——"

她没有把话说完，怕他误以为自己是因为他不跟她上床而生气，但事实真相是她喜欢他们现在的相处方式，也因此更加敬重他。她努力保持着他们的关系，就像这是他送给她的一件珍贵的礼物。不过，奇怪的是，正因为两人之间未发生肉体关系，她才允许自己这样看待他，时不时她还发现自己很想知道，摸一下他的脖子、吻一下他下巴上的小疤痕会是什么感觉。

"我来是因为我喜欢见到你，就这么简单，"达阿里用低沉的声音说，"我不知道在一个如此扭曲的体制中，还有谁是自然的。"

达阿里说，那些滥用"自然"一词的人通常对自然母亲的运作方式并不了解。如果你告诉他们，蜗牛、蠕虫和黑鲈鱼都是雌雄同体，雄性海马可以生育，雄性小丑鱼会在生命中途变成雌性，雄性墨鱼是异装癖，他们会感到惊讶。对大自然有深入研究的人，在使用"自然"一词之前，都会再三思虑。

"好吧，可是这太让你破费了。苦妈按小时收你的钱。"

"哦，她的确这样。"达阿里不悦地说，"但想象一下，如果我们去约会，我可以约你出去，你也可以约我出去。我们会干什么呢？先去看场电影，然后去高级餐厅，再去舞厅……"

"去高级餐厅！去舞厅！"莱拉笑着重复道。

"我想说的是，我们总会花钱的。"

"那不一样。要是你父母知道你把他们辛辛苦苦赚来的钱浪费在这种地方，他们会生气的。"

"嗯，我不问父母要钱。"

"真的吗？我还以为……那你怎么付得起来这里的钱？"

"我工作。"他眨了眨眼。

"在哪里？"

"这里，那里，到处打工。"

"为谁工作？"

"为了革命！"

她不安地把目光移开。一生中，她又一次在直觉和内心之间纠结挣扎。直觉告诉她，眼前的他体贴温柔，可事情没有那么简单，她必须非常小心；但内心又推着她向前——就像她刚出生时，躺在厚厚一层盐底下一动不动那样。

于是，她不再反对他来看她。有几个星期他每天都来，有时他只在周末才来。她不安地感觉到，在许多个夜晚，他会和伙伴们一起出门，长长的黑色身影投在空荡荡的街道上，但他们会去干什么，她选择不去过问。

"你的客人又来了！"每次他一出现，苦妈就会在楼下大喊。如果莱拉碰巧有客人，达阿里就只好坐在门口的椅子上等她。事后请他来到散发着另一个男人气味的房间，这让莱拉羞愧得无地自容。但是，哪怕达阿里会为此烦恼不安，他也从不说什么。他的动作中透着一种平静的专注，眼睛紧紧注视着她，对其他一切都无动于衷，仿佛她一直是世界的中心。他的善意发自内心，从不是刻意为之。每次一个小时过去，他道别离开后，一种虚空蔓延至房间的每个角落，将莱拉整个吞噬。

达阿里每次来都不忘给她带一个小礼物：一个供她写作的笔记本、一条扎头发的天鹅绒丝带、一枚首尾相接的蛇形戒指，有时是一盒巧克力夹心糖，里面的夹心总是让人惊喜——焦糖、樱桃酱、榛子果仁。他们会坐在床上，打开盒子，慢慢决定先吃哪块，然后花整整一个小时聊天。有一次，他摸了摸她后背上硫酸袭击事件留下的伤疤，温柔地抚摸着伤口，那伤口就像先知分开大海一样，将她后背的皮肤撕成两半。

"我想给你画幅画像，"他说，"可以吗？"

"我的画像？"莱拉红了脸，垂下了眼睛。再看他时，她发现他正对她微笑，她知道他会这么做。

下一次再来时，他带了画架和一个木箱，里面装着毛刷、油画颜料、调色板刀具、速写本和亚麻籽油。她摆好姿势，坐在床上，穿着深红色绸裙和配套的镶珠比基尼上装，头发挽成一个柔软的发髻，脸部微微背向门口移开，仿佛想让门永远关着。他会把画布放在衣柜里，直到下次再来。大约过了一个星期，画画完了，她惊奇地发现，在硫酸留下伤疤的地方，他画了一只小小的白色蝴蝶。

"当心，"扎伊纳布 122 说，"他是个艺术家，艺术家都很自私。一旦他得到他想要的，就会消失。"

然而，令所有人吃惊的是，达阿里还是常常到妓院来。妓女们取笑他，说他肯定无法勃起，没有性能力，等取笑够了，又开始抱怨松节油的气味。莱拉知道她们是在嫉妒，所以并不理睬。但是当苦妈也开始发牢骚，一再说不希望身边有左翼分子时，莱拉开始担心自己可能再也见不到他了。

一天，达阿里找到苦妈，提出了一个出人意料的建议。

"墙上的那幅静物画……无意冒犯，但那些水仙花和柑橘看起来有些廉价。您想不想在上面挂一幅画像？"

"其实，以前那里有一幅画像，"苦妈说，但她并没告诉他，那是苏丹阿卜杜勒－阿齐兹的画像，"不过我送人了。"

"是这样，真遗憾。也许您需要一幅新画像。要不我给您画一幅——不收钱？"

苦妈哑着嗓子笑了，腰间的一圈圈肥肉也跟着愉快地哆嗦起来。"别傻了，我又不是什么美人。去给别人画吧。"她停顿了一下，表情突然严肃起来，"你不是开玩笑吧？"

就在那个星期，苦妈开始在达阿里面前摆起姿势，把她的毛线活儿抱在胸前，既为了展示技能，也为了遮住她的双下巴。

达阿里画完了，画布上的女人看上去比现实中的模特更快乐，更年轻，更苗条。现在所有妓女都想摆姿势让他画。这回轮到莱拉嫉妒了。

对于坠入爱河的人来说，世界已经大不一样，他们置身于世界中心。从现在开始，世界只会越转越快。

10 分钟

　　时间在嘀嗒流逝，莱拉愉快地回忆起她最喜欢的街头小吃的味道：油炸贻贝，由蛋黄、小苏打、胡椒、盐，以及刚从黑海打捞上来的贻贝做成。

　　一九七三年十月。历经三年，世界上第四长的大桥——博斯普鲁斯海峡大桥终于竣工，在一场盛大的欢庆仪式后，大桥正式通车。桥的一端立着一个大牌子："欢迎来到亚洲大陆。"另一端也有一个牌子，上面写着："欢迎来到欧洲大陆。"

　　一大早，大桥两边已经人潮涌动。下午，总统发表了激动人心的演说。军队英雄们庄严肃立，有些老兵年事已高，他们曾参加过巴尔干战争、第一次世界大战和独立战争；国内外政要和各省官员一起坐在高高的看台上。目之所及，红白两色的国旗迎风招展。乐队奏起了国歌，众人齐声高唱；成千上万的气球被放飞到空中。泽贝克舞①的舞者在空中转圈，双臂张开，与肩同高，

————————————
① 一种土耳其民间舞蹈，流行于土耳其西部、中部与南部。

170

像鹰一样高悬空中。

后来，这座桥对行人开放，人们便可以从一个大陆走到另一个大陆。然而，令人惊讶的是，太多人选择在这个风景如画的地方自杀，最后当局决定彻底禁止行人通行。不过，这些都是后来的事了。现在情况尚且乐观。

大桥竣工的前一天是土耳其共和国成立五十周年的日子，这本身就是一件了不起的大事。今天，伊斯坦布尔市民都前来庆祝这个超过五千英尺长的工程壮举，它是土耳其工人、开发商，以及克利夫兰桥梁工程公司的英国工程师们的共同作品。细长的博斯普鲁斯海峡一直有"伊斯坦布尔的领口"之称，现在又多了一座大桥做装饰，犹如戴上了一条耀眼的项链。从城市上空往下看，项链闪闪发光，悬在水面上。桥的一边，黑海与马尔马拉海在此交汇；而另一边，爱琴海与地中海彼此相接。

整整一个星期，空气中弥漫着一种皆大欢喜的热闹气氛，甚至连城里的乞丐都笑眯眯的，仿佛已经填饱了肚子。现在，亚洲大陆上的土耳其与欧洲大陆上的土耳其永久地连接在一起了，一个光明的未来在等着这个国家。这座桥预示着一个新时代的开始。严格意义上说，土耳其现在进入了欧洲——不管那里的人们是否同意。

晚上，城市上空燃放起烟花，照亮了漆黑的秋日夜空。妓院街的姑娘们三五成群地站在人行道上，边看烟花边抽烟。以真正的爱国者自居的苦妈热泪盈眶。

扎伊纳布 122 仰头看着烟花说："多么神奇的一座桥啊，真壮观！"

"鸟儿们真是太幸运了，"莱拉说，"想想看，它们可以随时在上面栖息。海鸥、鸽子、喜鹊……鱼儿可以在下面游泳，还有海豚、鲣鱼。何等荣幸啊。难道你不愿意在那里结束生命吗？"

"我当然不愿意。"扎伊纳布 122 说。

"好吧，我愿意。"莱拉很固执地说。

"你怎么可以这么浪漫呢，亲爱的？"思乡者娜兰显然被逗乐了，夸张地叹了口气。她时不时来看望莱拉，但她的出现让苦妈很紧张。法律明确规定：异装癖者不得在妓院工作，可他们在其他地方也找不到工作，只能去站街。"你知道那座大桥花了多少钱吗？还有，你知道是谁为它付账吗——是我们这些老百姓！"

莱拉笑了。"有时候你说起话来和达阿里一样。"

"正说着他，他就来了……"娜兰把头朝左边一指。

莱拉转过身，只见达阿里正朝这边走过来。他穿着皱巴巴的夹克，沉重的靴子，肩上背着一个大帆布袋，手里拿着一个装满油炸贻贝的锥形纸筒。

"给你的。"他边说边把贻贝递给她。他知道她很爱吃这个。

他们上了楼，把房门紧紧关上。这时，达阿里才开口说话。他一屁股坐在床上，揉着额头。

"你没事吧？"莱拉问。

"抱歉。我有点紧张。这次差点被他们抓住。"

"谁？警察吗？"

"不，是灰狼。法西斯分子。他们这伙人负责这个地区。"

"法西斯分子负责这个地区？"

他紧盯着她说："伊斯坦布尔的每个街区都有两个竞争团伙：一个来自他们，一个来自我们。不幸的是，这个地区他们的人数远远超过了我们。但我们会反击。"

"告诉我发生了什么事。"

"我转过拐角，看见他们一群人在那里放声大笑。我猜他们是在庆祝大桥落成。然后他们看见了我——"

"他们认识你？"

"嗯，我们现在差不多能认出对方。即使不认识，我们也能根据一个人的模样猜出对方身份。"

着装即政治。脸上的胡须也是如此——尤其是小胡子。民族主义者的小胡子向下呈月牙形；伊斯兰主义者则留着利落的短胡子；斯大林主义者更喜欢留海象一样的胡子，看上去就像从来没有剃过一样。达阿里本人总是把胡子刮得干干净净，莱拉不知道这是否也传递了什么政治信息，如果是，它到底传递了什么。她发现自己在端详他的嘴唇——他红润的嘴唇抿成一条直线。她从不看男人的嘴唇，总是刻意避开那里，现在她发现自己正在这样做，这让她感觉很尴尬。

"他们追得太紧了。"达阿里说，没有意识到她在想什么，"要不是背着这个，我可以跑得更快。"

莱拉看了看袋子。"里面是什么？"

他打开袋子，里面装着成百上千张传单。她拿出一张，仔细端详。一幅画占据了整整半页：工厂工人穿着蓝色工作服，头顶上的天花板上投下一小片亮光。男人和女人并肩站在一起，看上去自信又脱俗，几乎像天使一般。她拿起另一张传单：穿着亮蓝色工装的煤矿工人，脸上涂满煤烟，安全头盔下的大眼睛里闪烁着智慧。她迅速浏览其他传单，里面的人都长着结实的下巴和强壮的肌肉，不像她每天看见的家具作坊里的工人那样脸色苍白，疲惫不堪。在达阿里的共产主义世界里，每个人都那么健壮，肌肉发达，身体健康。她想到她的弟弟，心拧作一团。

"你不喜欢这些画？"他看着她说。

"喜欢。是你画的吗？"

他点了点头，脸上闪过一丝自豪。他的画由地下印刷厂印制，分发到城市的各个角落。

"我们四处散发——咖啡馆、餐馆、书店、电影院……但是现在我有点担心。要是被法西斯分子发现，他们会把我打个半死。"

"为什么不把袋子留在这里呢？"莱拉说，"我把它藏在床底下。"

"不行，那样你的处境就危险了。"

她轻轻笑了。"亲爱的，谁会来这个地方搜查呢？别担心，我会替你留意革命的情况。"

那天晚上，妓院大门上锁之后，整个房子陷入一片沉寂，莱拉拿出了传单。大多数妓女都回家睡觉去了，她们有年迈的父母或者年幼的孩子需要照顾，但仍有几个人没走。在走廊的某处，一个女人鼾声四起，另一个女人在说梦话，声音虚弱，语气中带着恳求，但听不清她说什么。莱拉靠在床上，开始读上面的文字：同志们要提高警惕。美国立刻滚出越南！革命已经开始。无产阶级专政。

她端详着这些文字，沮丧地发现自己琢磨不透它们的力量，理解不了它们的真正含义。她回想起姨妈每次看到一段文字时那种无声的恐慌。一阵悔恨袭上心头。小时候，她为什么从没想过去教自己的亲生母亲认字、写字呢？

"我一直想问你一件事，"第二天达阿里来妓院时，莱拉说，"革命以后还会有卖淫吗？"

他茫然地看了她一眼。"为什么问这个？"

"我一直想知道，如果你们胜利了，我们会怎么样。"

"不会有什么坏事发生在你身上，或是你的朋友们身上。听着，这不是你们的错。要怪就怪资本主义。这种非人的制度通过虐待弱者、剥削工人阶级，为奄奄一息的帝国主义资产阶级和他们的同谋创造利润。革命会捍卫你们的权利。别忘了，你也是无产阶级，你是工人阶级的一员。"

"可是你们会关掉这个地方，还是让它继续开着？苦妈怎么办？"

"那个老鸨不过是个剥削成性的资本家，不比一个痛饮香槟的富豪强多少。"

莱拉沉默了。

"听着，那个女人从你身上赚了不少钱。不止是你，还有其他许多姑娘。革命以后，她必将受到惩罚——当然，是公正的惩罚。但是我们会关闭所有妓院，清理红灯区。这些地方会成为工厂。所有妓女和站街女都会成为工厂的工人，或者农民。"

"哦，我的有些朋友可能不喜欢那样。"莱拉眯起眼睛，仿佛在展望未来。在那里，思乡者娜兰穿着超短裙和高跟鞋，从她被迫在里面干活儿的玉米地里仓皇逃窜。

达阿里似乎也在考虑这个。他见过娜兰几次，很佩服她的毅力。他不知道马克思或者托洛茨基怎么看待像她这样的人。在他研读过的所有书籍中，他不记得有关不愿务农的异装癖者的内容。"我相信我们一定会为你的朋友找到合适的工作。"

莱拉暗自喜欢他热情洋溢的说辞，她笑了，但说出来的却是："你是怎么做到相信这一切的？对我来说，这听上去就像天方夜谭。"

"这不是天方夜谭，也不是梦。这是历史潮流。"他绷着脸，看上去很受伤，"你能让河水逆流吗？不能。历史正在走向共产主义，这一趋势不可阻挡，顺理成章。那个重大的日子迟早会来临。"

看到他难过的样子，莱拉心中涌起一股对他的柔情。她把手轻轻地放在他肩上，像筑巢的麻雀一样安顿在那里。

"但我确实有一个梦，如果你想知道的话。"达阿里不想看到当她听到他马上说出口的话时脸上的表情，他紧紧闭上眼睛，"实际上与你有关。"

"哦，是吗？是什么？"

"我想让你嫁给我。"

房间里霎时间安静下来，莱拉目不转睛地盯着达阿里，窗外传来港口海浪的低声呢喃，以及颠簸的水面上渔船发动引擎的声音。她深吸一口气，但不知何故，空气似乎并没被吸到肺里，她的胸口是如此饱满。这时，闹钟响了，他们都愣了一下。最近苦妈在每个房间都放了一个闹钟，这样一来，时间一到，客人就不会赖在那里不走了。

莱拉直起身子。"拜托了，求求你。别再对我说这种话了。"

达阿里睁开眼睛。"你生气了吗？不要生气。"

"听着，在这个地方有些话你永远不该说，即使是出于好意，我也毫不怀疑你是出于好意。但我得说清楚，我不喜欢这种话。我觉得非常……令人不安。"

一时间他似乎很茫然。"我只是很吃惊，你还没有注意到这点。"

"注意到什么？"莱拉拿开手，就像把手从火上抽走一样。

"我爱你。"他说，"自从第一次见到你……在楼梯上……第六舰队到来的那一天……你还记得吗？"

莱拉觉得脸颊发烫，她的脸变得通红。她想让他离开，一句话也不要再说，永远也不要回来。虽然他们的关系一直以来很甜蜜，但现在她清楚地意识到，这段感情只会给他们带来伤害。

他离开后，她走到窗前，不顾苦妈的明令禁止，拉开了窗帘。她把脸贴在窗玻璃上，透过玻璃，她看到那棵孤零零的白桦树和家具作坊，暖气口往外冒着烟。她想象达阿里大步向港口走去，他的步伐和往常一样匆忙。在她的脑海中，她痴痴地、深情地看着他，直到他消失在烟花下面的一条黑暗小巷中。

整个星期，在乐观情绪的刺激下，俱乐部和夜总会场场爆满。星期五做完晚祷后，苦妈派莱拉去博斯普鲁斯海峡附近的一所豪宅参加一个单身派对。整个晚上莱拉都在想达阿里，以及他对她说过的话。一种挥之不去的忧郁笼罩着她，让她既不能强颜欢笑，也无法乐在其中。她的举动缓慢而迟钝，就像刚被从湖里打捞上来一样。她能感觉到，客人对她的表现很不满，之后他会向老鸨投诉。她痛苦地想：小丑和妓女，当他们伤心的时候，谁还需要他们的陪伴呢？

回来的路上，她疲惫不堪，脚步沉重。连续几个小时穿着高跟鞋，她的脚疼得直打战。她饿极了，前一天午饭过后，她就一直没吃东西。这样的夜晚，没有人会请她吃东西，她也从不开口索要。

太阳从红瓦屋顶和铅制穹顶上冉冉升起。空气中有一种清新之感，一种希望的气息。她走过一幢幢还在沉睡中的公寓楼。她看见前面几步远的地方有一个篮子，用一根绳子绑着，挂在楼上一个窗户上，里面像是装着土豆和洋葱。一定是有人从附近杂货店订购了这些，却忘了把篮子拉上去。

一个声音让她停下了脚步。她一动不动地站着，侧耳倾听。几秒钟后，她听到一阵微弱的呜咽，起初她还以为那是大脑睡眠不足造成的幻觉。接着，她瞥见人行道上有个模糊不清的影子，一堆肉和毛皮。是一只受伤的猫。

与此同时，路对面的一个人也看见了这只小动物，走了过来。是个女人。她长着温柔的棕色眼睛，眼角布满皱纹，尖尖的鼻子，身体粗壮，活像一只小鸟——一只小孩子画出来的小鸟，充满活力，身材圆润。

"猫没事吧？"女人问。

她们俩都向前倾着身子，在同一时刻看到了它：它的肠子流了出来，呼吸缓慢而吃力。这只动物受了重伤。

莱拉取下围巾，把猫包在里面，轻轻将它抱起来，用一只胳膊搂着。"我们得去找个兽医。"

"这个时候？"

"这个嘛，我们也没有别的办法，不是吗？"

她们开始并肩同行。

"对了，我叫莱拉。中间字母是'i'，而不是'y'。我把拼写改了。"

"我叫胡美拉。正常的拼法。我在码头附近的一家俱乐部上班。"

"你在那里做什么工作？"

"我和我的乐队，我们每晚都在舞台上表演。"她说，接着使劲补充了一句，言语间流露出一丝自豪，"我是一名歌手。"

"哦，你们唱猫王的歌吗？"

"不。我们唱老歌，有民谣，也有新歌，主要是阿拉伯风格的。"

她们找到一个兽医，那人因为在这个时间被叫醒十分恼火，幸运的是他并没把她们打发走。

　　"这么多年来，我还从没见过这种情况。"兽医说，"肋骨断裂，肺部刺穿，骨盆碎裂，颅骨骨折，牙齿脱落……一定是被小汽车或卡车碾轧了。对不起，我真的怀疑能不能救活这只可怜的动物。"

　　"可是你只是怀疑。"莱拉慢慢地说。

　　兽医眼镜后面的眼睛眯成一条缝。"你说什么？"

　　"我的意思是，你也不能百分百肯定，对吗？你只是怀疑，也就是说它还有活下来的可能。"

　　"听着，我知道你想帮忙，但是，相信我，最好还是让它安睡吧。这只动物已经受了太多罪。"

　　"那我们再去找别的兽医吧。"莱拉转向胡美拉，"我们会把它救活，对吧？"

　　另一个女人犹豫了一下——只是一秒钟。她点头表示赞同。"对。"

　　兽医说："好吧，既然你们的态度这么坚决，我会尽力帮忙。但是我不敢保证。而且我必须说清楚，费用可不便宜。"

　　随之而来的是三场手术和几个月痛苦的治疗。莱拉承担了大部分费用，胡美拉也尽己所能凑了些钱。

　　最后，时间证明莱拉是对的。这只爪子开裂、牙齿掉光的猫，顽强地坚持了下来。它的康复完全是一个奇迹，于是他们给它起名"小八"，因为很明显，一只受了这么多罪还能挺过来的猫肯定有九条命，而其中八条已经耗尽。

两个女人轮流照顾它，她们逐渐建立起稳固的友谊。

几年过去了，在某夜疯狂的发情期之后，小八怀孕了。又过了十个星期，它生下了五只性格迥异的小猫，其中一只黑色小猫，身上有一小块白色，它的耳朵彻底聋了，莱拉和胡美拉给它取名"卓别林先生"。

好莱坞胡美拉，一个对美索不达米亚平原上最美丽的歌谣耳熟能详的女孩，她的人生经历与歌谣中吟唱的许多悲伤故事很是相似。

好莱坞胡美拉，五人组之一。

胡美拉的故事

　　胡美拉出生在马尔丁^①，离位于美索不达米亚石灰岩高原上的圣加布里埃尔修道院不远。那里有蜿蜒的街道与石头搭成的房子。她在这片古老而动荡的土地上长大，四面八方都是历史的遗迹。废墟连着废墟，旧坟里又添了新坟。听着没完没了的英雄传说和爱情故事，她开始对那个已不复存在的地方心生渴望。奇怪的是，在她看来，边境——土耳其的终点和叙利亚的起点——并不是一条固定的分界线，更像是一只活生生的、昼伏夜出的动物。当两边的人们都在酣睡时，它便开始活动。到了早晨，它又会向左或向右稍微调整自己的位置。走私者们在边境线上来回穿梭，在穿过布满地雷的田野时屏住呼吸。有时，寂静中会传来一阵爆炸声，村民们就会祈祷被炸成碎片的是一头骡子，而不是骑在它背上的走私者。

---

① 位于土耳其东南部的一座小城市。

广阔的景色从"神的仆人之山"——图尔·阿伯丁山脚下伸展开来,一直绵延到一片平原。到了夏天,这里就变成了暗淡的浅黄褐色。然而,该地区的居民常常表现得像岛民一般。他们与周围的部落不同,他们从骨子里也感觉到这一点。过去就像幽暗的海水紧紧包围了他们。他们游动着,不是独自一人——他们从未独自存在过,祖先的鬼魂陪伴着他们。

加布里埃尔修道院是世界上最古老的叙利亚东正教修道院。就像靠水和少许食物维持生命的隐士一样,修道院靠人们的信仰和捐赠得以生存。在其漫长的历史中,它目睹了流血、屠杀和迫害,僧侣们还遭受了所有闯入该地区的侵略者的暴政。虽然白得像牛奶一样的坚固石墙留了下来,但壮观的图书馆却未能幸存。里面曾经让人引以为豪的数千本书籍和手稿一页都没有留下。墓室内埋葬了数百名圣徒,还有殉道者。外面,橄榄树和果园一路延伸,空气中弥漫着它们独特的芬芳。不了解历史的人很容易将这里的宁静误以为和平。

胡美拉和该地区的许多儿童一样,听着各种语言的歌曲、民谣和摇篮曲长大:土耳其语、库尔德语、阿拉伯语、波斯语、亚美尼亚语、叙利亚阿拉姆语①。她听过关于修道院的故事,也见过游客、记者、男女神职人员来来往往。最让她感兴趣的是修女。她打定主意要和她们一样永不结婚。但在她十五岁那年的春天,

---

① 在叙利亚地区使用的阿拉姆语。阿拉姆语是闪米特语族中的一种方言,是世界上最古老的语言之一,有三千多年的历史,现在仍有许多居住在西欧、美洲和中东地区的亚述人和阿拉姆人后裔使用这种语言。

她突然被迫辍学，与父亲的一个生意伙伴订婚。十六岁时，她已为人妻。她的丈夫是个没有野心的人，沉默寡言，总是担惊受怕。胡美拉知道他并不想要这段婚姻，她怀疑他在什么地方有个忘不了的心上人。她一次又一次地发现他盯着她，目光中充满怨恨，好像他的遗憾都是她的错。

在一起的第一年里，她一次又一次试着去理解他和他的需求。她自己的需求并不重要。但他从没快乐过，额头上很快又长出皱纹，就像一扇刚擦完、又立刻蒙上了水汽的窗户。不久之后，他的生意陷入困境，夫妻俩不得不搬到他父母家里。

和公婆住在一起让胡美拉精神崩溃。在那里生活的每一天，她都被当作仆人使唤——一个没有名字的仆人。新娘，去端茶。新娘，去煮饭。新娘，去洗床单。她总是被打发去往某处，永远不能在一个地方好好待一会儿。她有一种奇怪的感觉：他们既想让她近在咫尺，又想让她彻底消失。不过，要不是因为挨打，也许她还能忍受这一切。有一次，丈夫在她的背上打断了一个木制衣架。还有一次，他用铁钳打她的腿，在她左膝一侧留下一个深红色的血印。

回父母家是不可能了。她也无法继续留在这个痛苦之地。一天清晨，趁着大家还在梦乡，她偷了婆婆放在床头柜饼干盒里的金手镯。盒子旁边有一杯水，里面泡着公公的假牙，好像在偷笑。这些手镯在当铺卖不了多少钱，但足以买一张去伊斯坦布尔的汽车票。

在这座城市，她学东西很快——如何穿高跟鞋走路，如何把头发烫直，如何化妆，让自己在霓虹灯下看上去光彩夺目。她把自己儿时的名字改成"胡美拉"，给自己弄了一张假身份证。她拥有一副浑厚的嗓音，熟记数百首安纳托利亚歌曲，这帮她在一家夜总会找到了一份工作。第一次登台时，她紧张得像一片树叶般颤抖，但谢天谢地，她的声音依旧动听。她在卡拉科伊租了最便宜的房子，就在妓院街旁边。一天晚上下班后，她就是在那里遇到了莱拉。

她们相互扶持，带着无依无靠的人特有的忠诚。在莱拉的建议下，她把头发染成了金黄色，戴上了绿松石色的隐形眼镜，做了鼻子整形手术，还彻底改变了穿衣风格。她做了所有这些事情，极尽所能，因为她得到消息，她的丈夫在伊斯坦布尔四处找她。无论醒着还是睡着，胡美拉都害怕自己会成为荣誉处决的受害者。她忍不住想象自己被杀害的那一刻，结局一次比一次悲惨。她知道，被指控有伤风化的女性不一定会被处决，有时她们只是被劝说着自杀。强迫自杀事件的数量猛增，尤其是在安纳托利亚东南部的小城镇，连外国报刊都报道了相关事件。在离她出生地不远的巴特曼，自杀成了年轻女性死亡的首要原因。

但莱拉总是让胡美拉放宽心。她向朋友保证，她是一个幸运的人，一个有毅力的人。就像她从小看着的那家修道院的墙壁，就像那只她们一起在夜晚偶然救下的猫，尽管前方困难重重，她注定会活下来。

10分20秒

在大脑彻底停止运转前的最后几秒，莱拉回忆起一个婚礼蛋糕：三层，全白，点缀着一层层奶油糖霜，上面巧妙地放着一团红毛球，旁边还有几根小小的编织针，全都是用糖做的。这是在向苦妈致谢。要不是老鸨批准，莱拉根本不可能离开。

楼上房间里，她在有裂纹的镜子里看着自己的脸。在转瞬即逝的一刹那，她觉得她似乎看到了小时候的自己。凡城的那个小女孩手拿一个亮橙色呼啦圈，睁大眼睛盯着她。她缓缓地对那个女孩深情一笑。她们终于和解了。

她的婚纱礼服简单而优雅，有精致的蕾丝袖子，是突出腰线的合身剪裁。

一阵敲门声打破了她的沉思。

"你是故意准备了个短面纱吗？"扎伊纳布122走进房间，问道。地面上没铺地毯，她的厚鞋垫走在上面发出咯吱咯吱的声响。"还记得吗，我可预言它会比这个长多了。现在你让我开始怀疑我的占卜水平了。"

"别傻了。你预测得都没错。只不过我想一切从简而已。"

扎伊纳布122朝放在角落的咖啡杯走过去。尽管杯子是空的，她还是看了一眼其中一个杯子，叹了口气。

一阵令人不安的沉默。过了一会儿，莱拉又开口了。"我还是不敢相信苦妈会放我走。"

"我想是因为硫酸袭击事件吧，这件事她还是觉得有愧于你，她也该这样。我的意思是，她明明知道那个家伙脑子不正常，可还是收了他的钱，把你安排给了他——你就像是只待宰的羔羊。那个畜生，他差点要了你的命。"

但苦妈给了她最想要的祝福，不单单是因为心善，也不是因为心怀愧疚。达阿里给了她一大笔钱——这数目在妓院街前所未有。后来，莱拉追问他，问他钱是从哪里弄来的，他回答说，都是他的同志们凑的。他声称，革命对爱情、对有情人会给予全力支持。

一个妓女穿着婚纱离开妓院的场面——这可一点都不寻常——吸引了一大群观众。苦妈已经下定决心，如果手下有个姑娘要永远离开这里，就该让她风风光光地走。她雇了两个吉卜赛音乐家——从长相上看，两人是兄弟——一个打鼓，另一个鼓着腮帮子吹单簧管，眼睛随着轻快的曲调舞动。人们全都涌上街头，欢呼、鼓掌、踩脚、吹口哨、高声喊叫、挥动手帕，津津有味地看着。就连大门口执勤的警察也离开岗位，跑过来看热闹。

莱拉知道，现在达阿里的家人已经听说了他们二人的事，认为这是一桩丑闻。他的父亲坐最早的航班从德国飞了过来，想让儿子恢复理智。父亲先是威胁说要揍他（但父亲年纪大了），然后威胁说不让他继承家庭财产（财产谈不上有多多），最后威胁说要跟他彻底断绝关系（这比任何事情都更伤感情）。但是达阿里从小就不畏权威，父亲的态度更坚定了他的决心。他的妹妹们不停地打电话给他，告诉他母亲一直在哭，悲伤极了，就像他已经死了、被埋葬了一样。莱拉知道，为了不让她难过，达阿里没有把一切都告诉她。她为此心存感激。

尽管如此，她还是拿不准，她的过去会不会在他们之间形成一堵墙，一堵越来越高、不可逾越的墙。有几次她提出自己的担心："你真的不介意？即使现在不会，将来也不会吗？你已经知道我是谁，我一直在干什么行当……"

"我不明白你在说什么。"

"不，你很清楚。"她因为紧张而变得粗糙的声音现在听上去柔和了一些，"你完全明白我在说什么。"

"好吧，我告诉你，几乎每一种语言都用不同的词来描述过去和现在，这是有原因的。所以，那都是你的过去，这才是你的现在。如果你今天牵着的是另一个男人的手，我才会感到非常难过。你要知道，我会非常嫉妒的。"

"可是……"

他温柔地吻了她，眼睛里闪烁着温暖的光芒。他握着她的手指，放在他下巴一侧的一个小伤疤上。"看到了吗？这是我上小学时从墙上摔下来弄的。还有这个，在我脚踝上，这是我试着单手骑车时，从自行车上摔下来留下的。我额头上的那个最深，是我亲爱的母亲送给我的礼物。她很生我的气，把一个盘子朝墙上扔，当然了，没打中。幸亏没打到我的眼睛。她哭得比我还厉害。这个印记也将伴我终生。我身上有这么多伤疤，你不介意吗？"

"当然不！我爱你本来的样子！"

"正是这样。"

他们一起在毛茸茸卡夫卡街租了一套公寓。七十号，顶层。公寓无人打理，这个地区治安混乱，周围是制革厂和皮革染坊，但他们有信心应对挑战。清晨，莱拉躺在被窝里，闻到附近飘来的味道，每天都是不同的气味组合，这让她感到生活异常甜蜜，简直是来自上天的恩赐。

他们两人最喜欢一起坐在窗边。傍晚时分，他们喝着茶，看着城市在他们面前延伸，连绵几英里的混凝土世界。他们用好奇的目光打量着伊斯坦布尔，仿佛自己不是它的一部分，仿佛这个世界上只有他们，而那些汽车、渡船和红砖房子都只是背景装饰，只是他们眼中一幅画的细节。他们能听到海鸥从头顶上飞过，偶尔还能听到警用直升机的声音，不知哪里又出了紧急情况。没有什么能影响到他们，没有什么能扰乱这种安宁。早上，谁第一个醒来，就会把水壶放在炉子上，准备早餐。烤面包，腌辣椒，从街上路过的小贩那里买来芝麻面包圈，配上白奶酪块，淋上橄榄油，还有两枝迷迭香——一枝给她，一枝给他。

吃完早饭后，达阿里总是拿起一本书，点燃一支香烟，开始大声朗读书中的段落。莱拉知道，达阿里希望她能像他一样，对共产主义满怀热情。他希望他们是同一个俱乐部的成员，同一个国家的公民，同一个梦想的追梦者。这让她很是担心。以前，她没能相信父亲口中的真主，现在，她担心自己可能也不会相信丈夫口中的革命。也许是她的问题。也许她缺乏足够的信念。

然而达阿里觉得这只是个时间问题。总有一天，她也会加入他们的队伍。为了达到这个目的，他一直尽己所能地给她提供信息。

"你知道托洛茨基是怎么被杀害的吗？"

"不知道，亲爱的，说来听听。"莱拉用指尖来回抚摸着他胸前卷曲的黑色毛发。

"是冰镐，"达阿里冷冷地说，"我得给你讲讲托洛茨基的不断革命理论。你会喜欢的。"

莱拉纳闷，生活中哪有什么东西是永恒不断的，但她觉得最好还是把疑虑留在心里。"好的，亲爱的，给我讲讲。"

由于成绩差，出勤率低，达阿里两次被学校开除，又因两次对不及格学生的特赦得以重返学校，继续读大学，但莱拉并不指望他把学业当回事。他的首要任务是革命，而不是接受被一些人称作"教育"的资产阶级洗脑。隔几天晚上，他就会去和朋友们碰头，张贴海报或散发传单。这些工作只能在黑暗中进行，尽可能悄无声息，速战速决。就像金鹰一样，他说，我们落下，再起飞。有一次，他们遭到了法西斯分子伏击，回家时他的眼睛都被打青了。还有一天晚上他没回家，整晚她都担心得要命。但总的来说，她知道，他也知道，他们是一对幸福的夫妻。

　　一九七七年五月一日。这天一早，达阿里和莱拉走出他们的小公寓，去参加游行。莱拉很紧张，胃里有一种不安的紧绷感。她担心有人会认出她。万一身旁有个男人是以前的客人该怎么办？达阿里觉察到了她的恐惧，但坚持要她一起去。他说她属于革命，他不允许任何人告诉她，她在未来的公平社会中没有一席之地。她越是犹豫，他就越坚定地认为，她比他和他的朋友们更有资格参加国际劳动节。毕竟他们只是些不学无术的学生，她才是真正的无产者。

　　被说服后，莱拉花了很长时间来决定穿什么衣服。裤子似乎是个不错的选择，但要什么尺寸、什么面料、什么颜色的呢？至于上衣，她想，还是明智一点，选许多社会主义妇女都喜欢的那种宽松、不暴露的休闲衬衫——但她也想把自己打扮得漂亮一点，有女人味一点。那样是不是不好？太资产阶级做派？最后，她决定穿一件粉蓝色的蕾丝领连衣裙，一件白色开襟羊毛衫，一双红色平底鞋，胸前挎一个红包。虽不招摇，但她也不想看起来太老土。当然了，站在达阿里身边，她看上去还是像一道彩虹。他穿了一条深色牛仔裤，一件黑色系扣衬衫，一双黑鞋。

　　加入游行队伍后，他们惊讶地发现队伍十分庞大。莱拉从没见过这么多人聚在一起，有成千上万的人——学生、工人、农民、教师——他们脸色凝重，排成纵队向前进发。人们喊着口号，唱着国歌，声音此起彼伏。前方很远处，有人在敲鼓，但莱拉怎么也看不清到底是谁在敲。到现在她仍然忐忑不安，目光却炯炯有神。有生以来，她第一次感到自己属于一个比孤身一人更大的集体。

到处都是横幅和招贴画，四面八方都是文字的海洋。反对帝国主义；不是华盛顿，也不是莫斯科，而是国际社会主义；全世界的工人们，团结起来！老板需要你，你不需要老板，吃掉富人……她看到一块牌子，上面写着："我们当时在那里：是我们把美国人赶进了海里。"她的脸颊泛起一阵红晕。一九六八年七月的那一天，她也在那里，在妓院工作。她还记得苦妈如何命令大家动手打扫妓院，而美国人没有出现，苦妈又是多么失望。

每隔几分钟，达阿里就把锐利的目光转向莱拉，查看她的状态。他始终牵着她的手。空气中弥漫着南欧紫荆的香气，给一切带来了新的希望、新的勇气。现在莱拉感到精神振奋，仿佛终于有了归属感，她任由自己享受这难得的轻松时刻，但这时，她又被那种熟悉的戒备情绪所攫住。她开始注意到刚开头时没有留意的细节。在甜美的香味之下，她闻到了汗湿的体味、刺鼻的烟草味、难闻的口臭和愤怒的味道——一种强烈得几乎触手可及的愤怒。莱拉看着每个队伍都举着自己的旗子，与下一个队伍稍微拉开距离。游行队伍继续前进，她听见一些抗议者朝别人叫嚷、咒骂。这使她大吃一惊。在此之前，她还不知道革命者内部之间也存在分裂。莱拉知道，她的爱人注定要走一条完全不同的道路。她想知道，是否就像厨子多了会煮坏汤一样，革命者太多也会毁了革命，但她又一次把自己的想法藏在了心里。行进了几小时后，他们来到塔克西姆广场洲际酒店附近。人群越聚越多，空气极其潮湿。夕阳铜色的光芒照在抗议者们身上。角落里，有盏路灯提前亮了起来，灯光苍白得像是耳边的细语。远处，一位工会领袖站在一辆公共汽车车顶上，正在发表热情洋溢的演讲，扩音器里传来他机械而有力的声音。莱拉觉得累了。真希望能坐下来，哪怕只是一小会儿。她用眼角的余光打量达阿里，观察他那紧绷的下巴、有弧度的颧骨和肌肉紧张的双肩。他的侧面轮廓在周围成千上万张面孔的映衬下显得格外英俊，落日余晖把他的嘴唇染成了酒红色。她真想亲吻他，品尝他的味道，感受他在她的体内。她垂下眼睛，心里忐忑不安：她本该考虑更重大的事情，而脑子里却闪过如此轻浮浅薄的念头，要是让达阿里知道了，他一定会失望。

"你还好吗？"他问。

"哦，当然了！"莱拉说，希望这个语气还算适当，免得暴露自己对游行不够热情，"你有香烟吗？"

"给你，亲爱的。"他掏出一包烟，递给她一支，自己也拿了一支。他试着用他的银色之宝打火机给她点烟，但怎么也点不着。

"让我来吧。"莱拉从他手里接过打火机。

就在这时，她听到了什么声音——从四面八方传来一连串咔嗒咔嗒的声响，仿佛上帝拿一根棍子划过天上的栏杆。广场被可怕的寂静所笼罩。似乎所有人都一动不动，屏气宁息，寂静得出奇。接着又是一声巨响。莱拉这一次明白过来了，恐惧揪紧了她的心。

越过人行道，防护墙后面，洲际酒店的高层埋伏着狙击手。手持自动武器的狙击手直接瞄准人群射击。一声尖叫打破了震惊的抗议者们的沉默。一个女人在哭，还有一个人大喊着让大家快跑。他们照做了，却不知道往哪里逃。左边是锅匠街——娜兰、她的室友和她们的乌龟就住在这条街上。

他们朝那个方向奔去。成千上万的人们，就像一条决堤的大河，你推我搡地哭喊着，四散奔逃，互相碰撞……

一辆装甲警车不知从哪里冒了出来，挡住了去路。现在抗议者们意识到，向后可能会遭到狙击手击杀，向前则必定会被警察逮捕、折磨，他们被困在了中间。接着，一时放缓的枪声突然变得激烈，噼啪声连续不断。成千上万人同时张嘴大叫，呼声震天，充满恐惧和惊慌。后面的人挤在一起，不断向前冲，把前面的人压在底下，就像互相摩擦的石头。一个身穿浅色碎花裙的年轻女子滑了一跤，倒在了装甲车下。莱拉扯着嗓子大喊，心怦怦直跳。突然，她的手和达阿里的手分开了。是她松开了他的手，还是他放开了她？她永远也不会知道。前一秒，她的脸颊上还能感觉到他的呼吸，下一秒就不见了他的身影。

有那么一瞬间，她还能看到他，距离她大约八到十英尺远。她一遍又一遍高声喊着他的名字，但是人群把她从他身边卷走了，就像一个凶猛的浪头，带走了沿途的一切。她听到了子弹的声音，但辨不清它从哪个方向飞来，仿佛是从地下钻出来的一样。在她旁边，一个体格魁梧的男子失去了平衡，倒在地上，颈部被子弹打中。她永远都不会忘记那人脸上的表情——十分痛苦，但更多的是难以置信：就在几分钟前，他们还试图掌控历史，改变世界，推翻体制；而现在，他们却遭到追杀，甚至连杀手的脸都没有机会看清。

第二天，即五月二日，在塔克西姆广场周围收集到了两千多枚子弹。报道称，有一百三十人身受重伤。

莱拉给该地区所有公立医院和私人医生都打了电话。等她再也没有力气跟陌生人说话，她的一位朋友就会接手，帮她继续寻找。每一次，他们都小心翼翼地说出达阿里的真名，因为和莱拉一样，他也一直使用别名。

他们打过电话的医院里有许多叫阿里的，有一些躺在病床上接受治疗，还有一些躺在停尸房里，但她的阿里毫无踪迹。两天后，思乡者娜兰到以前去过的加拉塔的一家诊所，最后碰一次运气。那里的人证实，达阿里被人带到了那里。他是三十四名遇难者中的一员，他们中的大多数，都是在锅匠街被惊慌逃窜的人群踩踏而死。

10分30秒

在大脑衰竭前的最后几秒，龙舌兰莱拉回想起单一麦芽威士忌的味道。这是她死去的那天晚上，她的嘴唇最后品尝到的东西。

一九九〇年十一月。平常的一天。下午，她为自己和住在她家的贾梅拉做了一碗爆米花。独特的配方——黄油、糖、爆米花、盐、迷迭香。她们还没开始吃，电话铃就响了。是苦妈打来的。

"你累吗？"背景音中传来柔和而神秘的旋律，不是苦妈通常会听的那种音乐。

"累又能怎样？"

苦妈假装没听见。两人是多年的老相识，对于那些她们不愿搭理的问题，她干脆选择置若罔闻。

"听着，我这里有个很棒的客户。他让我想起那个著名的演员，就是开着一辆会说话的车的那个。"

"你是说电视上那个霹雳游侠①吗？"

"是的，就是他！那家伙和他长得真像。不管怎么说，他家是个暴发户。"

"所以这是个圈套吧？"莱拉有点尖刻地问，"多金、年轻，又帅气，他那样的人不需要妓女。"

苦妈轻声笑着说："他们一家，怎么说呢……非常保守，保守得无可救药。十分极端。他的父亲是个暴君，也是个恶霸。他想让儿子接管他的生意。"

"你还没告诉我里面有什么圈套呢。"

"耐心可是种美德。这个年轻人下个星期就要结婚了。但他父亲非常担心。"

"为什么？"

"原因有两个。第一，儿子不想结婚。他不喜欢未婚妻。我的线人告诉我，现在他甚至不能忍受和她待在一个房间里。第二，还有个更大的问题——我的意思是，不是在我的眼里，而是在他父亲眼里——"

"有话直说吧，甜妈。"

"这小子不喜欢女人，"苦妈叹息着说，仿佛已经厌倦了世态人情，"他父亲知道这件事。这个人什么都知道。他相信结婚会治好儿子的反常，所以给儿子找了个新娘，筹划了婚礼，宾客名单都定好了。"

---

① 1982 年美国科幻动作剧《霹雳游侠》（Knight Rider）中的主人公。在剧中，他驾驶着人工智能跑车，在一个罪恶横生的世界里为弱者主持正义。

"这是什么狗屁父亲！听上去像个浑蛋。"

"是的，但可不是个让人小觑的浑蛋。"

"呵，浑蛋帕夏。"

"没错，浑蛋帕夏想找一个善良、懂事、有经验的女人在他儿子新婚之夜前为他指点迷津。"

"善良、懂事、有经验……"莱拉慢吞吞地重复着，细细品味着每一个字。苦妈很少表扬她，几乎从未有过。

"我本来可以安排别的姑娘去，"苦妈不耐烦地说，"你确实不算年轻了，但我知道你需要钱。你还在照顾那个非洲姑娘吗？"

"是的，她在我这里。"莱拉压低了声音，"那好吧，去哪里？"

"洲际酒店。"

莱拉的脸沉下来。"你知道我不去那里。"

苦妈清了清嗓子。"嗯，就是那里，你自己看着办。不过你得学会往前看。你的达阿里已经走了很长时间了。是这个酒店还是那个汽车旅馆，又有什么区别呢？"

莱拉什么也没说。

"怎么样？我不能一整天都等你回复。"

"好吧，我去。"莱拉说。

"好姑娘。博斯普鲁斯豪华套房。顶楼。九点四十五分准时到那里。哦，还有一件事……你必须穿一件这样的连衣裙：长袖、低胸、金光闪闪——迷你超短裙，这个不用说了。这是对方特意要求的。"

"是儿子的要求，还是父亲的要求？"

苦妈笑了。"父亲的。他说他儿子喜欢金子和一切闪闪发光的东西。他觉得说不定会管用。"

"要我说，忘了那个儿子，还是派我去浑蛋帕夏那里吧。我很想会会他，真的。让他放松一下，也许对他有好处。"

"别傻了。那老头会开枪打死咱们俩的。"

"那好吧……但我没有那样的裙子。"

"那就去买一件。"苦妈不耐烦地低声说，"别烦我了。"

莱拉假装没听见。"你确定他儿子同意这个安排吗？"

"他不同意。他父亲以前给他安排过四个姑娘，但显然他连碰都没碰。你的任务是让他改变主意。明白吗？"

说完她就挂了电话。

傍晚时分，莱拉前往伊斯蒂克拉尔大道，除非十分必要，否则她会避开这条路。主干道商店林立，里面总是挤满了人：太多的臂肘，太多的眼神。她穿着高跟鞋、低胸上衣和红色皮质超短裙，摇摇晃晃地加入熙熙攘攘的行人队伍。他们步调一致地迈着小步，挤作一团，人群从大道这头涌到那头，像从破损了的钢笔中流出的墨水一样，在夜色中流淌。

女人们对她怒目而视，男人们则向她暗送秋波。她看着妻子们挽着丈夫的手，她们拥有他们，或乐于被他们拥有。她看着推婴儿车的妈妈们走在探亲归来的路上，年轻的姑娘眼睛低垂，未婚的恋人偷偷牵着手。人们的举止仿佛凌驾于周围的环境之上，他们深信第二天以及之后的每一天，这个城市都在这里等着他们。然后，她突然在一家商店的橱窗瞥见了自己的身影，看上去比她想象中更疲惫，更心不在焉。她走进这家店。她以前来过这里，售货员——一个说话轻声细语、脑后扎着头巾的女人——认出了莱拉，帮她找到了合适的裙子。莱拉走出试衣间时，售货员兴高采烈地说："哦，你穿这件真好看，真的很衬你的肤色。"这话她对无数别的女人说过，不管她们穿什么衣服。尽管如此，莱拉还是笑了，因为这位售货员的神情中没有流露出一丝偏见。她付了钱，身上穿着新裙子，把旧衣服塞进一个塑料袋，留在了那里。过后她会回去取。

她看了看表。还有一点时间可以消磨，于是她朝卡拉万夜总会走去。一路飘散着街边小吃的香味——烤肉串、鹰嘴豆饭、烤羊肠。

到了卡拉万，她看见娜兰正和一对瑞典同性恋人喝酒，这对恋人从哥德堡①一路骑行，要到四千八百五十五英里外的卡拉奇②去。他们会穿越土耳其，之后再穿越伊朗。上个月，他们在柏林停留，午夜钟声敲响时，他们在德国国会大厦前观看西德国旗升起。现在，他们正给娜兰展示照片。尽管跟他们语言不通，娜兰似乎很享受这种交流。莱拉和他们坐了一会儿，她很开心能在一旁默默观察。

---

① 瑞典第二大城市。
② 巴基斯坦最大的城市和港口，位于印度河三角洲西北部，紧邻阿拉伯海。

桌子上放着一份报纸。她先看了看新闻，然后查看了自己的星座。她的星座运势如下：你相信自己是无法控制的周围环境的受害者，今天你可以做出改变。星体的排列让你的情绪异常高涨。期待一场激动人心的邂逅，但前提是你要主动出击。清理杂乱思绪，不要再把感情封锁在心里，出去走走，做生活的主人。是时候认识你自己了。

她摇了摇头，点燃一根香烟，把之宝打火机放在桌子上。听上去多么美妙：认识你自己。古人非常喜欢这句格言，他们将它刻在庙宇墙壁上。虽然莱拉知道这是真理，但她觉得这句话不够完整，应该这样说：认识你自己，遇上浑蛋时，也能认识对方。对自我的认识和对浑蛋的认识应该并行不悖。不过，如果今晚结束时不是太累的话，她会步行回家，努力理清思绪，做自己生活的主人，不管那意味着什么。

在约定好的时间，莱拉穿着新裙子和细跟高跟鞋，向洲际酒店走去。夜空勾勒出酒店高大坚实的轮廓。她感到自己后背紧绷，感觉几乎随时都能听到角落里传来装甲车的隆隆声，子弹嗖嗖飞过头顶，此起彼伏的尖叫声和哭喊声。大楼前的停车场虽然空空荡荡，但她感觉，有数百具尸体正从四面八方涌过来。她的喉咙发紧。慢慢地，她把郁结在肺里的空气呼了出来。

过了一会儿，她从玻璃门进去，环顾四周，表情凝重。定制的枝形吊灯，抛光的黄铜灯，大理石地板：这些华丽的室内装饰在这种地方随处可见。没有集体记忆的迹象，也没有共有的历史认知。整个地方被重新装饰一新，窗户上挂了银色窗帘，过去的一切都被绚丽浮华的装饰所取代。

入口处有一个步行通过的金属探测器和一条传送带，旁边站着三个魁梧的警卫。自从中东地区的高档酒店遭到恐怖分子袭击后，整个城市的安保级别都提高了。莱拉把手提包放在传送带上，扭着屁股通过金属探测器。警卫色眯眯地看着她，毫不掩饰。从传送带另一端拿起手提包时，她俯下身来，露出乳沟，让他们一饱眼福。

前台后面站着一个年轻的女人，皮肤晒得黝黑，脸上挂着装出来的笑容。莱拉走近时，她的脸上闪过一丝疑惑。有那么一瞬间，她不确定莱拉到底是她认为的那种人，还是一位一心想在伊斯坦布尔度过一个狂野夜晚后，等着与家乡的朋友分享这段难忘回忆的外国客人。如果是后者，她就会保持微笑；如果是前者，她将皱起眉头。

莱拉一开口，那女人的表情就从礼貌的好奇变成公然的轻蔑。

"晚上好，亲爱的。"莱拉用欢快的语气说。

"我能帮你什么？"接待员的语调与她的目光一样冷漠。

莱拉用指甲轻敲玻璃工作台面，报上房间号码。

"我该说是谁来访呢？"

"就说是他一生都在等待的女人吧。"

接待员眯起眼睛，但什么也没说。她快速拨打电话号码，接着和电话那头的人进行了简短交谈。挂上电话，她看也不看莱拉一眼，说："他在等你。"

"谢谢，亲爱的。"

莱拉大步走向电梯，按下上楼按钮。一对要回房间的上了年纪的美国夫妇也进了电梯，他们用那一代美国人特有的从容跟她打招呼。对他们来说，夜晚即将结束；而对莱拉来说，它才刚刚开始。

七楼到了。明亮的长走廊，地毯上的图案五颜六色。莱拉站在顶楼套房外，深吸一口气，敲了敲房门。一个男人开了门。他长得确实很像开着一辆会说话的车的那个演员。他眼圈发红，眨得很快，她怀疑他是不是一直在哭。他手里紧紧攥着一部手机，好像生怕把它弄丢了。他刚才在跟什么人通话？是他的心上人吗？直觉告诉她，肯定是。只不过不是他要娶的那一个。

"哦，你好……我正等你呢。请进。"

他说话有点含糊不清。胡桃木桌子上放着半瓶威士忌，证实了莱拉的猜想。

他朝沙发点点头。"请坐。想喝点什么？"

她摘下丝巾扔在床上。"你有龙舌兰酒吗，亲爱的？"

"龙舌兰？没有，但你想喝的话，我可以叫客房服务。"

他是多么彬彬有礼——又是多么脆弱。他没有勇气正面反抗父亲，又不想放弃已经习以为常的安逸生活，为此，他可能余生都会憎恨自己。

她摆了摆手。"不用了。有什么我就喝什么吧。"

他侧过身，把电话拿到唇边，说："她来了。我过会儿打给你。是的，当然。别担心。"

无论电话那头跟他说话的人是谁，那人自始至终都听到了他们刚才的话。

"等一下。"莱拉伸出一只手。

他不解地盯着她。

"不用管我。你们继续聊，"她说，"我去阳台抽支烟。"

不等他表示反对，莱拉径直走了出去。这里的景色不错。最后一批轮渡洒下柔和的灯光，远处有一艘游船驶过，她看到码头边有一艘船，上面挂着一个大大的灯光招牌，写着：出售肉丸和鲭鱼。她多么希望自己现在就在那里，坐在里面一个小凳子上，大吃一顿皮塔饼①，而不是在这里，在一家豪华酒店的七楼，与绝望为伴。

大约十分钟后，双扇门开了，他端着两杯威士忌走了过来，递给她一杯。他们在一张躺椅上并排坐下，膝盖碰在一起，喝着酒。是顶级单一麦芽威士忌。

"我听说你父亲很虔诚。他知道你喝酒吗？"莱拉问。

他皱起眉头。"关于我的事，我父亲屁都不知道！"

他喝得很慢，但很坚决。要是一直这样喝下去，他第二天早上会宿醉得厉害。

"你知道，这是他一个月内第五次这么干了。他一直为我安

---

① 一种空心圆面包，又称口袋饼。

排女人，每次都送我去不同的酒店，费用由他承担。然后我还得招待这些可怜的姑娘们，跟她们一起过夜。真是丢人。"他咽了咽口水，"我父亲等上几天，发现没把我治好，就再安排一次约会。我猜，这种情况会一直持续到婚礼举行。"

"要是你不答应呢？"

"我就会失去一切。"想到这一点，他眯起了眼睛。

莱拉把酒一饮而尽。她站起身，从他手里拿过杯子，把它放在旁边的地板上。他盯着她，神情很是紧张。

"听着，亲爱的，我知道你不想这么做。我也明白你爱着一个人，宁愿和那个人在一起。"她避免提及性别，"现在给那个人打个电话，请人家到这里来，来这个华丽的房间共度良宵，你们好好谈一谈，努力想个解决办法。"

"那你呢？"

"我要走了。但不要告诉任何人，不能让你父亲和我的中间人知道。我们会说咱们俩度过了一个火热的夜晚。你非常棒，头号爱情机器。我会拿到我的钱，你也能落个清净……但是你得把事情处理好。恕我直言，我觉得你的婚事有点太荒唐了，你们也不应该把你的未婚妻扯进来。"

"这个嘛，不管怎样，她都会很开心的。她和她的家人全都贪得无厌，他们看上的是我们的钱。"他顿了顿，意识到自己可能说得太多了，便俯身吻了吻她的手，"谢谢你，我欠你一个人情。"

"不客气。"莱拉朝门口走去，"顺便告诉你父亲，我穿了一件镶金片的裙子。出于某种原因,这个很重要。"

莱拉躲在一群西班牙游客后面,悄悄走出了酒店。接待员正忙着为新来的客人办理入住手续,没看见她离开。

回到街上,她深吸了一口气。天上是一抹蛾眉月,苍白如灰。她意识到自己把丝巾忘在楼上了。有那么一刻,她想回去拿,但又不想打扰他。该死,她很喜欢那条丝巾,它还是真丝的。

她把一支香烟放在唇间,在包里摸索着找打火机。没在里面。达阿里留给她的之宝打火机不见了。

"要点烟吗?"

她抬起头。一辆车开到路边,在她正前面停了下来。是辆银色奔驰。后车窗是有色玻璃,灯也没开。透过半开着的窗户,一个男人手拿打火机,注视着她。

她慢慢向他走去。

"晚上好,天使。"

"晚上好。"

他给她点上烟,目光停留在她的胸口。他穿一件翡翠色丝绒夹克,里面是一件深绿色高领毛衣。

"谢谢,亲爱的。"

另一边的车门打开了,司机走了出来。他比他的朋友瘦,肩上的外套松松垮垮,秃头,双颊凹陷,脸色蜡黄。两人都长着拱形眉毛,眉毛下面是深褐色的小眼睛,眼距很窄。他们一定有血缘关系，莱拉想，也许是表兄弟。但令她印象更深的是，他们看上去并不是很兴奋——尤其是对他们这么年轻的男人来说。

"嗨，"司机唐突地说，"这条裙子真漂亮。"

两个男人似乎在传递什么信息，一闪而过，仿佛他们认出了她，尽管她确信自己完全不认识他们。虽然莱拉记不住名字，但她对面孔总会过目不忘。

"我们想知道，你愿不愿意搭我们的车。"司机说。

"搭车？"

"是的，你知道……"

"看情况。"

他出了个价。

"你们两个吗？不可能。"

"只是我朋友，"司机说，"今天是他的生日，就当是我送给他的礼物。"

莱拉觉得有点奇怪，但她在这个城市见过更离奇的事，就没有在意。"你确定不会参与吗？"

"不，我不喜欢……"他没把这句话说完。莱拉想知道他究竟不喜欢什么。不喜欢女人，还是不喜欢她？她要了双倍的价钱。

司机看向别处。"好吧。"

莱拉很惊讶，他竟然没有讨价还价。在这个城市，一笔没有经过讨价还价的交易并不多见。

"你到底来不来？"另一个人从里面把门打开，问道。她犹豫了一下。要是让苦妈知道了，一定会火冒三丈。莱拉很少背着苦妈接活儿。但是，这个价钱似乎太诱人了，让她无法拒绝，尤其现在，她还要给贾梅拉付账单。贾梅拉之前被诊断出患有狼疮，现在旧病复发，深受其苦。仅仅一个晚上，莱拉就能拿到两笔巨额报酬，一笔来自酒店那个小伙子的父亲，现在又来了一笔。

"一个小时，不能再多了。我会告诉你在哪里停车。"

"成交。"

她上了车，在后排车座坐下，摇下车窗，呼吸清新的空气。有时，这座城市给人一种清新之感，就像被人泼了一桶水清洗过一样。

她看见仪表板上有一个雪茄盒，盒上有三个穿长袍的瓷天使。她心不在焉地看了一会儿。

车子开始加速。

"下一个路口右转。"莱拉说。

那人从后视镜瞥了她一眼，那眼神既让人害怕，又流露着无法言喻的悲伤。

她的后背一阵发凉。她意识到，他不会听她的，但为时已晚。

最后 8 秒

莱拉最后想起的是，自制草莓蛋糕的味道。

小时候在凡城，庆祝活动只因为两个神圣的理由而举行：国家和宗教。她的父母会庆祝先知穆罕默德的生日和土耳其共和国国庆日，但他们并不觉得一个普通人的生日值得年年庆祝。莱拉从没问过为什么，直到她离家来到伊斯坦布尔，发现其他人似乎都会在属于他们的特殊日子里收到蛋糕或礼物，才突然想起这个问题。从那以后，每到一月六日，无论如何她都尽可能让自己开心。有时碰到有别人玩得太疯，她也不会对他们评头论足——谁知道呢？也许他们像她一样，是在过度补偿自己那被剥夺了生日派对的童年。

每年生日那天，朋友们都会准备纸杯蛋糕、螺旋彩带和许多气球，为她举办一个派对。派对的组织者就是五人组：破坏者思南、思乡者娜兰、贾梅拉、扎伊纳布 122 和好莱坞胡美拉。

莱拉觉得一个人不可能拥有五个以上的朋友。有一个朋友就足够幸运了。受到上天眷顾的人会有两三个朋友；要是一个人出生时天空布满最明亮的星，那他就会拥有五个朋友——足够一生享用。再贪求更多朋友不是明智之举，否则就会危及那些你信得过的人。

她一直觉得"五"这个数字很特别。《律法书》①共有五卷，耶稣受了五处致命伤，伊斯兰教有五大信仰支柱，大卫用五颗石子杀死了歌利亚，佛教中有五戒。湿婆②有五张面孔，分别面向五个方向。中国哲学围绕着金、木、水、火、土五种元素展开。公认的口味有五个：酸、甜、苦、咸、鲜。人类的感知依赖五大基本感官：听觉、视觉、触觉、嗅觉、味觉，尽管科学家们声称不止这些——还有的感官有着拗口的名称——但众所周知的是最初这五个。

在她最后一个生日那天，朋友们为她准备了一顿丰盛佳肴：茄子泥炖羊肉、菠菜羊奶干酪馅饼、辣熏牛肉配菜豆、青辣椒酿肉和一小罐新鲜鱼子酱。蛋糕本该是个惊喜，但莱拉无意中听到他们在讨论这个。公寓的墙比熏牛肉片还薄，此外，有十几年吸烟酗酒史的娜兰低声说话时的声音沙哑刺耳，就像砂纸打磨金属一般。

草莓奶油蛋糕，裹上一层蓬松的、童话般的粉红色糖衣，这就是他们的计划。莱拉不喜欢粉红色，她更偏爱紫红色——这种颜色才有个性。甚至连"紫红色"这个词读起来都会在舌头上融

---

① 《圣经·旧约》前五卷的总称。
② 印度教三大主神之一，毁灭之神。

化，带着让人垂涎欲滴的甜美。粉红是失去勇气的紫红；苍白无力，就像一张被洗得轻薄的床单。也许她该要个紫红色蛋糕。

"我们要放多少支蜡烛呢？"好莱坞胡梅拉问道。

"三十一支，亲爱的。"莱拉说。

"当然，三十一支，鬼才信呢。"思乡者娜兰轻声笑了。

如果友谊需要仪式感，那么他们庆祝的仪式有一卡车那么多。除了生日，他们还庆祝胜利日、阿塔图尔克纪念日及青年和体育节[①]、国家主权日及儿童节、共和国日、沿海运输权日、情人节、新年夜……一有机会，他们就聚在一起吃吃喝喝，享用勉强吃得起的美味佳肴。思乡者娜兰准备了她最喜欢喝的"帕塔帕塔碰碰"——这是她在卡拉万与酒保打情骂俏时学会的一种鸡尾酒：大量威士忌配以石榴汁、柠檬汁、伏特加、碎薄荷和小豆蔻种子。能喝酒的痛饮一番，喝到双颊绯红；滴酒不沾的则喝芬达橙汁。接下来的时间，他们看黑白电影。大家挤在沙发上，全神贯注地看了一部又一部，除了偶尔的叹息和惊呼，他们都一言不发。那些好莱坞和土耳其的老牌明星都是吸引观众的大师。莱拉和朋友们对他们的台词烂熟于心。

她从来没有和朋友们说过，但他们就是她的安全网。每当她踉踉跄跄，跌倒在地时，他们都在她身边，给她支撑，缓冲她摔倒时的冲击力。在那些受到客人虐待的夜晚，她仍能找到力量咬

---

① 又称国父纪念日。为纪念 1919 年 5 月 19 日土耳其国父穆斯塔法·凯末尔·阿塔图尔克（Mustafa Kemal Atatürk，1881—1938）正式宣布土耳其独立战争开始，土耳其政府将每年的 5 月 19 日定为阿塔图尔克纪念日及青年和体育节。

牙坚持，因为她知道，朋友们就在身边，他们会为她送来治疗身上瘀伤的药膏，在她沉湎于自怜、撕心裂肺的日子里，他们会轻轻拉她起来，给她带来新的力量。

现在，她的大脑即将停摆，所有记忆都化作一团忧伤的浓雾，她的脑海中最后浮现出的是鲜艳的粉红色生日蛋糕。那天晚上，他们有说有笑，似乎没有什么能把他们分开。生活只是一场表演，令人兴奋，让人不安，但并没有真正的危险，就像被邀请到别人的梦中一样。电视上，丽塔·海华丝甩着头发，扭着屁股，丝绸礼服拖在地板上沙沙作响。她歪着头，面对镜头露出那著名的微笑，那被众多世人误以为充满情欲的微笑。但他们可不这么想。亲爱的丽塔骗不了他们。见到一个伤心的女人时，他们总能洞察她的忧伤。

第二部分 身体

太平间

太平间位于医院后面，地下室的东北角。通往它的走廊被漆成淡淡的百忧解绿色，明显比大楼其他地方冷得多，仿佛不分昼夜地暴露在冷气中。室内空气中弥漫着一股刺鼻的化学药品的味道。这里的颜色极为单调——粉笔白、钢铁灰、冰川蓝，还有如凝固的血液一般的深锈红。

验尸官瘦骨嶙峋，有点驼背，高高的圆额头，黑黑的眼睛，他在大衣两边擦了擦手心，瞥了一眼新来的尸体。又一个凶杀案受害者。他的脸上流露出一副漫不经心的表情。这些年来，他见得太多了——年轻的、年老的、有钱的、没钱的、被流弹击中的、被残忍枪杀的。每天都有新的尸体被送到这里。他清楚地知道，一年中什么时候死亡人数会激增，什么时候会减少。夏天的杀人事件多于冬天，五月至八月是伊斯坦布尔严重性侵和谋杀未遂的高峰期。到了十月，犯罪率则随着气温大幅下降。

究其原因，他有自己的理论——他深信这与人们的饮食模式息息相关。秋天，成群的鲣鱼从黑海向南游往爱琴海，它们紧贴海面，让人以为它们是在被迫迁徙；再加上受到拖网渔船的不断威胁，它们早已筋疲力尽，只想被一下子全部抓到。在餐馆、酒店、工作场所的食堂和家中，人们享用了这种美味的高脂肪鱼，血清素水平上升，压力水平直线下降，因此违法犯罪行为有所减少。但可爱的鲣鱼能做的只有这些了；不久，犯罪率将再次飙升。在这个国家，正义也总是姗姗来迟，因此许多人选择自行报复，在受到伤害后向对方报以更大的伤害。两眼还一眼，下巴还牙齿①。并非所有犯罪都是有预谋的——事实上，大多数犯罪都是一时冲动。一个被误以为下流的眼神，可能会成为误杀的原因；一个被误读的单词，可能就成了暴力的借口。伊斯坦布尔让杀戮变得容易，死亡更是易如反掌。

验尸官检查了尸体，排干体液，切开胸部，在锁骨到胸骨中间留下了一道切口。他花了很长时间检查伤口，注意到这名女子右脚踝上方有个文身，背部有块变色的皮肤——明显是腐蚀性物质造成的化学灼伤，很可能是一种酸。估计是二十年前的旧伤。他想知道事情的经过。她是被人从背后袭击，还是遇到了不寻常的意外——如果真是如此，她从哪里弄到的这种酸？

由于不需要进行全面的内脏器官分析，他最后坐下来，写了一份粗略的报告。至于更进一步的细节，他查阅了附在档案上的警方记录：

---

① 对"以眼还眼，以牙还牙"的改写。

姓名：蕾拉·阿卡苏

中间名：阿菲菲·卡米勒

地址：伊斯坦布尔佩拉区，毛茸茸卡夫卡街，70/8 号

尸体是一名发育正常、营养良好的白人女性，身高 5 英尺 7 英寸，体重 135 磅。年龄似乎与身份证上的 32 岁不符，很可能介于 40 至 45 岁之间。已经进行尸检，以确定死亡原因和死亡方式。

衣物：镶金片连衣裙（破损），高跟鞋，蕾丝内衣。手包一个，内有身份证一张、口红一支、笔记本一个、钢笔一支、家中房门钥匙一串。没有现金，也没有首饰（疑似失窃）。

死亡时间估计在凌晨 3 时 30 分至 5 时 30 分之间。未发现性行为迹象。受害人被人用重物（钝器）殴打，击晕后被勒死。

他暂停打字。女人脖子上的印记让他不安。在凶手手指的印痕旁边，有一处发红的条纹，似乎是死后留下的。他猜想她可能戴了一条项链，被人扯走了。但这已经无关紧要了。与所有无人认领的死者一样，她也会被送到无伴者公墓。

没有人会为这个女人举行伊斯兰教安葬仪式，也没有其他任何宗教仪式。没有亲人会为她清洗尸身，把她的头发编成三个分开的辫子，把她的手轻轻放在心口上，以示永远安息；没有人会为她合上眼皮，为了让她的目光从现在起转向内心。墓地里，没

有抬棺人或吊唁者，没有带领众人祈祷的伊玛目，也没有哭声震天的专业哭丧人。她将和所有那些不受欢迎的人一样被埋葬，被悄无声息地匆匆埋葬。

之后，可能也不会有人来看她。也许之前的一个邻居或某个侄女——她住得很远，不用担心会给家人带来耻辱——会来几次，但最后也不再前来了。在短短几个月时间内，她那没有标记也没有石碑的坟墓将完全融入周围的环境中。用不了十年时间，没有人会知晓她的下落。她将成为无伴者公墓中的又一个数字，又一个可怜的孤魂野鬼，她的人生与安纳托利亚的每一个故事开头遥相呼应：从前有，从前没有……

验尸官俯身在办公桌前，眉头紧皱，神情专注。他不想知道这个女人是谁，也无意了解她的人生。哪怕是刚开始从事这份职业时，他也不大关心受害者的故事。他真正感兴趣的是死亡本身。不是作为一个神学概念或哲学问题，而是作为一个科学研究命题。人类在丧葬仪式上所取得的进步是如此之小，这一点一直令他惊讶不已。人类能设计数字手表，发现DNA，开发核磁共振机器，却在照顾死去的同类时陷入如此可悲的困境。今天的情况并不比一千年前更进一步。的确，那些想象力丰富的有钱人似乎比别人拥有更多选择；如果愿意，他们可以把自己的骨灰撒到外太空，或者把自己冷冻起来——期待百年后能死而复生。但对大多数人来说，他们选择的余地极其有限：要么被埋葬，要么被火化，仅此而已。如果天上真的有主，他一定会对人类大加嘲笑：他们能制造原子弹，创造人工智能，面对死亡却无所适从，不知如何处理死者。死亡居于一切事物中心，人们却想把它贬至生命边缘，这是多么可悲。

与尸体一起工作了这么久，他喜欢它们无声的陪伴，胜过活人没完没了的聒噪。然而，检查的尸体越多，他对死亡的过程就越好奇。一个活人究竟是何时变成一具尸体的？刚从医学院毕业时，他已经有了一个明确答案，但近来又不大确定了。在他看来，生命的终止会引发一系列变化，既有物质的，也有非物质的，就像一块石头扔进池塘会泛起一圈圈同心的涟漪，只有当最终变化也完成时，死亡才真正降临。在他一直密切关注的医学期刊上，偶然发现的一项突破性研究令他兴奋不已：来自世界知名机构的研究人员通过对刚刚过世的人的大脑活动进行持续观察，发现在某些情况下，死亡过程仅仅持续几分钟时间；而在另外一些案例中，这个过程长达十分三十八秒。那段时间里发生了什么？死者是否还保有对过去的回忆？如果答案是肯定的，那么记住的是哪一部分，又依照什么顺序？大脑是如何将整个一生浓缩在烧开一壶水的时间内的？

后续的研究还表明，在死者被宣告死亡后的几天里，有一千多个基因继续发挥作用。所有这些发现都令他着迷。也许一个人的思想比心脏存活得更久，梦想比胰腺存活得更久，心愿比胆囊存活得更久……如果真是这样，那么只要人的记忆还在泛起涟漪，还留在这个世界，难道不应该认为此人处于半活着的状态吗？虽然答案尚无从知晓，但他很看重对这些问题的探索。他从没和任何人谈过这个，因为别人不会明白，但他喜欢在太平间工作。

一阵敲门声把他从沉思中惊醒。

"进来。"

勤杂工卡米尔·埃芬迪一瘸一拐地走了进来。他脾气好，性情温和，多年来已经成为医院里的常驻人员。尽管最初雇他来是为了做一些基本的杂务，但每一天，只要有需要，他什么活儿都干。在急救室缺少外科医生的时候，他还会为个别病人缝合伤口。

"愿你平安，医生。"

"也愿你平安，卡米尔·埃芬迪。"

"这就是护士们嘀咕的那个妓女吗？"

"是的。是中午之前送过来的。"

"可怜的孩子，愿真主宽恕她可能犯下的一切罪过。"

验尸官笑了笑，但眼睛里并没有笑意。"可能犯下的？你这话说得真有意思，别忘了她是干什么的，她的一生都充满罪恶。"

"好吧，也许是这样……但是有谁知道到底谁更应该上天堂呢——是这个不幸的女人，还是那些自认为是上帝唯一选民的狂热分子？"

"好了，好了，好了，卡米尔·埃芬迪！我不知道你对妓女还很有好感。不过你最好小心点。虽然我不介意，可是要是别人听见你这么说，会揍你一顿的。"

老人静静地站在那里，沉默不语。他用绝望的眼神望着那具尸体，仿佛曾经与她相识。她看起来很安详。这些年来，他遇到的大多数尸体都是这样。他常常想知道，摆脱了人世间的挣扎与误会的他们是否如释重负。

"她的家人来了吗，医生？"

"没有。她的父母住在凡城，已经通知过了，但他们拒绝认领。很正常。"

"兄弟姐妹呢？"

验尸官看了看笔记。"她好像也没有……哦，对了，她还有一个弟弟，死了。"

"没有其他人吗？"

"好像还有个姨妈，身体不好……所以也来不了。哦，还有一个婶婶，一个叔叔——"

"也许他们中有人愿意帮忙？"

"不可能。他们都说不想和她有任何瓜葛。"

卡米尔·埃芬迪捋着胡子，挪动着双脚。

"好吧，我这边工作差不多了，"验尸官说，"你可以送她去墓地了，就是那个老地方。"

"医生，我在想……院子里来了一群人，他们已经等了好几个小时了。看上去伤心极了。"

"他们是谁？"

"她的朋友。"

"朋友。"法医重复了一遍，仿佛这个词对他来说很是陌生。他对这些人不感兴趣。一个妓女的朋友只能是妓女，有一天他可能还会在这里见到这些人，躺在同一张钢桌上。

卡米尔·埃芬迪轻轻咳嗽了一声。"这些人希望我们把尸体交给他们。"

听了这句话，验尸官皱起眉头，眼里闪着一丝凶光。"你很清楚，我们无权这样做。我们只能把尸体交给死者的直系亲属。"

"我知道，但是——"卡米尔·埃芬迪停顿了一下，"她的家人不来，为什么不让她的朋友们来为她料理后事呢？"

"我们国家不允许这样做，而且有充分的理由。我们根本无法确定那都是些什么人。外面什么样的疯子都有：器官窃贼、精神病患者……那样会引起骚动。"他看了看老人的脸，觉得他可能不明白最后一个词的意思。

"是的，可是像现在这种情况，这么做又有什么害处呢？"

"听着，规则不是我们定的，我们只能遵守。老话说得好：不要试图给一个旧村庄带来新习俗。维持现状已经够难了。"

老人抬起下巴表示认同。"好吧，我明白了。我会给公墓打个电话，问问那里还有没有地方。"

"是的，好主意，去问问他们吧。"验尸官从文件夹里拿出一堆文件，抓起一支笔，往脸颊上轻轻敲。他在每一页上盖章签名。"告诉他们，你今天下午就把尸体送过去。"

不过，这只是走个形式。他们都知道，虽然这座城市的其他墓地可能在多年前就被预订一空，但在伊斯坦布尔最孤独的"无伴者公墓"里，总有空位。

五人组

外面的院子里，五个人并排坐在一张木凳上。他们的影子投在铺路石上，形状大小各不相同。中午刚过，他们就陆陆续续赶了过来，已经在这里等了好几个小时。现在，太阳正慢慢西沉，阳光透过栗子树缝斜射过来。每隔几分钟，他们中就有一人站起身来，拖着疲惫不堪的脚步朝大楼走去，想找管理人员、医生或者护士谈谈——无论找到谁都可以。但没有用。不管他们如何坚持，都无法进去看朋友的遗体——更不要提埋葬她了。

但他们仍然不愿离开。他们面带悲伤，表情木然，继续等待着。院子里的其他人，无论是访客还是工作人员，都朝他们投来疑惑的目光，交头接耳，窃窃私语。一个坐在母亲旁边的十几岁的女孩，注视着他们的一举一动，好奇中带着轻蔑。一个上了年纪戴头巾的女人对他们怒目而视，眼神中满是对怪胎和外地人的鄙夷。莱拉的朋友们在这里格格不入，不过话又说回来，他们似乎并不属于任何地方。

附近一座清真寺传出晚祷声，这时，一个留着整齐短发、步态笔直的女人快步走出大楼，朝他们走来。她穿着一条齐膝卡其色铅笔裙，一件配套的细条纹外套，戴一枚兰花形大胸针。她是病人护理服务部的主任。

"你们没必要待在这里，"主任目中无人地说道，"你们的朋友……医生已经检查过尸体，写了一份正式报告。你们要是愿意，可以要一份复印件，大约一个星期就可以拿到。但现在你们必须离开——拜托了。你们让大家很不自在。"

"别费口舌了。我们哪里也不去。"思乡者娜兰说。其他人见到主任都站了起来，娜兰不一样，她仍然坐在那里，仿佛是在佐证自己的观点。她的眼睛是温暖的棕色，呈杏仁状，但人们看见她时通常注意不到这个。他们看到的是她打磨过的修长指甲，宽阔的肩膀，皮裤和植入硅胶的乳房。一个桀骜不驯、厚颜无耻的变性人。正如主任现在看到的这样。

"你说什么？"那个女人生气地说。

娜兰小心翼翼地打开手提包，从一个银制盒子里拿出一根香烟，尽管她迫切地想抽一支，但并没点燃它。"我是说，我们是不会离开的，除非见到我们的莱拉。有必要的话，我们就在这里住下不走了。"

主任皱起眉头。"我想你们可能听错了，所以让我说清楚：你们没必要等下去了——也没办法为你的朋友做什么。你们不是她的家人。"

"我们比她的家人还亲。"破坏者思南用颤抖的声音说。

娜兰咽了咽唾沫。她的喉咙哽咽了好久。自从听到莱拉被杀害的消息，她没有流过一滴眼泪。有什么东西阻挡了她的痛苦——一种愤怒，让她的每一个动作、每一句话都变得冷酷无情。

"听着，这和我所在的机构没有关系。"主任说，"问题是，你们的朋友已经被转送到了公墓。她可能已经下葬了。"

"什么……你刚才说什么？"娜兰慢慢站起身来，如梦初醒，"你为什么不早点告诉我们？"

"从法律上讲，我们没有义务——"

"从法律上讲？那从良心上呢？我们早知道的话，就会陪她一起去。你们这些自暴自弃的白痴到底把她带到哪里去了？"

主任紧皱眉头，她的眼睛一时间瞪得大大的。"首先，你不能这样对我说话；其次，我无权泄露——"

"那就他妈的去找个有权的人来。"

"我不允许你这样跟我说话。"主任说，她的下巴明显在颤抖，"恐怕我得叫保安把你从这里带走了。"

"恐怕我得抽你个大嘴巴了。"娜兰说，但其他人抓住她的手，把她拉了回来。

"我们得保持冷静。"贾梅拉小声对娜兰说，尽管她不清楚，娜兰能否听见这个劝告。

主任踩着中跟鞋猛地转身。她正要离开，但又停了下来，斜睨着瞪了他们一眼。"有些墓地是专门为这种人准备的。你们居然不知道，真让我吃惊。"

"贱人。"娜兰低声说，但她那沙哑浑厚的嗓音仍然传得很远。不过当然，她就是想让主任听到自己对她的评价。

　　几分钟后，莱拉的朋友们在安保人员的护送下离开了医院。人行道上聚集了很多人，他们目不转睛地看着，脸上挂着揶揄的微笑，再次证明伊斯坦布尔这个城市从不缺乏即兴表演和现成的热心观众，现在如此，将来也会永远都是这样。与此同时，没有人注意到，在他们身后几英尺处跟上来一位老人。

　　离经叛道的五人组被保安丢在离医院很远的一个角落后，卡米尔·埃芬迪走近他们。"请原谅我的冒昧。我可以和你们说句话吗？"

　　莱拉的朋友们一个个转过头来，盯着这位老人。

　　"你想干什么，老人家？"扎伊纳布122说。

　　她的语气充满怀疑，但并不都是敌意。她那玳瑁框眼镜后面的眼睛又红又肿。

　　"我在医院工作，"勤杂工说着，凑近了些，"我看见你们在那里等……节哀顺变。"

　　莱拉的朋友们没有料到会从一个陌生人口中听到同情的话语，一时间站在那里愣住了。

　　"告诉我们，你看见那具尸体了吗？"扎伊纳布122问道，接着她又低声加上一句，"你觉得她……受了很多罪吗？"

　　"是的，我看见她了。我相信她没受什么罪。"卡米尔·埃芬迪点点头，试图说服自己，还有他们，"是我安排把她送到公墓去的。基利奥斯的那个——不知道你们有没有听说过，没有多少人听说过，大家都叫它'无伴者公墓'。你们要是问我，我会说这不是什么好听的名字。那里没有墓碑，只有标着数字的木板。但我可以告诉你们她被埋在了哪里。你们有权知道。"

说着，老人拿出一张纸和一支笔。他的手背上青筋凸起，长满了老年斑。他用潦草的字迹匆匆写下一个数字。

"这个，给你们。去你们朋友的墓前看看吧。在那里种上漂亮的花，为她的灵魂祈祷。我听说她来自凡城。我过世的妻子也来自那里，她死于一九七六年那场地震。我们在废墟里挖了好几天，都没找到她。整整两个月后，推土机把整个地区夷为平地。人们过去常对我说，别这么伤心，卡米尔·埃芬迪。到最后有什么区别呢？她被埋在地下了，我们不是有一天也会加入她的行列，被埋到六英尺之下吗？也许他们本意是好的，但天知道我多么讨厌他们说这样的话。葬礼是为活着的人举办的，这是肯定的。办一场体面的葬礼很重要，否则内心的伤口永远无法愈合，你们说是不是？听我唠叨了这么多，还请你们别见怪。我想……我是想告诉你们，我知道不能和心爱的人告别是什么感觉。"

"对你来说肯定很不容易吧。"好莱坞胡美拉说。平时非常健谈的她，现在似乎也不知道说什么了。

"悲伤就像一只燕子，"他说，"有一天你醒来，以为它已经消失了，但它只是飞到了别的地方取暖去了。它迟早会飞回来，再次在你心中栖息。"

勤杂工与他们一一握手，祝他们一切顺利。莱拉的朋友们看着他一瘸一拐地走了，直到他绕过医院大楼拐角，消失在大门里面。直到这时，思乡者娜兰，这个身高六英尺二英寸、身材魁梧、肩膀宽阔的女人，才在人行道边上坐下来，把腿挪到胸前，像个被遗弃在异乡的孩子一样哭了起来。

没有人说话。

过了一会儿，胡美拉把手放在娜兰背上。"起来吧，亲爱的，走吧。我们得去整理莱拉的东西，喂喂卓别林先生。如果我们没照顾好她的猫的话，莱拉会很难过的。可怜的小东西一定饿坏了。"

娜兰咬着下唇，迅速用手背擦了擦眼睛。尽管双腿乏力，她站起身来也比其他人都高。太阳穴隐隐痛得厉害，她打了个手势，示意朋友们先走。

"你确定吗？"扎伊纳布 122 关切地抬起头。

娜兰点点头。"我很确定，亲爱的。我过一会儿就去找你们。"

他们听了她的话——和往常一样。

独自留下的娜兰点了一支烟。从下午开始她就想抽支烟，但苦于胡美拉的哮喘，一直忍着没抽。她深深吸了一口，把烟憋在肺里，然后呼出一团烟雾。你们不是她的家人，那个主任这样说。她知道什么？该死的，她什么都不知道。对莱拉，对他们，她都一无所知。

在思乡者娜兰看来，世界上有两种家庭：一种是由亲人组成的血缘家庭，还有一种是由朋友组成的水缘家庭。如果你生在一个幸福美满的血缘家庭，你可以庆幸自己有多么幸运，能够充分享受家的温暖；如若不然，好在还有希望：一旦你长大，离开让你心酸的家，生活就会出现转机。

至于水缘家庭，它是后来形成的，在很大程度上取决于自己的选择。虽然没有什么可以取代一个洋溢着爱和幸福的血缘家庭，但是如果没有的话，一个好的水缘家庭也可以冲刷掉多年来内心累积的黑色烟灰一般的伤痛。因此，朋友会在你心中占有珍贵的一席之地，占据比你所有亲人加起来还要大的空间。但从未经历过被自己亲人抛弃的人，永远也不会明白这个道理。他们永远不会知道，有时候，水浓于血。

娜兰转过身，最后看了医院一眼。从这里看不见太平间，但她却打了个寒战，仿佛她的骨头能感受到它的寒意。并不是死亡让她害怕。她也不相信有来世，不相信在那里，现世的错误会被奇迹般地纠正。娜兰是莱拉的朋友中唯一自称无神论者的，她认为肉体——而不是某种抽象的灵魂概念——是永恒的。分子与土壤混合，为植物提供养分，植物被动物吃掉，动物又被人吃掉。因此，与大多数人的设想相反，人的肉体是不朽的，在自然界的循环中，肉体处于永无止境的旅程之中。人还能从来世得到什么呢？

但娜兰一直以为，她会是第一个死去的。在每一群久经考验的老朋友中，总有一个人凭直觉感觉到，自己会比其他人先行离开。而娜兰一直确信，她就是那个人。所有那些雌激素补剂、睾丸激素阻断疗法以及术后止痛药，更不用说多年来过量烟酒、不健康饮食……那个人一定是她，而不是充满活力和同情心的莱拉。伊斯坦布尔并没有把莱拉变得像她那样愤世嫉俗、尖酸刻薄，这一点总是让娜兰感到奇怪——也有些恼火。

一阵冷风从东北方向吹来，吹向内陆，搅动着污水与废气。她在寒风中紧紧抱住自己。太阳穴的疼痛转移了，蔓延到胸部，钻入她的胸腔，仿佛有一只手在挤压她的心脏。前面很远处，下班高峰期的交通堵塞了城市动脉，城市现在就像一只生病的巨兽，呼吸缓慢而疲惫，痛苦不堪。相比之下，娜兰的呼吸急促而激烈，表情充满愤怒。让娜兰更感无助的不仅仅是莱拉的突然死亡，或是她的死亡降临时的残忍与可怕；还有一切都是那么不公平。人生是不公平的，现在她意识到，死亡更是如此。

从孩提时代起，只要亲眼目睹有人——任何一个人——受到残忍或不公平的对待，娜兰的血液就会沸腾起来。正如达阿里曾经说过的那样，她没有那么天真，期望从一个如此扭曲的世界中得到公平，但她相信，每个人都有权享有一定的尊严。你的尊严就像是一块不属于其他人的土地，你在里面播下希望的种子，总有一天，它会发芽、开花。在思乡者娜兰看来，那颗小小的种子就是值得为之奋斗的一切。

她拿出老人留给他们的那张纸，看了看上面潦草的字迹：基利奥斯，无伴者公墓，705……。挤在底下的最后一个数字几乎无法辨认，仔细看了看，是一个潦草的"2"。字迹一点也不工整。娜兰拿出手提包里的钢笔，从头到尾又写了一遍。然后，她小心翼翼地把那张纸叠好，放回口袋里。

他们把莱拉丢在无伴者公墓，这不公平，因为她才不是无人陪伴。莱拉有朋友。一生的、忠诚的、亲爱的朋友。她可能没有其他的，但她肯定有朋友。

老人说得对，娜兰想，应该为莱拉举行一个体面的葬礼。

她把烟头弹到人行道上，用靴子底踩灭。港口缓缓升起一股雾气，滨水区边上的水烟咖啡馆和酒吧一片朦胧。在这座拥有数百万人口的城市某处，杀害莱拉的凶手正在吃晚饭或看电视。那人毫无良知，只在名义上还算作一个人。

娜兰擦了擦眼睛，但眼泪还是不停地涌出来。睫毛膏顺着她的脸颊流下来。两个女人各推一辆童车从旁边走过。她们面带惊讶，充满怜悯地看了她一眼，然后把头别过去。几乎是立刻，娜兰的脸上出现了紧张的神情。因为自己的外貌和身份，别人对她唯恐避之不及，没人瞧得起她，她都习惯了。这无所谓，但她受不了任何人的同情——不管是对她，还是对她的朋友。

迈着轻快的步伐出发时，娜兰已经打定主意。她要反抗，就像她一直以来那样，反抗传统习俗，反抗他人的指手画脚，反抗社会偏见……还有像无味的气体一样充斥在他们生活中的无声的仇恨，她也将与之对抗。谁也没有权力随意丢弃莱拉的尸体，就好像她并不重要，而且从来也没重要过。她，思乡者娜兰，会确保她的老朋友能得到应有的善待与尊重。

这事还没有结束。还没有。今天晚上她要和其他人商量一下，大家会一起想办法为莱拉举行一场葬礼。不是普普通通的葬礼，而是这个疯狂的古城中最好的葬礼。

这个疯狂的古城

伊斯坦布尔只是一个幻影。一个魔术师出了差错的戏法。

伊斯坦布尔是只存在于大麻吸食者头脑中的一场幻梦。事实上，根本就不存在伊斯坦布尔。有许多个伊斯坦布尔们挣扎着，它们彼此竞争，彼此冲突，每个都认为，最后只有一个伊斯坦布尔可以存活。

比如说，有一个专为步行或乘船穿过而存在的古老伊斯坦布尔——它属于巡游托钵僧①、占卜师、媒人、海员，弹棉花工、地毯工和背着柳条篮子的搬运工……还有一个现代伊斯坦布尔——汽车和摩托车到处来回穿梭，建筑卡车满载建筑材料，赶着去建更多的购物中心、摩天大楼和工业用地……帝国伊斯坦布尔与平民伊斯坦布尔；全球伊斯坦布尔与地方伊斯坦布尔；国际大都市的伊斯坦布尔与庸俗市侩的伊斯坦布尔；异端的伊斯坦布尔和虔

---

① 又称"苦修僧"，是苏非派教团的高级修士，靠他人施舍为生，常在市集公共场所聚众，宣讲苏非派哲学，吸收信徒。

诚的伊斯坦布尔；男人味的伊斯坦布尔与女性化的伊斯坦布尔，后者以欲望与冲突女神阿佛洛狄忒作为其象征和保护者……此外还有那个属于那些很久以前就坐船离开、驶向遥远港口的人的伊斯坦布尔。对他们来说，这个城市将永远是一个由记忆、神话和对救世主的憧憬所组成的大都市，就像一张情人的脸正从薄雾中褪去，永远都捉摸不清。

所有这些伊斯坦布尔都在彼此内部生活、呼吸，就像有了生命的俄罗斯套娃。但是，即使一个邪恶的巫师设法把它们分开，将它们并排放在一起，在这个庞大的队伍中，也找不到比佩拉区更受欢迎，也更担成见、更遭人唾弃的了。几个世纪以来，这个地区一直是动荡和混乱的中心，与自由主义、放荡不羁和西方化联系在一起——就是这三股力量将土耳其的年轻人引入歧途。佩拉区的名字源自希腊语，意思是"在更远处"，或是"跨过""超越"。它跨过金角湾，超越一切既定的规范。这里以前叫"Peran en Sykais"，即"在对岸"。直到前一天，这里还是龙舌兰莱拉的家。

达阿里死后，莱拉拒绝搬出公寓。家里的每个角落都有他的笑容和声音。房租虽然很高，但她勉强还能应付。深夜下班回家后，她会在生锈的淋浴喷头下冲个澡，用力擦洗皮肤，但热水总是不够。然后，像新生儿一样全身通红的她坐在窗边的椅子上，看城市晨曦破晓。达阿里的记忆包裹着她，像毯子一样柔软而舒适。她就这样睡去，许多个下午，她浑身酸痛地从睡梦中醒来，卓别林先生蜷缩在她的脚边。

毛茸茸卡夫卡街就坐落在破败的大楼和专营照明设备的小商

店之间。到了晚上，等所有的灯都亮了，这个地方就会发出暗褐色的光芒，仿佛它属于另一个世纪。过去，这个地方被叫作"毛皮内衬卡夫坦①街"，也有一些历史学家坚称它叫"金发小妻街"。总之，作为雄心勃勃的士绅化改造项目的一部分，市政府决定更新该地区的街道标志，主管官员觉得这个名字过于冗长，于是将其简称为"卡夫坦街"。于是，这个名字被一直沿用下来，直到一天早上，在刮了一夜大风之后，一个字母掉了下来，把街道的名字变成了"卡夫塔街"。但这个名字也没有持续太久。一个文学专业的学生用一支永久性记号笔将"卡夫塔"改成了"卡夫卡"。这位作家的粉丝们为这个新名字欢呼雀跃；其他人虽然不知道这个名字指的是谁，但他们喜欢它的读音，欣然接受了它。

一个月后，一家极端民族主义报纸发表了一篇关于秘密境外势力对伊斯坦布尔影响的报道，声称这种对一个犹太作家堂而皇之的致敬是其阴险计划的一部分，目的是根除当地的穆斯林文化。尽管对于这条街最早叫什么还存在争议，但一份请愿书在民间流传，要求恢复这条街最初的名字。两个阳台之间挂着一条横幅，上写："爱它还是离开它：一个伟大的国家。"这条横幅历尽风吹雨打，迎着伊斯坦布尔的西南风飘扬，直到一天下午，绳子断了，它像天空中一只愤怒的风筝，即刻飞得无影无踪。

那时，反动派已经转移到了别的战场。这场运动就像它出现时一样迅速地被人遗忘。随着时间的推移，如同这座精神分裂的

---

① 一种阿拉伯长袍男式上衣。

城市中所有其他东西一样，新与旧、现实与虚构、现实与超现实错综变换，这条街最后成了"毛茸茸卡夫卡街"。

这条街中央，在一个古老的土耳其浴室和一座新建的清真寺之间，矗立着一幢公寓大楼，它曾经时尚又雄伟，而现在风光不再。一个业余的窃贼打碎了大门口的窗户，被那声音吓了一跳，什么也没偷就跑了。由于住户都不愿出钱更换窗户，所以从那时起，碎了的玻璃就一直用搬家公司使用的那种棕色胶带固定在一起。

卓别林先生现在正坐在那扇门前，蜷曲着尾巴。它周身煤黑，玉色的眼睛闪着金光。一只爪子是白色的，好像刚把爪子浸到一桶石灰中，又立刻改变了主意。它脖子上挂着小小的银铃铛，一走动就叮当作响。它从未听见过那个声音。没有什么东西能打破它寂静的世界。

前一天晚上莱拉出门工作时，它偷偷溜了出来。这并不奇怪，因为卓别林先生是个夜行侠。它总是在黎明前回来，又渴又累，知道主人会为它留个门缝。但这一次，它惊奇地发现门是关着的。从那时起，它就一直耐心等待着。

又过了一小时。汽车从旁边驶过，肆意地按着喇叭；街头小贩高声叫卖着他们的商品；街角的学校用扩音器播放国歌，数百名学生齐声高唱，唱完后，他们集体宣誓：愿我的存在成为土耳其的礼物。远处，一个建筑工地附近有一名工人坠楼身亡，一辆推土机轰鸣着，大地在震动。嘈杂声响彻伊斯坦布尔的天空，但这只猫什么也听不见。

卓别林先生希望有人拍拍它的头，给它些安慰。它希望自己现在在楼上的公寓里，面前是满满一碗它最喜欢吃的鲭鱼土豆肉酱。它伸着懒腰，拱起背，不禁纳闷主人究竟去了哪里，天色已晚，为什么龙舌兰莱拉还没有回家。

悲痛

　　夜幕降临时，除了还没赶过来的思乡者娜兰，莱拉的朋友们都来到毛茸茸卡夫卡街上的公寓楼。他们每人都有一把备用钥匙，进门不是问题。

　　当他们走近大门时，破坏者脸上掠过一丝犹豫的神情。他的胸口一阵紧缩，突然意识到，自己还没准备好走进莱拉的公寓，面对她的离开所留下的痛苦的虚空。他感到一股强烈的想要逃离的冲动，离开这些对他来说至关重要的人。他需要一个人静一静，哪怕一小会儿。

　　"也许我该先回办公室看看。之前走得太突然了。"

　　今天早上，破坏者听到这个消息，抓起夹克就往门外跑，出去的路上他告诉老板，他的一个孩子食物中毒了。"蘑菇，一定是晚饭吃的蘑菇！"这个借口不怎么明智，但他没能想出更好的借口。他不可能把事实真相告诉同事们。他与莱拉的友谊也无人知晓。但现在他突然想到，妻子可能已经给他的办公室打了电话，揭穿了他的谎言，那样的话麻烦就大了。

"你确定吗？"贾梅拉问，"是不是太晚了？"

"我就回去看一眼，没事的话马上回来。"

"好吧，别耽搁得太久。"胡美拉说。

"现在是高峰时段……我会尽力的。"

破坏者讨厌车，他有幽闭恐惧症，受不了拥挤的公共汽车或渡船，而此时所有公共汽车和渡船都人满为患，他只能痛苦地选择坐车。

三个女人站在人行道上看着他走远。他的步态有点不稳，眼睛盯着鹅卵石，仿佛再也不相信地面是结实的。他耷拉着肩膀，痛苦地弓着脑袋，看起来活力尽失。莱拉的死彻底击垮了他。他竖起衣领，抵挡着越来越强劲的风，消失在茫茫人海中。

扎伊纳布122悄悄地擦掉一颗泪珠，把眼镜往上推了推。她转身对另外两人说："你们两个先去吧，我去趟杂货店。我得给莱拉的灵魂做哈尔瓦①。"

"好吧，亲爱的。"胡美拉说，"我给卓别林先生留着大门。"

扎伊纳布122点了点头，先迈右脚过马路。奉至仁至慈的真主之名。因为遗传疾病，她的身体在还是个婴儿时就开始畸形，衰老的速度比常人快——仿佛她的生命是一场赛跑，必须全速完成。但是她很少抱怨，即便抱怨，也只说给真主听。

与其他人不同的是，扎伊纳布122非常虔诚，是一个彻头

---

① 一种酥糖或芝麻蜜饼，土耳其传统甜食。

彻尾的信徒。她每天祈祷五次，不饮酒，斋月期间禁食整整一个月。在贝鲁特时她研究过《古兰经》，并对众多译本进行了对比，能整章背诵。对她而言，宗教与其说是凝固在时间里的圣典，不如说是一个会呼吸的生命有机体。一种融合。它把书面语和口头习俗结合起来，在其中加入一些迷信和民间传说。现在她必须做一些事情，帮助莱拉的灵魂踏上永恒的旅程。她的时间不多了。灵魂消逝的速度很快。她得去买檀香膏、樟脑、玫瑰花水……而且一定要做哈尔瓦，做好后把它们分发给陌生人和邻居。一切都要准备妥当，虽然她知道有的朋友可能不会感激她的努力，尤其是思乡者娜兰。

时间不多了，扎伊纳布 122 朝最近的杂货店走去。通常情况下，她不会去那里，因为莱拉一点也不喜欢那个店主。

杂货店内光线昏暗，从地面到天花板的货架上摆放着罐头和包装好的产品。店内，被当地人称为"沙文主义杂货店老板"的家伙倚着一个木柜台站着，柜台历经岁月的洗礼，十分光滑。他扯着长长的卷胡须，正在专心阅读晚报，嘴里念念有词。报纸上，一幅龙舌兰莱拉的画像凝视着他，标题写着："一个月内发生的第四起神秘谋杀案，伊斯坦布尔的站街女高度警惕。"

官方调查证实，这名女子在至少十年前离开一家有执照的妓院后，又到街头重操旧业。警方认为她在袭击中被抢劫，因为现场没有发现钱财或珠宝。她的案件与上个月被杀害的另外三名妓女有所关联，她们都是被勒死的。她们的死亡揭示了一个鲜为人知的事实，那就是伊斯坦布尔的性工作者被杀的概率高出其他女性十八倍，而多数妓女谋杀案仍未告侦破——部分原因是很少有相关人士愿意站出来提供关键信息。不过，执法机构正在跟进一些重要线索。警察局副局长告诉媒体……

看见扎伊纳布122走过来，杂货店老板立刻把报纸折好，塞进抽屉。过了好一会儿他才让自己镇定下来。

"你好！"那人说，声音大得超出了必要。

扎伊纳布122站在一袋比她还高的豆子旁边，答道："你好。"

"节哀顺变。"他伸长脖子，突出下巴，以便把顾客看个清楚。"电视上播了，你看下午的新闻了吗？"

"没有。"扎伊纳布122回答得很简短。

"如果安拉保佑，他们很快就会抓住那个疯子的。如果最后发现凶手是黑帮分子的话，我也不会感到惊讶。"他点头，对自己的说法表示赞成，"那些劫匪，为了钱什么事都干得出来。这个城市有太多的库尔德人、阿拉伯人、吉卜赛人，诸如此类的。自从他们来到这里，生活质量就消失了——噗的一声！"

"我就是阿拉伯人。"

他笑了。"哦，但我不是说你。"

扎伊纳布122研究了一下豆子，心想，要是莱拉在这里，肯定不会饶了这个讨厌的家伙，杀杀他的气焰。但是莱拉不在了，而扎伊纳布122最不愿与人起冲突，从来不知道怎么对付激怒她的人。

她再次抬起头来，看见杂货店老板正等着她开口说话。"对不起，我在想别的事情。"

那人心领神会地点了点头。"这已经是一个月来的第四个受害者了吧？谁也不该这样没命，即便一个堕落的女人也不例外。我不是在评判谁，别误会我的意思。我总是对自己说，安拉会惩罚每一个他认为应该惩罚的人。任何一个罪过他都不会放过。"

扎伊纳布122摸了摸额头。她感到一阵头痛袭来。奇怪。她从来没患过偏头痛。以往都是莱拉饱受偏头痛的折磨。

"那什么时候举行葬礼呢？她的家人安排好了吗？"

这些问题让扎伊纳布122向后一缩。她最不想告诉这个爱管闲事的家伙，正是因为莱拉的家人拒绝认领她的尸体，她才被埋葬在无伴者公墓。"对不起，我赶时间。请给我一瓶牛奶和一包黄油，好吗？哦，还有粗面粉。"

"当然，你要做哈尔瓦吗？很好。别忘了给我带一些来。别担心，这个我请客。"

"谢谢，不用了，我不能接受你的好意。"扎伊纳布122踮起脚把钱放在柜台上，后退了一步。她的肚子咕噜咕噜叫了起来。她这才想起来，自己已经一整天没有吃东西了。

"嗯，还有一件事：你这里卖玫瑰水、檀香膏和樟脑吗？"

杂货店老板好奇地看了她一眼。"当然，妹子，我马上去拿。你要什么我店里都有。我一直不明白为什么莱拉不常来这里买东西。"

公寓

卓别林先生闲逛回来，高兴地发现正门半开着。它爬进公寓大楼，一进去便嗖的一声上了楼，脖子上的铃铛疯狂地叮当作响。

猫走近莱拉的公寓时，门从里面打开了，好莱坞胡美拉走了出来，手里拿着一个垃圾袋。她把垃圾袋放在门外。当天晚上晚些时候，清洁工会来收走。她正准备进屋的时候发现了猫，于是来到走廊上，宽大的臀部遮住了光线。

"卓别林先生！我们还在想你去哪里了呢。"

猫在女人的腿上蹭了蹭。她的腿粗壮结实，青筋暴起。

"哦，你这个厚脸皮的家伙。进来吧。"几个小时以来，胡美拉第一次笑了。

卓别林先生敏捷地朝兼作客厅和客房的餐厅径直走去。它跳进一个铺着羊毛毯子的篮子，睁着一只眼，闭着一只眼，把这个地方扫视了一遍，仿佛要把每一个细节都记在脑子里，以确保它不在的时候一切都保持原样。

尽管需要一些修缮，但这套公寓仍很是漂亮：色彩柔和淡雅，朝南的窗户，高高的天花板，似乎是为了美观而非实用建造的壁炉，边缘剥落的金蓝色壁纸，低垂的水晶枝形吊灯，还有凹凸不平、已经开裂但刚刚擦洗过的橡木地板。每面墙上都挂着大小不一的镶框画，都是达阿里的作品。

两扇巨大的前窗俯瞰着古老的加拉塔石塔①的塔顶。它仰望着公寓楼和远处的摩天大楼，仿佛在提醒它们，尽管让人难以相信，这座城市最高的建筑曾经非它莫属。

现在胡美拉走进莱拉的卧室，开始收拾一箱箱的珍奇小物件，同时还心不在焉地哼着小曲。一首传统歌曲。她也不知道为何要选这首歌。她的声音中透着疲惫，却又很饱满。多年来，她一直在伊斯坦布尔那些凋敝的夜总会演唱，也出演过几部要不了多少成本的土耳其电影，其中还包括几部至今仍令她尴尬的限制级影片。那时她身材不错，还没得静脉曲张。那时的生活危险重重。一次，她在两个敌对黑手党家族的交火中受伤；还有一次，她被一个疯狂的粉丝开枪射中了膝盖。现在她上了年纪，过不了那种生活了。夜复一夜地吸二手烟令她哮喘加重。她的口袋里随时携带一个吸入器，以便她经常性使用。这些年来，她的体重增加了不少——这是多年来像吃糖果般吃下的五花八门的药带来的众多副作用之一：安眠药、抗抑郁药、抗精神病药……

---

① 伊斯坦布尔城区的标志性建筑之一，从金角湾向北眺望就可以看到。

胡美拉相信，肥胖和抑郁症有明显的相似之处。在这两种情形之下，社会都将责任归咎于患者。其他病就不会被这样看待。患有别的疾病的人至少会得到一定程度的同情和精神支持。可肥胖者和抑郁症患者就不一样了。你本可以控制一下食欲……你本可以控制你的想法……但胡美拉知道，自己的体重和习惯性抑郁其实都不是她个人的选择。这一点，莱拉能够理解。

"你为什么要和抑郁症对抗？"

"因为那是我应该做的……每个人都这么说。"

"我母亲——以前我叫她姨妈——也常常有那种感觉，也许比它更糟。人们总是告诉她，要和抑郁症抗争。但我有一种感觉，我们一旦把某件东西视为敌人，就会让它变得更强大。就像一个回旋镖。你把它扔出去，它又会飞回来，以同样的力量砸向你。你需要做的，也许是与你的抑郁症做朋友。"

"亲爱的，你这话说得真有意思。那我该怎么做呢？"

"好吧，想想看：你可以与朋友在黑暗中一起散步，并从对方身上学到很多东西。但你也知道，你和你的朋友，你们是不同的。你和你的抑郁症不一样。你远远不止是你今天或明天的情绪。"

莱拉劝她少吃一点安眠药，培养一种爱好，开始锻炼身体，或者到妇女收容所做志愿者，帮助那些与她有类似经历的人。但是胡美拉发现自己很难与遭遇生活不公的人相处。她曾经尝试过，但所有的努力和善意的话语似乎最后都会变成虚渺的空气。连她自己都不断受到恐惧和焦虑的困扰，又怎么能给别人带来希望和快乐呢？

　　莱拉还买了关于苏非派、印度哲学和瑜伽的书——在达阿里死后，她才开始对这些东西感兴趣。但是，尽管胡美拉把这些书翻了很多遍，状态还是没有什么改观。在她看来，所有这些东西，尽管它们声称简单实用，但本质上是为那些比她更健康、更快乐或更幸运的人设计的。如果你需要静下心来才能冥想，那冥想又如何能帮你静下心来呢？她的内心充满了无尽的躁动。

　　现在莱拉走了，一种漆黑的恐惧像被困住的苍蝇一样在胡美拉的脑海里飞来飞去。离开医院后，她吃了一片赞安诺[1]，但似乎没有用。暴力血腥的画面折磨着她的内心。残暴。屠杀。毫无意义、毫无理由的邪恶。银色汽车像黑夜中的刀子一样在她眼前闪烁。胡美拉打了个寒战，掰着她疲惫的指关节，强迫自己继续整理，全然不顾她那巨大的发髻散开了，几缕头发从后脖颈上飘落下来。她在床底发现了一叠旧照片，但痛苦让她不忍心仔细端详。正这样想着，她注意到搭在椅背上的那件紫红色雪纺连衣裙。她将它捡起，脸皱作一团。那是莱拉的最爱。

----

① 即阿普唑仑，一种多用于抗焦虑的药物。

普通女性市民

扎伊纳布 122 两手各提着一袋食品杂货，气喘吁吁地走进公寓。"哦，那些楼梯简直要了我的命。"

"怎么花了这么长时间？"好莱坞胡美拉问道。

"我不得不和那个讨厌的家伙聊天。"

"谁？"

"那个沙文主义的杂货店老板。莱拉从来都不喜欢他。"

"是的，她不喜欢。"胡美拉若有所思地说。

两个女人沉默了一会儿，各自沉浸在自己的思绪中。

"我们必须把莱拉的衣服送人。"扎伊纳布 122 说，"还有她的丝巾。天哪，她的丝巾可真多。"

"你不觉得我们该留着吗？"

"我们必须遵循习俗。有人去世了，就把他们的衣服分发给穷人。穷人的祝福会帮助死者越过去往另一个世界的桥。时机很重要。我们必须尽快行动。莱拉的灵魂即将开始它的旅程。西拉

特桥 ① 比剑还要锋利，比头发还要细……"

"哦，又来了。饶了我吧！"背后传来一个沙哑的声音。与此同时，门被推开了，两个女人和那只猫都吓了一大跳。

思乡者娜兰站在门口，皱着眉头。

"你可把我们吓了个半死。"胡美拉把手放在怦怦直跳的胸口上说。

"很好，活该。你们太沉迷于那套宗教说辞了。"

扎伊纳布 122 双手抱膝。"帮助穷人没有什么害处。"

"嗯，并不完全是这样，不是吗？它更像是一种交易。来，你们这些可怜的家伙，把这些旧衣服拿去，把你们的祝福给我们吧。来，亲爱的真主，拿着这些祝福券，给我们在天堂留一个阳光明媚的角落。无意冒犯，但宗教就是纯粹的商业行为。不过是利益互换。"

"这也太……不公平了。"扎伊纳布 122 噘着嘴说。别人蔑视她的信仰时，她并不愤怒，而是感到伤心。如果这些人碰巧是她的朋友，她就更伤心了。

"随便吧。忘了我说的话。"娜兰一屁股坐在沙发上，"贾梅拉呢？"

"在另一个房间。她说她得躺一会儿。"胡美拉的脸上掠过一丝阴影，"她不怎么说话，什么也没吃。我很担心。你知道她的

---

① "西拉特"（Siraat）在阿拉伯语中的意思为"道路"。据传说，这是一座跨越地狱之巅的桥，虔诚的信徒死后能轻松地翻越它，到达来世；而罪恶之人则会跌入地狱的深坑之中，不得通过。

身体状况……"

娜兰垂下眼睛。"我会跟她谈谈。破坏者哪里去了?"

"他得赶着去办公室一趟。"扎伊纳布122回答说,"他现在肯定在回来的路上,可能堵车了。"

"好吧,那我们等等他,"娜兰说,"现在告诉我,为什么这扇门没关?"

另外两个女人快速交换了一下眼色。

"你们最好的朋友被人残忍杀害,你们却来到她的公寓让房门大敞着。你们疯了吗?"

"得了吧,"胡美拉说着,深吸一口气,打了个寒战,"又不是有人闯进公寓里把她杀了。莱拉是深夜在大街上遇害的。有目击者看到她上了一辆车——银色奔驰车。所有受害者都是这样被杀害的,你知道的。"

"那又怎样?难道这就意味着你们可以高枕无忧了吗?还是因为你们其中一个个子太小,另一个——"

"太胖?"胡美拉涨红了脸。她拿出吸入器,把它攥在手掌心里。经验告诉她,娜兰在身边时,她使用吸入器的频率会更高。

扎伊纳布122耸耸肩。"你怎么说,我都无所谓。"

"我本来想说你们一个退休了,一个有抑郁症。"娜兰挥了挥手,"我的意思是,如果你们这些女人认为杀害莱拉的凶手是这个城市唯一的精神病,那祝你们好运!让你们的房门大开着吧。其实,你们为什么不干脆放个门垫,上面写着'欢迎你,精神病①'?"

---

① 原文为德语。

"我希望你别什么事都这么极端。"胡美拉面露不悦。

娜兰思考了一会儿。"极端的是我还是这座城市？我希望伊斯坦布尔别什么事都这么极端。"

扎伊纳布 122 扯着开襟羊毛衫上一根松散的线，把它卷成一团。"我只是跑出去买了几样东西，而且——"

"好吧，只需几秒钟时间，"娜兰说，"我说的是被人袭击所需要的时间。"

"拜托别再说这些可怕的事了……"胡美拉的声音越来越小，她决定再吃一片赞安诺。也许吃两片。

"她说得没错。"扎伊纳布 122 表示同意，"这是在对死者不敬。"

娜兰昂起了头。"你们想知道什么才是对死者不敬吗？"她猛地打开手提包，拿出一份晚报。翻开报纸，夹在当地和国家媒体的报道中间，莱拉的照片赫然在目。她开始大声朗读：

> 这位警察局副局长对媒体说："请放心，我们很快就会找到凶手。我们请了一个专案小组来处理这个案子。现阶段，我们呼吁广大市民，如果看到或听到任何可疑活动，请与执法部门反映。但是，市民，尤其是女性市民，不必惊慌。这些谋杀案并不是随机发生。它们都针对一个特殊群体，无一例外：所有受害者都是街头妓女。普通女性市民不必担心自己的安全。"

娜兰把报纸沿着折痕折了起来，像往常生气的时候一样，咂巴着舌头。"普通女性市民！这个浑蛋想说的是：'你们这些正经的女士们，不要担心。你们是安全的。街上被杀害的只有妓女。'这就是我说的对死者的不敬。"

房间里弥漫着一股挫败感，刺鼻而浓郁，就像硫黄味的烟雾，附着在所有它接触到的物体上。胡美拉把吸入器举到嘴边吸了一口。她等着自己的呼吸放缓，然而没有。她闭上眼睛，强迫自己入睡，沉沉地昏睡过去，忘却一切。扎伊纳布122坐直了身子，她的头痛更厉害了。很快她就会开始祈祷，去准备调制帮助莱拉的灵魂踏上下一段旅程的良方。不过不是现在。现在她感觉乏力，也许还有些缺乏信心。娜兰肩膀僵硬地蜷缩在上衣里，一声不吭，脸上一副空落落的样子。

在一个角落里，卓别林先生吃完最后的美味，把自己舔得干干净净。

银色奔驰车

每天晚上，在洲际酒店对面，都会看到一艘名为"古尼号"的红绿相间的船停泊在金角湾岸边。

这艘船如此命名，是为了纪念库尔德电影导演伊尔马兹·古尼[①]，而且这艘船还在他的一部电影中出现过。它现在的主人不知道这件事，即使知道，也不会在意。这艘船是他多年前从一个不再出海的渔民手中买下的。新主人在船上建了一间小厨房，装了一个铁烤架，用来做肉丸三明治。很快，烤鲭鱼也上了菜单，配以洋葱丝和西红柿片。在伊斯坦布尔，街头小吃摊贩的成功不取决于他们卖什么，而取决于什么时间、在哪里卖。夜间生意虽说在其他方面有风险，但赚钱更多，不是因为顾客会在深夜变得更慷慨，而是因为他们在深夜会觉得肚子更饿。人们从俱乐部和酒吧里涌了出来，酒精在血管里流淌。他们还不准备认输，于是就

[①] Yilmas Güney（1937—1984），土耳其电影导演、演员、制片人。

在船摊前停下，打算回家前再最后放纵一次。穿着闪亮裙子的女士们和穿着深色西装的男士们坐在码头边的凳子上，狼吞虎咽地吃着三明治，大口咬着粗糙的白皮塔饼；要是在大白天，他们会对这种东西嗤之以鼻。

今天晚上，第一批顾客七点钟就来了，比平常早很多。小贩看到一辆奔驰在码头停下时，就是这么想的。他朝着他的徒弟——也是他的侄子——扯着嗓子大喊。他的侄子是全城最懒的男孩，正瘫坐在角落里，一边看着电视连续剧，一边忘我地嗑着瓜子。旁边的桌子上，是堆得越来越高的瓜子壳。

"快起来，来客人了。去看看他们想要什么。"

男孩站起身来，伸了伸腿，深吸一口气，把咸咸的海风吸进肺里。他久久地看了一眼拍打在船舷上的海浪，做了个鬼脸，仿佛他本来决心要解开什么谜团，但现在又放弃了。他喃喃自语着，踏上码头，慢腾腾地向奔驰车走去。

在路灯的照耀下，那辆汽车闪着自信的光芒。有色车窗，平滑定制的导流板，灰红色铬合金车轮。男孩从小就是豪华汽车的狂热崇拜者，他吹了一声口哨，对汽车赞叹不已。他自己更愿意驾驶一辆火鸟——钢蓝色的庞蒂亚克火鸟。那才叫好车！他不会只是驾驶它，而是要让它奔腾起来，时速……

"嘿，小伙子！我们到底能不能点单？"坐在驾驶座上的人从半开的车窗里探出身子说。

男孩从沉思中回过神来，不慌不忙地回答："是的，可以。你想点什么？"

"首先，来些礼貌。"

男孩这才抬起头来，仔细瞧了瞧那两位顾客。刚才说话的人骨瘦如柴，秃顶，下巴棱角分明，消瘦的脸上满是痘印。另一个家伙几乎正相反：矮胖，两颊红扑扑的。然而，他们看上去似乎是亲戚。也许是眼睛的缘故。

出于好奇，男孩朝着那车更近一步。内饰和外观一样令人印象深刻：米色真皮座椅，米色真皮方向盘，米色真皮仪表盘……但接下来看到的一幕让他倒抽一口凉气，吓得面无血色。他记下他们点的餐，以最快的速度跑回船上，心脏在胸腔里狂跳。

"所以他们想吃什么？肉丸还是鲭鱼？"小贩问。

"哦，肉丸。饮料点的是艾兰酸奶①。可是……"

"可是什么？"

"我不想为他们服务。他们很奇怪。"

"奇怪？你什么意思？"

问这个问题时，小贩就感觉他不会听到答案。他摇了摇头，叹了口气。男孩的父亲是一名建筑工人，从脚手架上掉下来摔死了，从那以后男孩就成了家里的经济支柱。男孩父亲没有受过正规培训，没有安全设备，后来他们发现脚手架搭建得有问题。家人起诉了建筑公司，但不太可能有什么结果。法院有太多案件等着处理。随着伊斯坦布尔一些地区旧城改造的步伐加快，房地产价格急剧上涨，人们对豪华公寓的需求飙升，建筑工地上发生的

---

① 又称杜格酸奶，一种乳白色的冷饮，由三分之一的浓酸奶和三分之二的盐水混合而成，流行于中东、中亚等地区。

事故数量也愈发惊人。

于是，不管他是否乐意，这个还在上学的男孩不得不上起了夜班。然而，他太敏感、太寡言、太固执，显然不适合干重活儿——这就意味着他不适合在伊斯坦布尔生活，因为这到头来都是一回事。

"没用的小子。"小贩说，声音大得徒弟都能听见。

男孩对叔叔不加理睬，他把肉丸放在烤架上，开始备餐。

"放着别动！"小贩不满地哼了一声说，"我得告诉你多少遍，先给烤架上油？"

小贩从男孩手中一把夺过火钳，挥手让他走开。明天就把他撵走——出于怜悯，这个决定他一直拖到今天，但他受够了。他不是做慈善的，他有自己的家人要照顾，有自己的生意要维护。

摊贩迅速用手将余烬扫了一遍，点起火，烤了八个肉丸，把它们塞进半截皮塔饼里，还夹了几片西红柿。他抓起两瓶艾兰酸奶，把所有东西放进一个托盘，朝汽车走去。

"晚上好，先生们。"小贩用毕恭毕敬的语气说。

"你那个懒徒弟呢？"坐在驾驶座上的人问道。

"是的，他真的很懒。您说得没错，先生。如果他照顾不周，我向您道歉。我随时都可以把他赶走。"

"要是你问我的意见，我会说，越早越好。"

摊贩点了点头，将托盘从半开的车窗递了进去。他偷偷看了一眼汽车里面。

仪表板上有四个小天使玩偶，头戴光环，手拿竖琴，皮肤上溅了一滴滴红棕色油漆。车现在停了下来，它们的脑袋微微地上下晃动。

"不用找了。"那人说。

"非常感谢。"

哪怕在把钱装进口袋时，小贩也无法将目光从天使们身上移开。他开始感到恶心。慢慢地，几乎是不由自主，他恍然大悟，徒弟一定是马上注意到了：小玩偶上的污渍，仪表板上的污渍……那些红棕色斑点不是油漆。那是干了的血迹。

司机好像看透了小贩的心思，说："有天晚上我们出了车祸。我撞到了鼻子，流了很多血。"

小贩同情地笑了笑。"哦，那太糟了。希望您能快点好起来。"

"我们需要把车清理干净，但一直没机会。"

小贩点了点头，收回托盘，正要说再见时，对面的车门开了。那位一直默不作声的乘客手拿皮塔饼走了出来，说："你家的肉丸很好吃。"

小贩瞥了那人一眼，注意到他下巴上有几道伤痕。他的脸好像被人抓伤了。被一个女人。但那不关他的事。为了平息自己的思绪，他提高了音量。"是的，我们很有名，有些客人特意从其他城市赶过来。"

"不错……我想你不是在给我们吃驴肉吧。"那人说着，被自己的玩笑逗笑了。

"当然不是，只有牛肉。上等牛肉。"

"太好了！只要我们吃得开心，你一定会再见到我们的。"

"欢迎随时再来。"小贩说着，把嘴唇抿成一条细线。尽管他感到有些不安，但他还是觉得很满足，几乎是感激。如果这些人很危险，那是别人的问题，不是他的。

"告诉我，你都是在晚上营业吗？"司机问。

"一直都是。"

"你一定见过各种各样的顾客。有没有不道德的那种？妓女？变态？"

身后，小船被过往船只激起的波浪冲得上下颠簸。

"我的顾客都是正派人。受人尊敬，很是体面。"

"那就好，"乘客说着回到了座位上，"我们不希望这里有不正派的人，对不对？这个城市的变化如此之大，它现在是如此肮脏。"

"是的，肮脏。"小贩说，他只是不知道还能说些什么。

回到船上时，他发现侄子正在等着，两手叉腰，紧绷着脸，一副心事重重的样子。"所以呢？怎么样了？"

"一切都好。你应该为他们服务。为什么要我替你干活儿？"

"可是你没看见吗？"

"看见什么？"

那男孩眯起眼睛看着叔叔，好像这个人正在他眼前慢慢缩小。"车里面……方向盘上有血迹……还有玩偶上……到处都是血。我们是不是该报警？"

"嘿，不能让警察来这里。我还有生意要做呢。"

"哦，没错，你的生意！"

"你有什么问题？"小贩厉声说，"难道你不知道有成百上千的人为了得到你的工作，死也愿意吗？"

"那就让他们来吧。我才不稀罕你那愚蠢的肉丸呢。反正我讨厌那味道。那是马肉做的。"

"你胆子不小！"小贩两颊通红地说道。

但是男孩没有在听。他的注意力又回到那辆奔驰车上，在码头那边昏暗低垂的天空下，它的轮廓冰冷而威严。他喃喃地说："那两个人……"

小贩的表情缓和了下来。"小子，忘了他们吧。你还年轻，别这么好奇。这是我给你的忠告。"

"叔叔，你自己就不好奇吗？一点点都没有？万一他们犯了什么事呢？万一他们杀了人呢？那样在法律看来，我们就成了帮凶了。"

"够了。"小贩砰的一声把空托盘放下，"你电视看得太多了，净看些愚蠢肤浅的美国惊悚片，现在你觉得自己成了了不起的大侦探了！明天早上，我要去和你妈妈谈谈。我们会给你找一份新工作——还有，从现在起，不许再看电视了。"

"好吧，随便。"

没有什么好说的了。两个人好一会儿都没再说话，一种懒洋洋的感觉朝他们袭来。在那艘名为"古尼号"的红绿相间的渔船旁边，大海翻着浪花，吐着泡沫，用尽全力冲击着从伊斯坦布尔到基利奥斯蜿蜒道路两旁的巨石。

鸟瞰

　　一幢新建的高楼内，一间雅致的办公室占据整个楼层，从这里可以俯瞰这座城市飞速发展的商业区。一名年轻男子坐在等候室里，腿紧张地上下晃动。玻璃隔断后面的秘书不时探出头来瞥他一眼，嘴角露出歉意的微笑。和他一样，她也很难理解，他的父亲为什么让他等了四十分钟。但那是他的父亲，总是想表明自己的立场，给儿子一个教训。但年轻人觉得，他既没有必要，也没有时间。他又看了看表。

　　最后，门开了。另一位秘书宣布，他可以进去了。

　　他的父亲坐在桌子正后方。那是一张古色古香的胡桃木桌子，有黄铜把手，爪形桌脚，雕花桌面。很漂亮，但对于一个风格现代的房间来说过于隆重了。

　　年轻人一言不发，大步走到书桌前，把带来的报纸放在桌上。在打开的那一页上，莱拉的脸夹在文字之间，露了出来。

　　"这是什么？"

"爸爸，请读一读吧。"

老人粗略地看了一眼报纸，扫视了一下标题：城市垃圾箱内发现遇害妓女。他皱起眉头。"为什么给我看这个？"

"因为我认识那个女人。"

"啊！"老人的脸一亮，"很高兴得知你有了女朋友。"

"你还不明白吗？她就是你给我安排的女人。她死了。被人杀害了。"

沉默向外扩散到空气中，凝结成厚度不一的丑陋形状，犹如夏末池塘里的藻类植物一样停滞不动。越过父亲的视线，他望向窗外的城市。薄雾中，杂乱的房屋呈扇形散开，街道拥挤不堪，远处的群山绵延起伏。从高空俯瞰，景色虽然十分壮观，但奇怪的是，它看起来了无生气。

"报道里说了，"年轻人努力控制自己的语气，"这个月还有三名女性被杀……都以同样可怕的方式。你猜怎么着？我也认识她们。她们所有人。全是你派来的女人。这也太巧合了吧？"

"我还以为我们给你安排了五个呢。"

年轻人停顿了一下，觉得很尴尬，只有父亲能让他产生这种感觉。"是的，是五个，其中四个已经死了。所以我再问你一遍：这是不是太巧合了？"

父亲的眼神没有透露什么信息。"你想说什么？"

年轻人畏缩了一下，不知如何是好。一股熟悉的恐惧朝他袭来，这种战战兢兢的感觉让他一下子又回到了童年，父亲灼人的目光令他汗流浃背。但是，突然间，他想起了那些女人，那些受害者，尤其是最后一个。他回忆起那次他们在阳台上的谈话，他们的膝盖轻轻碰在一起，呼吸中夹杂着威士忌的味道。听着，亲爱的。我知道你不想这么做。我也明白你爱着一个人，宁愿和那个人在一起。

泪水涌上他的眼眶。他的恋人说过，他之所以痛苦，是因为他有一颗善良的心。他有良心，这并非人人都能做到。但这些话并没有带来多少安慰。那四个女人都是因为他而死吗？怎么会这样？他害怕自己会失去理智。

"你就是这样来纠正我吗？"随后，他意识到自己提高了嗓门，几乎是在吼叫。

父亲推开报纸，脸色铁青。"够了！我与这种愚蠢的行径毫无关系。老实说，我感到惊讶，你竟然以为我会到街上去追杀妓女。"

"爸爸，我不是在指责你。但也许是你身边的人干的。必须得有个解释。告诉我，你是怎么安排这些会面的？是不是有人负责预约，打电话给她们？"

"当然。"他父亲提了一个得力助手的名字。

"他现在在哪里？"

"怎么？他还在为我工作呢。"

"你得去问问那个人。答应我，你会去。"

"听着，你管好你自己的事，我管好我的事。"

年轻人抬起下巴，艰难地说下去，此时他脸上紧张的表情消失了。"爸爸，我要走了。我要离开这个城市。我要去意大利，去那里待上几年。我被米兰的一个博士项目录取了。"

"别胡说八道了。你的婚期快到了。请柬我们都寄出去了。"

"我很抱歉。这事你得自己处理了。我是不会留在这里的。"

他的父亲站起身来，他的声音第一次变得沙哑。"你不能给我丢脸！"

"我已经打定主意了。"年轻人的目光落在地毯上，"那四个女人——"

"哦，别胡说了！我告诉过你，这事跟我无关。"

他盯着父亲，端详着他严厉的面孔，仿佛要牢牢记住，自己以后可不能变成这副样子。他本想去报警，但他父亲人脉很广，这个案子立案之后会迅速结案。他只想离开，和他心爱的人一起。

"我一张支票都不会寄给你的，听见了吗？你会回来向我跪下求饶。"

"再见，爸爸。"

在转身离开之前，他伸出手，一把抓起那张报纸，把它叠好，放进口袋。他不想把莱拉的照片留在这间冰冷的办公室。他还留着她的丝巾。

那个瘦一点的家伙一直奉行独身主义。他常常说肉身无足轻重。他是一个有想法、有自己一套理论的人。当大老板要求他为儿子安排妓女时，他很荣幸能被委以如此隐秘而敏感的重任。第一次，他在酒店外面等候，只是为了确保那个女人准时赴约、举止得体，确保整件事天衣无缝。当天晚上，在车里抽烟时，他萌生了一个想法。他突然想到，也许这不是普通的差使。也许还有别的事需要他去做。这是一个使命。这个想法令他猛然惊醒。他感觉自己有重任在肩，浑身有使不完的力气。

他把这个想法告诉了他的堂兄，一个脾气暴躁、出拳迅速、头脑简单的粗人。堂兄不像他那样善于思考，但忠诚、务实，能够担当重任，是个完美搭档。

为了不认错人，他们想出了一个计划。每一次，他们都会让中间人告诉妓女穿一件特别的衣服。这样一来，当那个女人离开酒店时，他们一眼就能认出来。上一次是一件镶金片的紧身迷你裙。每杀一个人，他们都会在收藏的天使玩偶中再增加一个瓷娃娃，因为他相信，这就是他们在做的事：他们把妓女变成了天使。

他从没碰过这些女人，为此他感到自豪——因为自己超越了肉体欲望。每次他都在一旁冷冰冰地看着，直到最后一刻。第四个女人出人意料地用尽了全身力气拼命反抗，以至于有那么几分钟，他担心自己不得不亲自下手。但是他的堂兄身体强壮，体力上更占优势，此外他还在车内的地板处藏了一根撬棍。

计划

"我想抽支烟。"娜兰打开阳台门，走了出去。

她瞥了一眼下面的街道。街区变了模样，不再有熟悉的感觉。租户们来了又走，新旧交替。城市各个地区就像小学生交换足球卡一样交换住户。

她把一支香烟放在唇间，点上。吸进第一口烟时，她端详着莱拉的之宝打火机，啪地打开，啪地合上，又打开，又合上。

打火机一侧刻着一行英文：越南——你从未真正活过，直到你身处死亡边缘。

娜兰突然意识到，这个旧之宝并不像看上去那样简单。它是一个永远的流浪者，从一个人手里流落到另一个人手里，寿命比它每一位主人都长。在莱拉之前，它属于达阿里，在达阿里之前它属于一名美国士兵。这位不幸的士兵于一九六八年七月随第六舰队来到伊斯坦布尔，在逃离愤怒的左翼年轻抗议者时，把手中的打火机和头上的帽子都弄丢了。达阿里捡到了前者，他的一个战友捡到了后者。在接下来的混乱中，他们再也没见到那个士兵，即使见到了，他们也不一定会把东西还回去。多年来，达阿里曾无数次清洗和抛光这个打火机。坏了，他就把它送到塔克西姆一条通路上修理手表的修理师那里。内心深处，他一直想知道，这个小物件在战争中见证了怎样的恐怖和屠杀。它是否亲眼目睹了双方的杀戮，近距离看到了人类怎样残害自己的同胞？它是否在美莱大屠杀现场，听到了手无寸铁的平民——妇女和儿童——的尖叫？

达阿里死后，莱拉一直留着这个之宝打火机，整日把它带在身边，除了昨天。昨天她有点心不在焉，异常安静，把它忘在了卡拉万的桌子上。娜兰本来打算今天拿来还给她。你怎么把你的宝贝忘了呢？你老了，亲爱的，娜兰会说。莱拉会置之一笑。什么，我老了？不可能，亲爱的。一定是之宝老糊涂了。

娜兰从口袋里掏出一张纸巾，擦了擦鼻子。

"你没事吧？"胡美拉从阳台门口探过头问道。

"当然了，没事。我马上就来。"

尽管不太相信，胡美拉点了点头，一句话也没说，离开了。

娜兰吸了一口烟，呼出淡淡一缕烟圈。她朝着加拉塔方向吐出下一口烟，那是热那亚石匠和木工的杰作。她纳闷，这座城市有多少人正在和她做着同样的事情，盯着那座古老的圆柱形高塔，仿佛它承载着他们所有烦恼的答案。

下面的街上，一个年轻人抬起头，看见了她。他的目光变得越来越灼热，大喊了一句下流话。

娜兰从阳台栏杆上探出身来。"你在说我吗？"

那人笑了。"你说对了，我就喜欢你这样的女人。"

娜兰皱着眉头，挺直了腰板。她转过身去，用她最平静的声音问其他女人："有烟灰缸吗？"

"嗯……莱拉的咖啡桌上有一个。"扎伊纳布 122 说，"给你。"

娜兰抓起烟灰缸，放在手心里掂量了一下，然后猛地隔着栏杆把它扔了下去。烟灰缸在下面的人行道上碎了一地。那人往后一跳，躲开了。他吓呆了，脸色苍白，下巴紧绷。

"白痴！"娜兰大喊道，"我对着你那毛茸茸的腿吹口哨了吗？我骚扰你了吗？你狗胆包天，竟然对我说那样的话！"

那人张了张嘴，又闭上了。他匆忙走开了，附近一家茶馆里传出一阵窃笑。

"拜托你还是进屋吧。"胡美拉说，"你不能站在阳台上向陌生人扔东西。家里还在办丧事呢。"

娜兰转身走进房间，手里拿着香烟。"我不想办丧事。我想做点什么。"

"我们能做什么呢，亲爱的？"扎伊纳布 122 说，"我们什么都做不了。"

胡美拉看上去很担心，还有些昏昏欲睡，她又偷偷吃了两片药。"希望你不是打算出去找杀害莱拉的凶手。"

"不，这事我们交给警察，不过我并不相信他们。"娜兰从鼻子里喷出一缕烟，接着，她内疚地试图把烟从胡美拉身旁扇走，但没有成功。

扎伊纳布 122 说："你为什么不用祈祷来帮助她的灵魂，也帮助你的灵魂呢？"

娜兰揉了揉额头。"真主又不善于倾听，我们为什么还要祈祷呢？这叫'神性失聪'。也是卓别林先生和真主的共同点。"

"忏悔吧，忏悔吧。"扎伊纳布 122 说。每当听到有人妄称真主的名时，她总是这样说。

娜兰找来一个空咖啡杯，掐灭了香烟。"瞧，你做你的祷告，我不想冒犯任何人。莱拉值得拥有美好的生活，但她没能得到。至少她该有个体面的葬礼。我们不能让她在无伴者公墓里腐烂。她不属于那里。"

"你必须学会接受现实，亲爱的。"扎伊纳布 122 说，"咱们谁都无能为力。"

夕阳下，他们身后的加拉塔石塔披上了一层紫红色的薄纱。这个城市有七座小山，极目远眺，可以看到近千个大大小小的居民区；预言称，这座城市永远不会被征服，直到世界末日。远处的博斯普鲁斯海峡旋转着，将咸淡水混合在一起，就像它把现实和梦境交织起来一样容易。

"但也许我们还能做些什么，"短暂的停顿后，娜兰说，"也许我们还能为龙舌兰莱拉做最后一件事。"

破坏者

　　破坏者到达毛茸茸卡夫卡街时，远处的山丘已经被漆黑的夜幕笼罩。望着最后一缕光线从地平线上慢慢消失，一天的时光就要结束，他生出一种被抛弃之感。通常情况下，他会因为在车流中耗时太久而汗流浃背、脾气暴躁，对司机和路人的愚蠢行为愤怒不已，但现在的他只是感到疲惫不堪。他手拿一个盒子，用红箔纸包着，上面系一个金色蝴蝶结。他用自己的钥匙进了大楼，爬上楼梯。

　　破坏者现在四十岁出头，身高中等，身材结实。他喉结突出，笑起来的时候，灰色的眼睛几乎消失，最近刚长出来的小胡子与圆脸并不协调。他已经秃顶好几年了——他相信他的人生，他真正的人生尚未开始；考虑到这一点，他的头秃得过早了。

　　他是个有秘密的人。事情是从莱拉离开一年后，他随她来到伊斯坦布尔开始的。离开凡城和母亲对他来说并非易事，但他做到了，原因有两个。一个显而易见：继续接受教育（他在一所顶尖大学获得一席之地）；另一个很隐秘：找到童年好友。从她那里，他只收到一堆明信片和一个不再使用的地址。她来过几封信，信中并不怎么谈论她的新生活，后来明信片也戛然而止。破坏者察觉她可能出了什么事，但她不愿提及，他知道无论如何都要找到她。他四处寻找——电影院、餐馆、剧院、旅馆、咖啡馆，在这些地方一无所获后，他又去了迪斯科舞厅、酒吧、赌场；最后，他又心情沉重地去夜总会和那些声名狼藉的地方找。经过长时间不懈的寻找，他终于找到了她，纯粹是巧合。一个与他同住一室的男孩是妓院街的常客，破坏者无意中听他跟另一个学生谈论一个脚踝上有玫瑰文身的妓女。

"我真希望你没找到我。我不想见你。"他们多年来第一次见面时，莱拉说。

她的冷漠深深刺痛了他的心。她的眼里闪烁着一丝愤怒的光芒，除此之外别无其他。但是他能感觉到，在她冷酷的表情下，更多的是羞耻。他替她担心，一再跑去看她。好不容易找到了她，他不会再和她失去联系。他无法忍受那条臭名昭著的街上的那股酸臭味，因此他时常在入口处等待，在老橡树斑驳的树荫下，有时一等就是好几个小时。莱拉偶尔出来给自己买东西，或者为苦妈买痔疮膏时，就看见他坐在人行道旁看书，或者挠着下巴解数学方程式。

"你为什么老是到这里来，破坏者？"

"因为我想你。"

那几年，一半学生忙着抵制上课，另一半抵制持不同政见的其他学生。全国的大学校园里，几乎每天都有事件发生：炸弹小队引爆炸药包，学生们在食堂发生冲突，教授们受到辱骂和人身攻击。尽管如此，破坏者还是顺利通过了考试，以优异的成绩毕业。他在一家国有银行找到了一份工作，除了出于社会责任参加过公司的几次外出活动外，他拒绝了所有邀约。不管有多少空闲时间，他都想和莱拉一起度过。

莱拉嫁给达阿里的那一年，破坏者悄悄邀请一个同事出去约会。一个月后，他向她求婚了。虽然他的婚姻不是特别幸福，但成为父亲是发生在他身上最美好的事情。有一段时间，他的事业发展得稳健而迅速，但就在他的职业生涯看起来马上到达巅峰时，他却退缩了。尽管很有头脑，但他过于腼腆孤僻，在任何机构都难以成为大人物。第一次演讲时，他忘了台词，出了一身汗。会议室一片鸦雀无声，只有几声尴尬的咳嗽打破了寂静。他不停地瞥着门，好像他已经改变主意，准备逃跑。他经常有这种感觉。于是，他选择安于自己平庸的职位，安于还过得去的日子，做一个好公民、好员工、好父亲。但在这个过程中，他从未放弃过与莱拉的友谊。

"我以前叫你'我的破坏者电台'，"莱拉会说，"看看你现在。你在破坏自己的名声，亲爱的。如果你的妻子和同事知道你和我这样的人来往，他们会怎么说？"

"不需要让他们知道。"

"你以为能瞒他们多久？"

破坏者会这样回答："能瞒多久就多久。"

他的同事、妻子、邻居、亲戚，还有早就从药房退休的母亲，谁也不知道他还过着另一种生活，也不知道，与莱拉和那些女孩在一起时，他像是换了一个人。

破坏者整天埋头于资产负债表，除非万不得已，绝不与任何人交谈。黄昏时分，他会离开办公室，跳上他的车（尽管他讨厌开车），直奔卡拉万——这是一家在不受欢迎的人群中很受欢迎的夜总会。他在这里放松、抽烟，有时还会跳舞。为了掩盖长时间不回家的真正去向，他编了个借口，告诉妻子说，由于薪水微薄，他只得去一家工厂做夜班保安。

他告诉她，那家工厂生产婴儿配方奶粉，只是因为觉得，提到婴儿会让自己显得更加无辜。

幸运的是，他的妻子并没有多问。如果说有什么反应，那就是每天晚上看到他离开家时，她几乎是如释重负。有时这让他不安，心中备受煎熬——难道妻子巴不得他离开？不过，破坏者担心的倒不是她，而是她的一大家人。她的家人中有伊玛目，还有**去过麦加朝觐的伊斯兰教徒**。他永远也不敢告诉他们真相。此外，他爱孩子，是个慈爱的父亲。如果妻子以他夜里与妓女和异装癖者鬼混为由，与他离婚，法院不可能把孩子的监护权判给他。他们甚至会不许他见孩子。真相就像水银溶液一般具有腐蚀性。它会侵蚀由日常生活建筑而成的坚实堡垒，摧毁整个建筑。要是他的秘密被家里的长辈知道了，一切就都完了。他几乎能听到他们的咆哮、辱骂和威胁，在他的脑海中不断回响。

有些早晨，他一边刮胡子，一边对着镜子练习如何为自己辩解。万一有一天他被家人抓住，饱受折磨时，他就这么回答。

你和那个女人上床了吗？哦，我真后悔那一天嫁给了你。什么样的男人会把孩子的零花钱浪费在一个妓女身上！他的妻子会这样问，身边站着她的亲戚。

不！不！不是那样的。

真的吗？你是说她免费跟你上床？

请不要说这样的话！她是我的朋友。我上学时认识的老朋友。他会恳求说。

没有人会相信他。

"我想早点赶过来，但是路况实在太糟糕了。"又累又渴的破坏者一边说，一边瘫在椅子上。

"要不要来杯茶？"扎伊纳布122问。

"不用了，谢谢。"

"那是什么？"胡美拉指着破坏者膝上的盒子问道。

"哦，这个……是送给莱拉的礼物。我放在办公室了。我本来打算今晚送给她的。"他拉开蝴蝶结，打开盒子，里面是一条围巾，"真丝的。她会喜欢的。"

他的喉咙哽咽了，倒吸了一口气，但痛苦依然凝结在那里，所有试图压抑的悲伤现在又都爆发出来。他的眼睛刺痛，不知不觉间失声痛哭起来。

胡美拉冲进厨房，端了一杯水和一瓶柠檬味古龙水回来。她往水里滴了几滴古龙水，递给破坏者。"喝下去，它会让你舒服些。"

"这是什么？"破坏者问。

"我母亲治疗悲伤的良药——它还能治疗别的。她总是离不了古龙水。"

"等一下，"娜兰表示反对，"你不会给他喝的，对吧？他酒精不耐受，你妈妈的这个药方可能会毁了他。"

"但这只不过是古龙水……"胡美拉嘟囔着，突然拿不定主意。

"我没事。"破坏者说。他把杯子还了回去，为自己成为众人关注的焦点而倍感尴尬。

大家都知道，破坏者喝不了酒。四分之一杯酒就足以毁了他。有好几次，为了跟上别人的步伐，他灌几大杯啤酒下肚，然后就不省人事了。在醉酒之夜发生在他身上的那些奇遇，第二天早晨就忘得一干二净。但人们会详细地告诉他，他是如何爬上屋顶看海鸥，与商店橱窗里的人体模特交谈，或是跳上卡拉万的吧台，朝酒吧舞者扑过去。他还以为人家会接住他，把他扛到肩膀上，结果却重重摔倒在地板上。这些描述是那么令人难堪，他宁愿假装与那个丑态百出的自己没有任何关系。但他当然知道。他知道自己不能喝酒。也许他体内缺少一种合适的酶，或者他的肝脏功能有些失调。或许是他妻子家族里的伊玛目和去过麦加朝觐的伊斯兰教徒对他下了诅咒，为了让他永不偏离正道。

与破坏者形成鲜明对比，娜兰则是伊斯坦布尔地下圈子里的一个传奇人物。做完第一次变性手术后，她养成了喝酒的习惯。虽然她很高兴把原来的蓝色身份证（男性公民）换成新的粉红色身份证（女性公民），但术后的疼痛令她痛苦不堪，只能借助酒精的力量强忍。后来她又做了多次手术，一次比一次精细、昂贵。从没有人提醒她这些。即使在跨性别者群体中，也没有多少人愿意谈论这个话题。提及相关问题时，大家都悄声细语。有时伤口会感染，组织不肯愈合，急性疼痛变成慢性疼痛。一直以来，她的身体都在与这些意想不到的并发症作斗争，债务也堆积如山。娜兰到处找工作，什么工作都行。她屡屡碰壁，甚至还去以前工作过的家具作坊碰运气。但是没有人愿意雇用她。

对变性女人开放的职业只有美发和性产业。伊斯坦布尔已经有太多美发师了，似乎每条小巷、每个地下室都有美发店。变性女人也不允许在有执照的妓院工作，否则顾客们会因为觉得受到了欺骗而投诉。最终，和许多在她之前和之后的同类一样，她开始站街。这份见不得光的工作让人疲惫又危机四伏；每一辆为她停下的汽车都像沙漠中滚过的轮胎，在她麻木的心灵上留下印记。她用一把无形的剑，将自己一劈两半，分成两个娜兰，其中一个娜兰被动地看着另一个，观察她的每一个细节，百般思索；而另一个娜兰则做着她该做的一切，什么都不想。被路人辱骂，被警察随意拘捕，被嫖客虐待，她一次又一次饱尝羞辱。勾搭变性女人的男人大多都很特殊，他们在欲望和轻蔑之间摇摆不定。这行干久了，娜兰知道这两种情绪不像油和水，它们很容易混合在一起。那些憎恶你的人，会出人意料地表现出热切的情欲；而那些看上去喜欢你的人，一旦欲望得到满足，就会变得恶毒、凶残。

每次伊斯坦布尔举办重要国事访问或者召开重大国际会议时，载着外国来宾的黑色轿车就从机场驶向遍布城市各地的五星级酒店。这时，警察局长就会开始清理沿线街道。在这种情况下，异装癖者一律被连夜拘留，像垃圾一样被清理干净。在一次这样的清理行动之后，娜兰被关押在拘留所，她的头发被随意剃掉，衣服也被剥光。他们让她一个人赤身裸体待在牢房里等着，每隔半小时左右来检查一下她的状况，再往她头上浇一桶脏水。其中一名警官——一个五官清秀、文静寡言的年轻人——似乎对同事对待她的方式感到不自在。娜兰仍然记得那人脸上受伤而又无助的表情，一时间，她为他感到难过，仿佛那个被关在一个狭小空间内，被锁在一间看不见的牢房里的人是他，而不是她。第二天早上，正是这位警官把她的衣服还给了她，还给她端来一杯茶，里面加了一块方糖。娜兰知道，那天晚上其他人的情况更糟。国际会议结束之后，她被释放出了拘留所，并没有告诉任何人发生了什么。

　　在夜总会工作要安全得多，只要她能想办法进去，而她总是一次又一次地得逞。夜总会的老板们欣喜地发现，娜兰有个惊人的天赋：她可以不停地喝酒，而且千杯不醉。她会坐在顾客桌旁与他们闲聊，眼睛像阳光下的硬币一样闪闪发光。与此同时，她会鼓励她的新朋友点最贵的酒，威士忌、白兰地、香槟和伏特加就像奔流不息的幼发拉底河一样灌进肚里。一旦客人喝得差不多了，娜兰就会转战下一桌，把这个流程再来一遍。夜总会老板们都很喜欢她。她就是赚钱机器。

现在，娜兰站起身来，倒了一杯水，递给破坏者。"你给莱拉买的那条丝巾真漂亮。"

"谢谢你。我想她会喜欢的。"

"嗯，我相信她会的。"娜兰碰了他一下表示安慰，指尖轻轻搭在他肩膀上，"要我说，为什么不把它放在你的口袋里呢？今晚你可以把它送给莱拉。"

破坏者眨了眨眼睛。"你说什么？"

"别担心。让我解释一下……"突然，她听见了一个声音，娜兰停顿了一下，盯着走廊上关着的房门。"姑娘们，你们确定贾梅拉在睡觉吗？"

胡美拉耸耸肩。"她答应过我，她睡醒了就会出来。"

娜兰快步走到门口，转动门把手。门从里面锁上了。"贾梅拉，你是在睡觉，还是在痛哭？你是不是在偷听我们谈话？"

没有回答。

娜兰对着钥匙孔说："我知道你一直醒着，心里不好受，很想念莱拉。既然大家都有同感，你为什么不出来呢？"

慢慢地，门打开了。贾梅拉出来了。

她那双大大的黑眼睛又红又肿。

"哦，亲爱的。"娜兰温柔地对贾梅拉说。她从不和别人这样说话，仿佛她说出口的每个词都是一个甜甜的苹果，在端上来之前得先把它仔细擦亮。"看看你。你不能哭。你得照顾好自己。"

"我没事。"贾梅拉说。

"娜兰这一次说得没错。"胡美拉说,"你想想,看到你这样,莱拉会非常难过的。"

"这倒是真的。"扎伊纳布 122 微笑着安慰她,"要不,我们俩去厨房吧?去看看哈尔瓦准备好了没有。"

"我们还得弄些吃的,"胡美拉说,"从今天早上到现在,大家还没吃东西呢。"

破坏者站了起来。"姑娘们,我来帮你们。"

"好主意,去看看,点些吃的。"娜兰双手紧握在身后,开始在房间里踱来踱去,仿佛一位将军在最后的战役前视察军队一般。在枝形吊灯的照耀下,她的指甲发出亮紫色的光芒。

她站在窗边,朝外面瞥了一眼,脸映在玻璃上。远处正酝酿着一场暴风雨,雨云向东北方向飘去,就在基利奥斯附近。一整晚她都心事重重,眼里充满忧伤,但现在她的眼睛却闪烁起坚定的光芒。她的朋友们可能直到今天下午才听说无伴者公墓,但她对那个可怕的地方一点也不陌生。以前她认识很多人,那个地方是他们注定的归宿。她不难想象他们的坟墓后来怎么样了。苦难是公墓的标志,它张开饥饿的大嘴,一口将他们吞了下去。

后来,当大家围坐在桌子旁,每个人肚子里都填了些东西后,思乡者娜兰将会把自己的计划告知朋友们。她必须尽可能小心而温和地解释,因为她知道,听到那个计划时,他们首先会感到害怕。

因果

半小时后，他们都围坐在餐桌旁，中间摆着一堆从当地餐馆点的碎肉薄饼，几乎没人动过。他们没有胃口，但所有人都劝贾梅拉吃一点。她看上去是那么虚弱，瘦削的脸庞比平日更加憔悴了。

起初，他们只是漫无目的地闲谈，可说话似乎和吃饭一样，太费力气。坐在莱拉家里，却不见她的头发从耳后垂下来，也不见她从厨房门口探出头来，给他们端来饮料或零食。这种感觉很奇怪。他们扫视着房间，目光在每件大大小小的物品上逗留，仿佛第一次看见它们。现在这套公寓该如何处理？每个人都想问，如果家具、画和装饰品全部搬走，莱拉是否也会以某种方式彻底消失？

过了一会儿，扎伊纳布 122 走进厨房，端着一碗切好的苹果和一盘新做的哈尔瓦出来。那是为莱拉的灵魂准备的，它那香甜的味道充满整个房间。

"我们应该在哈尔瓦上点一根蜡烛。"破坏者说，"莱拉总喜欢找理由将晚餐变成庆典。她喜欢派对。"

"尤其是生日派对。"胡美拉拉长声音说，忍住没打哈欠。她后悔在短时间内服用了三片镇静剂。为了驱散睡意，她给自己泡了一杯咖啡，现在她搅拌着糖，勺子碰在瓷器上叮当作响。

娜兰清了清嗓子。"哦，她可是对自己的年龄撒了不少谎。我曾经对她说：'亲爱的，如果你想编瞎话，最好记住了，把它写在什么地方。你不可能今年三十三岁，明年又成了二十八岁！'"

他们都大笑起来，发现自己在笑之后，又觉得多少有些不妥，有些过分，于是停了下来。

"好吧，我得告诉你们一件重要的事，"娜兰宣布说，"不过在你们表示反对之前，请先听我把话说完。"

"哦，亲爱的。听上去不是什么好事。"胡美拉没精打采地说。

"别那么消极，"娜兰说完，转身问破坏者，"还记得你那辆卡车吗，它在哪里？"

"我没有卡车！"

"你的岳父母不是有吗？"

"你是说我岳父那辆满是灰尘的雪佛兰？他已经好几年没开那破玩意儿了。你问这个做什么？"

"没关系，只要它能完成使命就行。我们还需要几样东西：铲子、铁锹，也许还需要一辆手推车。"

"难道只有我一个人不知道她在说什么吗？"破坏者说。

胡美拉用指尖揉了揉内眼角。"别担心，我们谁也不知道。"

娜兰靠在椅背上，胸口起伏着。即将说出口的话压在胸口，她感到心跳得更快了。"我提议今晚我们都去墓地。"

"什么？！"破坏者尖声叫道。

慢慢地，一切又在他的脑海浮现：他在凡城度过的童年，药房上方那套狭小的公寓，能俯瞰旧墓地的房间；屋檐下沙沙作响的声音，可能是燕子，可能是风，也可能是别的什么。他把记忆抛在脑后，将注意力重新放在娜兰身上。

"给我个机会解释一下。在听我把话说完之前，先不要有任何反应。"心急之下，娜兰开始滔滔不绝，"我实在太生气了。一个一生中与多人建立了美好友谊的人，怎么能被葬在无伴者公墓里呢？她怎么能永远待在那里呢？这不公平！"

不知从什么地方飞来一只果蝇，盘旋在苹果上方。一时间他们都静静地坐着，注视着这只果蝇，感激它暂时转移了他们的注意力。

"我们都爱莱拉。"扎伊纳布122字斟句酌地说，"是她让我们大家走到了一起。但她已经不在这个世界上了。我们必须为她的灵魂祈祷，让她安息。"

娜兰说："如果她身处一个可怕的地方，又怎么能安息呢？"

"别忘了，亲爱的，那只是她的身体。她的灵魂不在那里。"扎伊纳布122说。

"你怎么知道？"娜兰厉声说道，"听着，也许对你这样的信徒来说，身体是微不足道的……是暂时的。但对我来说不是这样。你知道吗？为了我的身体，我多么拼命地抗争！为了这些，"她指着自己的乳房，"为了我的颧骨……"她停顿了一下，"如果听上去很轻浮，我很抱歉。我想你只在乎你所谓的'灵魂'，也许真的有灵魂，我又懂什么呢？但我需要你明白，身体也很重要。它并不是无足轻重。"

"接着说。"胡美拉闻了闻咖啡的香味，又喝了一口。

"还记得那位老人吗？即使过去了这么多年，他还在责怪自己没给妻子举行一场像样的葬礼。你也想这辈子都离不开这种感觉吗？每当想起莱拉，我们就心生内疚，因为我们没有尽到朋友的责任。"娜兰朝扎伊纳布 122 扬起眉毛，"请不要生气，但我对来世一点也不感兴趣。也许你说得没错，莱拉已经到了天堂，正在教天使们化妆的诀窍，给他们的翅膀打蜡。如果是这样，那很好。但是她在人世间受到的虐待呢？我们就乖乖接受吗？"

"当然不，告诉我们该怎么做！"破坏者冲动地说，但他马上又停下来，脑海中冒出一个最不同寻常的念头，"等一下，你不会是要我们去把她挖出来吧？"

他们以为娜兰会挥挥手，朝那个她并不相信的天堂翻个白眼，这是她面对荒谬的羞辱时一贯的反应。她提到去墓地时，他们以为她想为莱拉举行一个像样的葬礼，做最后的告别。但现在他们意识到，娜兰的建议可能更为偏激。一阵令人不安的沉默。每个人都想表示抗议，但没有人愿意第一个出头。

娜兰说："我认为我们应该这样做。不仅是为了莱拉，也是为了我们自己。你们有没有想过，我们死后会怎样？显然，我们都将享有同样的五星级待遇。"她用手朝胡美拉一指。"亲爱的，你抛弃丈夫，离家出走，让你的家人和部族蒙羞。你的简历上还有什么？在破烂不堪的夜总会唱歌。好像这还不够糟糕似的，你还拍了几部低俗电影。"

胡美拉脸红了。"我那时还年轻。我没有——"

"我知道，但他们是不会明白的。别指望他们的同情。对不起，亲爱的，你也会被直接送到无伴者公墓。可能破坏者的下场也是一样，如果他们发现他过着双重生活的话。"

"好了，够了。"扎伊纳布122感觉自己会是下一个，于是插话道，"你让大家都很难过。"

"我说的是实话，"娜兰说，"可以说，我们都有各自的命运。没有谁比我的更沉重。我真受不了人们的虚伪。人们都喜欢电视上的同性恋歌手，但要是自己的儿子或女儿也变成这样，这些人就会暴跳如雷。就在圣索菲亚教堂外，我亲眼看见一个女人举着一个牌子，上面写着：'末日将至，地震即将来临——一个到处是妓女和变性人的城市应该受到真主的惩罚！'让我们面对现实吧，我就是吸引仇恨的磁铁。等我死后，肯定会被丢弃在无伴者公墓。"

"别这么说。"贾梅拉恳求道。

"也许你们没意识到，但我们说的不是普通的墓地。那里……那里简直就是地狱。"

"你怎么知道？"扎伊纳布122问。

娜兰转了转手上的一枚戒指。"我有几个熟人被埋在那里。"

她没必要告诉他们，那里几乎是所有跨性别者的最后归宿。"我们必须把莱拉从那个地方弄出来。"

"这就像是因果轮回。"胡美拉双手捧着杯子，说，"我们每天都在接受考验。如果你说你是真正的朋友，总有一天你的忠诚会受到考验。宇宙力量会要求你证明你有多在乎他们。莱拉送给我的一本书里就讲过。"

"我不知道你在说什么，但我同意。"娜兰说，"因果、佛陀、瑜伽……不管在背后推动我们的是什么力量。我想说的是，莱拉救了我的命，我永远也不会忘记那个晚上。只有我们两个人。不知从哪里冒出来一帮浑蛋，开始对我大打出手。那帮浑蛋还刺伤了我的肋骨。到处都是血。我告诉你，我就像一只被宰的羔羊，血流如注。我以为我要死了，真的，不是开玩笑。一个女超人突然出现在我面前，克拉克·肯特的表妹，记得吗？她扶着我的胳膊，把我拉了起来。就在那时，我睁开了眼睛。根本不是什么女超人，是莱拉。她本可以逃跑的，但为了我，她留了下来……她让我们摆脱了困境——我现在也不知道她是怎么做到的。她带我去看医生，虽然那是个庸医，但他给我缝合了伤口。我欠莱拉的。"娜兰深吸一口气，又慢慢呼出来。"我不想强迫任何人。要是你们不想去，我能理解，真的。没有别的办法的话，我就一个人去。"

"我跟你一起去。"胡美拉脱口而出。她把剩下的咖啡一饮而尽，现在更有活力了。

"你确定吗？"娜兰一脸惊讶，因为她知道她的朋友有焦虑症和惊恐发作。

但胡美拉今天晚上吃的镇静剂似乎让她不再恐惧，直到药效消失之前。"是的！你需要有人帮忙。但首先我得再泡些咖啡。也许该弄个保温杯，随身带着。"

"我也去。"破坏者说。

"你不喜欢墓地。"胡美拉说。

"我不喜欢……但我们中间只有我一个大男人，我觉得有责任保护你们，你们不要自己害了自己。"破坏者说，"再说，没有我，你们也弄不到卡车。"

扎伊纳布 122 瞪大了眼睛。"等等，你们都先等等。我们不能这么做。挖尸可是罪过！还有，你们打算之后把她带到哪里去？"

娜兰在椅子里动了动，她现在才意识到，自己没有充分考虑计划的第二部分。"我们把她带到一个舒适、体面的安息之所。我们会经常带些花去看她。我们甚至可以想办法请人打造一块墓碑。大理石的，又亮又光滑。上面刻一朵黑玫瑰，还有达阿里最喜欢的诗人的一首诗。他喜欢的那个拉丁美洲诗人叫什么名字来着？"

"巴勃罗·聂鲁达。"破坏者说，他的眼睛朝墙上的一幅画瞥去。画上的莱拉坐在床上，身穿一条深红色短裙，胸部从比基尼上装露出来，头发梳得高高的，脸微微转向观看者。她是如此美丽，高不可攀。破坏者知道，这幅画是达阿里在妓院画的。

"是的，聂鲁达！"娜兰说，"拉丁美洲人能以一种奇特的方式把性与悲伤交织在一起。大多数国家的人只擅长其中之一，但拉丁美洲人这两方面都很擅长。"

"或者一首纳奇姆·希克梅特 [1] 的诗，"破坏者说，"达阿里和莱拉都很爱他。"

"对，好极了，这么说，墓碑的事咱们安排妥当了。"娜兰点头表示同意。

"什么墓碑？你们知道你们听上去有多疯狂吗？你们甚至不知道把她埋在哪里！"扎伊纳布122说着，举起双手。

娜兰皱起眉头。"我会想出办法的，好不好？"

"我觉得我们应该把她安葬在达阿里旁边。"破坏者说。

所有人的目光都转向他。

"是啊，我怎么就没想到呢？"娜兰气喘吁吁地说道，"他所在的贝贝克那个墓地阳光明媚——位置绝佳，风景优美。许多诗人和音乐家都安葬在那里。有他们做伴，莱拉会很开心。"

"她将和她一生的挚爱在一起。"破坏者自顾自地说。

扎伊纳布122叹了口气。"你们能别再那么离谱了吗？达阿里的墓地戒备森严。我们不能就这么去那里挖掘。我们得拿到官方许可。"

"官方许可！"娜兰嘲笑道，"大半夜的，谁会去检查呢？"

胡美拉朝厨房走去，她向扎伊纳布122点了点头，安慰她说："你不用去，没关系的。"

_____

① Nâzim Hikmet (1902—1963)，土耳其著名诗人，有"土耳其现代诗歌的奠基者"之称。

"我别无选择。"扎伊纳布122说,她的声音激动得颤抖起来,"需要有个人站在你们身边,为你们祈祷,否则你们一辈子都会被诅咒。"她抬起头,望着娜兰,挺起胸膛。"答应我,不要在墓地里说脏话。不准对神灵不敬。"

"我保证。"娜兰愉快地说,"我会善待你的神灵的。"

其他人在争论不休时,贾梅拉悄悄离开了餐桌。她已经穿好了外套,现在来到门口,正忙着系鞋带。

"你要去哪里?"娜兰问。

"我准备好了。"贾梅拉平静地说。

"你不行,亲爱的。你必须待在家里,给自己沏杯好茶,好好照看卓别林先生,等我们回来。"

"为什么?如果你们要去,那我也要去。"贾梅拉眯起眼睛,鼻孔微微张开,"如果这是你们作为朋友的责任,那我也有责任。"

娜兰摇了摇头。"对不起,但我们必须考虑你的健康状况。我不能大半夜带你去墓地。莱拉会活剥了我的。"

贾梅拉把头往后一仰。"你们能不能别把我当成一个将死之人看待!现在还不是时候,好吗?我还没死呢。"

她几乎从不动怒,所以大家都安静下来。

一阵风从阳台吹进来,窗帘随之飘动。一时间,房间里仿佛多了一个灵魂。悄无声息地抚过,就像脖子后面散乱着的一小撮头发。但它的存在变得愈发强烈,现在众人都能感受到它的力量,它的吸引力。要么是他们走进了某个无形的领域,要么是别的领域渗入了他们的生活。墙上的时钟嘀嗒作响，墙上的画、热热闹闹的公寓、失聪的猫、那只果蝇和龙舌兰莱拉的五个老朋友，全都在等待午夜的到来。

路

在比尤克德雷路拐角处一家烤肉店对面，有一个超速陷阱，许多粗心大意的司机都曾落入其中，而且一定还会有更多的司机中招。一次又一次，一辆巡逻车潜伏在茂密的灌木丛后面，逮住那些疾驰穿过十字路口、毫无防备的车辆。

在司机看来，这个陷阱之所以难以预料，是因为交警的执勤时间。有时交警会在黎明时分躲在那里，有时他们只在下午出现。有些日子，根本不见交警的踪影，人们以为他们可能已经收拾东西走了。但也有一些日子，一辆蓝白相间的汽车一直在那里等候，就像一只豹子在等待时机，准备进行致命的袭击。

在交警看来，这是伊斯坦布尔路况最糟糕的一个地段。不是因为抓不到让他们可以停车罚款的违章司机，而是因为这样的司机太多了。虽然成堆的罚单为国家带来了收入，但国家似乎并不感激。于是，交警们自问，保持警惕有什么好处。此外，这份工作也充满陷阱。他们拦下车后，常常发现里面坐着的是某位政府高官，首富商人，最高法官或顶级陆军上将的儿子、侄子、妻子或情妇，然后警察们就会惹上大麻烦。

一位做事认真、为人正派的警察就遇上了这种事。他拦下一个开着一辆铁青色保时捷的年轻人，理由是危险驾驶（开车吃比萨，双手离开方向盘）和闯红灯——老实说，在伊斯坦布尔，类似的违法行为每天都有几十起。如果说巴黎是"爱之城"，耶路撒冷是"上帝之城"，拉斯维加斯是"罪恶之城"，那么伊斯坦布尔则是"一心多用之城"。但警察还是拦下了那辆保时捷。

"你闯了红灯，而且——"

"是吗？"司机打断了他的话，"你知道我叔叔是谁吗？"

任何精明的警察都能领会这样一个暗示。社会各阶层成千上万的市民每天都会听到类似的旁敲侧击，他们立刻就能恍然大悟。他们明白，罚款可以取消，规则可以变通，例外可以存在。他们知道，政府雇员可以暂时睁一只眼闭一只眼，可以在必要时始终充耳不闻。但是，这位警察虽然不是新手，却患有一种不治之症：理想主义。听到司机的话，他非但没有退缩，而是说："我不管你叔叔是谁。规则就是规则。"

连小孩子都知道现实并非如此。规则只在有些时候是规则。在其他时候，根据不同的情况，规则也可以是荒唐的空话、大话或没有包袱的笑话。规则就像漏洞很大的筛子，任何东西都可以通过；规则还像早已味道全无，却不能吐出来的口香糖。在这个国家，乃至整个中东地区，规则根本不是规则。因为忘记了这一点，这位警察丢了饭碗。司机的叔叔——一位高级部长——把他调到东部边境一个沉闷的小镇，那里方圆几英里都看不见一辆汽车。

所以今天晚上，在这个臭名昭著的地段执勤的两名巡警并不乐意开罚单。他们舒坦地坐着，收听广播里的足球比赛——只是乙级联赛，算不上什么重大比赛。两人中年轻的那个开始谈论他的未婚妻。他总爱聊这个。另一名警察不明白，是什么原因让一个男人热衷于聊这个话题；他巴不得彻底忘掉有关妻子的事，在几个小时的上班时间中当然要快活快活。他借口要抽支烟，下了车，点上一支香烟，眼睛望着空荡荡的马路。他对这份工作产生了厌恶，这种感觉对他来说很新鲜。以前，他曾体会过无聊与疲惫，但厌恶之情他还从未习惯，这种强烈的情绪让他挣扎。

他抬起头，看见远处厚厚的云层，扬起了眉毛。雷雨马上就要来了。他感到一阵不安。就在他潜心思考雨水是否会像上次一样淹没全城的地下室时，一声刺耳的巨响吓了他一跳。他脖子上的汗毛都竖了起来。轮胎在柏油路上发出的尖叫让他脊背发凉。还没来得及转身，他的眼角瞥见一个移动的物体，接着看见了一辆车：像怪物似的一路疾驰而来，如同一匹金属赛马朝着看不见的终点线飞奔。

是一辆皮卡——一九八二年雪佛兰索罗德。这种车在伊斯坦布尔很少见，它更适合在澳大利亚或者美国的宽阔道路上行驶。车身以前似乎是明亮欢快的金翅雀黄，但现在锈迹斑斑，满身尘土。然而，真正引起警察注意的是开车的人。驾驶座上坐着一个身材魁梧的女人，鲜红的头发四处飞舞，嘴里叼着一支雪茄。

卡车飞驰而过时，警察瞥见了卡车后面挤作一团的乘客。他们顶着大风，紧紧抱在一起。虽然很难看清每个人的脸，但从蹲着的样子可以看出，他们并不舒服。他们手里似乎拿着铁铲、铁锹和十字镐。卡车突然左转一下，又猛地右拐一下，要是路上还有别的车辆，肯定会出事故。坐在后面的一个胖女人尖叫一声，失去了平衡，松开了手中的十字镐。镐砰的一声掉在了地上。接着，卡车、司机和乘客一溜烟不见了。

警察把香烟扔到地上踩灭，咽了口唾沫，花了一小会儿消化刚才看到的一幕。他双手颤抖着打开车门，拿起车上的对讲机。

他的同事也在一旁瞪大眼睛盯着公路，声音里充满了兴奋。"哦，天哪，你看到了吗？那是把十字镐吗？"

"看上去是的，"年长的警官尽力让声音听起来冷静而镇定，"去把它捡起来。不能留在那里，我们可能需要它当证据。"

"你觉得是怎么回事？"

"我的直觉告诉我，那辆卡车不光是想快速赶往某个地方……这里面有猫腻。"说着，他打开车上的对讲机，"2-3-6号值班调度。能听见吗？"

"请讲，2-3-6号。"

"雪佛兰皮卡。司机超速行驶。可能有危险。"

"还有其他乘客吗？"

"是的。"他的声音卡在喉咙里，"装载可疑——后面有四个人。他们朝基利奥斯方向开走了。"

"基利奥斯？请确认。"

警察重复了描述和位置，然后等待调度员将信息转达给该地区的其他警察。

车载对讲机里噼里啪啦的静电杂音消失后，年轻警察说："为什么去基利奥斯？晚上这个时候那里什么也没有了。那不过是片沉睡的老城区。"

"除非他们要去海滩。谁知道呢，也许那里有个月光派对。"

"月光派对……"年轻警察附和道，声音中流露出一丝羡慕。

"也有可能他们要去那个破落的墓地。"

"什么墓地？"

"哦，你是不会知道的。就在海边，十分古怪，令人毛骨悚然，就在古堡垒附近。"年长的警官沉思着回答说，"多年前的一个深夜，我们追捕一个暴徒的时候，那个浑蛋跑进了那片墓地。我跟着他——天哪，我那时真是太天真了。黑暗中我的脚被什么东西绊了一下。到底是树根还是大腿骨？我不敢看。我们就这样跌跌撞撞地往前走。我听到前面有什么东西发出低沉的呻吟。我肯定那不是人，但听上去也不像动物。我转身就朝来时的方向跑。然后——我对《古兰经》发誓——那声音开始跟着我！空气中有一股奇怪的腐臭味。我这辈子都没有那么害怕过。我设法逃了出来，但第二天我妻子说：'你昨晚干什么了？你的衣服好臭！'"

"哇，太恐怖了。我从来没听说过。"

年长的警察点点头，说："是啊，算你走运。那个地方，最好还是不要知道。只有被诅咒的人才会葬身无伴者公墓。那些注定要下地狱的人。"

注定要下地狱的人

从伊斯坦布尔市中心开车大约一小时，在黑海之滨，坐落着一个名叫基利奥斯的古希腊渔村，这里以其细腻的沙滩、小旅馆、陡峭的悬崖和一座从未成功击退入侵军队的中世纪堡垒而闻名。几个世纪以来，许多人来来去去，留下了他们的歌曲、祈祷和诅咒：拜占庭人、十字军、热那亚人、海盗、奥斯曼人、顿河哥萨克人[①]，俄罗斯人也曾在这里停留过一段时间。

这些历史如今已经无人记得。沙子赋予了这个地区一个希腊语名字——"基利亚"——它将一切覆盖、抹除，用淡忘抹去了历史的余音。现在，整个海岸都成了外国人和当地游客的度假胜地。这是一个充满反差的地方：私人海滩和公共海滩，穿比基尼的女人和戴头巾的女人，坐在毯子上野餐的一家人和飞驰而过的自行车手，一排排昂贵的别墅紧挨廉价住房，茂密的橡树、松

---

① 游牧民族哥萨克族的一个部族，居住于顿河流域的中游和下游。

树、山毛榉树及水泥停车场。

基利奥斯附近的海域风浪很大。每年都会有几个人被激流和巨浪吞没，他们的尸体被乘坐橡皮艇的海岸警卫队从水里打捞上来。没人能知道他们是不顾一切、自信满满地游到了浮标外，还是被有如甜美的催眠曲一般的暗流拉进了怀抱。海边的度假者们目睹了每一场悲剧的发生。他们朝同一个方向看去，或手遮阳光，或持双筒望远镜，仿佛被什么咒语迷住了。再次开口时，他们开始谈笑风生：大家成了经历了同一场冒险的同伴，哪怕只是几分钟。最后，他们又回到太阳椅和吊床上。一时间，他们的脸上一片茫然，似乎在考虑换个地方——去另一片海滩，那里的沙子同样金黄，风或许更加平静，大海也没那么汹涌。然而，从各个方面来说，这里都是一个好去处，价格实惠，餐馆美味，气候温和，景色宜人，而且天知道他们是多么需要休息。尽管他们永远不会说出口，甚至可能连自己都不愿承认，但他们中的一些人痛恨那些死者：他们竟敢在度假胜地淹死。这种行为未免也太自私了。他们一年到头努力工作，省吃俭用，忍受老板们的突发奇想，忍气吞声，强压怒火，正是在太阳底下慵懒度日的这个梦想支撑了他们熬过绝望的时刻。于是度假的人们还是留了下来。想凉快一下，他们就迅速到海水中泡一泡，把刚才那个不幸淹死在这片海域里的恼人家伙抛到脑后。

每隔一段时间，就会有一艘满载避难者的船在这片水域倾覆。他们的尸体被从海里打捞上来，并排放在一起，记者们聚在周围撰写报道。然后，这些尸体被装进专门用来装运冰激凌和冷冻鱼的冷藏车，送往一个特殊的墓地——无伴者公墓。阿富汗人、叙利亚人、伊拉克人、索马里人、厄立特里亚[1]人、苏丹人、尼日利亚人、利比亚人、伊朗人、巴基斯坦人——他们被埋葬在遥远的他乡，被随意安置在有空地的地方。在他们周围安葬着土耳其公民，他们既不是避难者，也不是非法移民，但很可能他们在自己的祖国同样不受欢迎。就这样，游客，甚至许多当地人都不知道，在基利奥斯有一处墓地——一个独一无二的墓地，专门针对三种类型的死者：不受欢迎的人，一无是处的人和身份不明的人。

这是伊斯坦布尔最奇特的墓地，上面覆盖着一丛丛山艾树、荨麻和黑矢车菊，周围摆着一圈木栅栏，栅栏上少了几根柱子，上面的铁丝也耷拉下来。这里几乎没有什么访客。就连经验丰富的盗墓者也对它敬而远之，害怕遭到已被诅咒附身的人的诅咒。惊动死者本来就危险重重，而打扰那些注定要下地狱的死者，无疑是惹祸上身。

几乎所有被葬在无伴者公墓里的人都因为某些原因成了社会弃儿。许多人遭到他们的家人、村庄或整个社会的厌弃。瘾君子、酒鬼、赌徒、小混混、流浪汉、离家出走者、遭遗弃者、失踪者、精神病患者、无业游民、未婚母亲、妓女、皮条客、异装癖者、艾滋病患者……都是些不受欢迎的人。社会贱民。文化意义上的麻风病人。

---

[1] 厄立特里亚是位于非洲东北部的国家，濒临红海。

在公墓中还埋葬着冷血杀人犯、连环杀手、自杀式炸弹袭击者和性侵者，还有他们的无辜受害者。多么令人费解。恶与善，残酷与仁慈，都被葬在这荒无人烟之地，葬在六英尺之下，一个挨着一个，一排并着一排。他们中的大多数甚至连最简易的墓碑都没有。没有名字，也没有出生日期，只有一块粗糙的木板，上面刻着一个编号；有时甚至连编号都没有，只有一块生锈的锡铁牌。在这个混乱之所，在成百上千个无人照管的坟墓中间，有一个新挖的坟墓。

龙舌兰莱拉就被埋葬在这里。

7053 号。

7054 号，她右边的坟墓，埋着一个自杀的作曲家。他的歌曲仍然被四处传唱，人们却不知道，写下那些凄美歌曲的人躺在一个被人遗忘的坟墓里。无伴者公墓里有许多自杀的人。他们通常来自小镇和村庄，那里的伊玛目拒绝为他们举行葬礼，家属出于羞愧或悲伤，只得将他们葬在远方。

7063 号，莱拉北面的坟墓，埋着一个杀人犯。妒火中烧之下，他开枪打死了妻子，然后冲进疑似与妻子有染的男人家里，又开枪打死了那人。还剩下一颗子弹，但没有了其他目标，于是他把枪对准了自己的太阳穴，不过没有打中。他的头部一侧中弹，陷入昏迷之中。几天后，他死了。没有人前来认领他的尸体。

7052 号，莱拉左边的邻居，又是一个邪恶的人物，一个狂热分子。他决心走进一家夜总会，把每一个跳舞、喝酒的有罪之人统统击毙，但他没能搞到枪。沮丧之余，他决定自制一个炸弹，用一个高压锅装满蘸了老鼠药的钉子。他策划好了每一个细节——不过在准备这个致命装置的过程中，他炸毁了自己的房子。一颗四处乱飞的钉子正中他的心脏。此事就发生在两天前，现在他来到了这里。

莱拉南面的 7043 号是一个禅宗信徒（也是公墓里唯一的一个）。在从尼泊尔飞往纽约看望孙辈的途中，她突发脑溢血。飞机紧急迫降，她死于伊斯坦布尔这座她从未踏足过的城市。她的家人希望将其遗体火化后，把她的骨灰送回尼泊尔。根据他们的信仰，火葬的柴堆需要在她最后咽气的地方点燃。但火葬在土耳其是非法的，根据伊斯兰法律，她只能被埋葬，并且越快越好。

这座城市没有佛教墓地。这里的墓地各式各样——有传统的，也有现代的；有伊斯兰教（逊尼派、阿拉维派和苏非派）的，也有罗马天主教、希腊正教、亚美尼亚使徒教、亚美尼亚天主教、犹太教的——但唯独没有专门安葬佛教徒的。最后，这位祖母被带到无伴者公墓。她的家人同意了，他们说她不会介意，因为即便在陌生人之中她也能从容自处。

莱拉周围的坟墓中还埋葬着革命者，这些人在被警方拘留期间死亡。官方报告上声称他们自杀身亡，在牢房被发现时脖子周围缠着一根绳子（也可能是一条领带、床单或鞋带）。尸体上的瘀伤和灼伤却表明事实并非如此，他们分明是在被警方羁押期间遭受了严刑拷打。一些库尔德叛乱分子也被埋葬在这里，从国家另一端被一路运到这片公墓。国家不希望他们变成人民眼中的烈士，于是他们的尸体像玻璃制品般被小心包装好，运送到这里。

墓地中最年轻的居民是那些弃婴。他们被裹在包袱里，丢在清真寺的庭院中，阳光普照的操场上或灯光昏暗的电影院里。那些足够幸运的孩子被过路人救了下来，交给警察。好心的警察喂他们吃东西，给他们穿上衣服，还给他们起个积极向上的名字——比如"幸福""欢乐"或"希望"，来抵抗他们悲惨的人生开局。但时不时也会有没那么幸运的婴儿，一个寒冷的夜晚足以让他们丧命。

伊斯坦布尔平均每年有五万五千人去世，其中一百二十人最终被埋葬在基利奥斯。

来客

深夜，一道道闪电划过天空，一辆雪佛兰皮卡车从古老的堡垒旁呼啸而过，扬起阵阵尘土。它隆隆响着向前开去。车在路边打滑了一下，猛地朝着分隔了陆地和大海的岩石冲过去，但在最后一秒，它又摇晃着设法回到了路上。往前开了几码，车终于停了下来。一时间，车内外没有一丝声响，就连从傍晚开始一直刮着的大风，似乎也平息了下来。

伴随一声刺耳的响声，驾驶室的车门打开了，思乡者娜兰跳了出来。她的头发在月光下微微发亮，犹如一个火环。她走了几步，目光定格在前方的公墓上。她仔细打量着眼前的景象。锈迹斑斑的铁门，一排排破败的坟墓，用作标记的木板，破得完全防不住流氓的围墙，还有盘根错节的柏树。这个地方看上去阴森可怖，令人生厌。一切都如她所料。她深吸一口气，回头看了一眼，说："我们到了！"

这时，卡车后面挤作一团的四个身影才敢动弹。他们一个接一个地抬起头，嗅着空气，就像查看附近是否有猎人出没的小鹿一样。

第一个站起来的是好莱坞胡美拉。她背着背包爬出来，拍了拍自己的头顶，检查了一下发髻，她的发髻以一个奇怪的角度鼓了起来。

"哦，天哪，我的头发一团糟，脸也失去了知觉。它动不了了。"

"是被风吹的，你这个胆小鬼。今晚有暴风雨。我告诉过你们，把你们的头捂住。可是，不，你们从不听我的。"

"不是风，是你的驾驶技术。"扎伊纳布 122 说着，艰难地从皮卡车后面下来。

"你管这叫驾驶？"破坏者跳下车去，然后扶贾梅拉下来。

破坏者稀疏的头发像羽毛一样竖立着。他很后悔没戴一顶羊毛帽，但与他答应深更半夜来这个倒霉的地方相比，这根本算不了什么。

"你究竟是怎么拿到驾照的？"扎伊纳布 122 问。

"她跟教练睡了，我敢打赌。"胡美拉小声嘀咕道。

"喂，你们都给我闭嘴。"娜兰皱起眉头，"你们没看见路况吗？多亏了我，至少我们平安无事地到了。"

"平安！"胡美拉说。

"无事！"破坏者说。

"浑蛋！"娜兰一边跺脚，一边朝卡车后面快步走去。

扎伊纳布 122 叹了口气。"呃，你能不能注意一下你的语言？

我们说好了的。在墓地里不许大喊大叫，不许骂人。"她从口袋里掏出念珠，开始拨弄。直觉告诉她，这次夜间冒险行动不会一帆风顺，她需要从善良的神灵那里得到尽可能多的保佑。

与此同时，娜兰拉下后车斗，开始把工具一一拿出来——一辆手推车、一把挖掘用的锄头、一把鹤嘴锄、一把铁锹、一把铁铲、一个手电筒，还有一卷绳子。她把它们放在地上，挠挠头。"我们少了一把十字镐。"

"哦，那个。"胡美拉说，"我……我可能把它丢了。"

"你什么意思，你可能把它丢了？那是把十字镐，又不是块手帕。"

"我没抓住。都怪你，开车像个疯子一样。"

娜兰冷冷地瞪了她一眼，但黑暗中没人注意到。"好吧，不闲扯了。我们走吧。没有多少时间了。"她拿起铁锹和手电筒，"每人都拿件工具！"

他们一个接一个跟在她身后。远处，大海咆哮着，以巨大的力量冲向岸边。风又刮了起来，吹来海水的味道。后面，古老的堡垒耐心地等候着——几十年如一日——门口匆匆闪过一个动物的身影，可能是一只老鼠，也可能是一只刺猬，赶在暴风雨来临之前找地方藏身。

他们悄悄推开墓地的门，走了进去。五个不速之客，五个朋友，前来寻找他们失去的那位挚友。就在这时，月亮消失在云彩后面，整个公墓笼罩在一片黑暗之中。一时间，位于基利奥斯的这个凄凉之地与世界上任何一个地方并无二致。

夜晚

　　墓地中的夜晚与城市中的夜晚不同。在这里，黑暗并不仅仅意味着没有光亮，而且单凭自身存在着——作为一个有生命的、呼吸着的实体。它像个好奇的精灵一样跟在他们身后，究竟是在警告他们前方有危险，还是准备在时机到来时把他们朝危险推去，没人说得清楚。

　　他们顶着狂风向前走。起初，他们走得很快，不是因为恐惧，而是出自一种由不安引发的急切。他们排成一列纵队前进，娜兰一手拿着铁锹，一手拿着手电筒，在前面带路。她身后是拿着工具的贾梅拉和破坏者，然后是推着空手推车的胡美拉。扎伊纳布122排在队伍最后面，不仅因为她腿短，还因为她忙着撒盐屑和罂粟籽驱赶恶灵。

　　一股刺鼻的气味从地面冒了出来——潮湿的泥土和石块、野蓟、腐烂的树叶，以及他们不愿说出名字的东西。一股浓重的腐烂的气味。他们看到岩石和树干上覆盖着绿色苔藓，树叶状的鳞片幽灵般在黑暗中闪闪发光。四周,一层象牙色的薄雾在他们眼前盘旋。他们还听到一阵窸窣声,仿佛从地下传来。娜兰停了下来,拿着手电筒四处搜寻。这时,他们才意识到墓地有多大,任务有多艰巨。

他们不顾小路狭窄湿滑,尽量一直沿这条路前行,因为它似乎能引他们到正确的方向。但是不久,小路消失了,他们发现自己正在爬上乱坟中一座没有路的小山丘。坟墓有成百上千个,大多数都竖着一块标记了数字的木板,许多似乎连数字都没有。暗淡的月光下,它们看上去如幽灵一般。

偶尔,他们会经过用石灰石石板装饰的坟墓,还看到了一篇这样的碑文:

不要以为你还活着,而我已不在。

在这片被遗忘的土地上,一切都不是看上去那样……

Y. V.

"够了,我要回去了。"破坏者两手紧攥着铁锹说道。

娜兰从袖子上摘下一颗蒺藜。"别傻了。不过是一首愚蠢的诗罢了。"

"愚蠢的诗?这个男人在威胁我们。"

"你怎么知道是个男人?上面只写着姓名首字母。"

破坏者摇了摇头。"这个不重要。不管埋在这里的是谁,这篇碑文都在警告我们不要再往前走了。"

"就像电影里演的一样。"胡美拉小声说。

破坏者点了点头。"是啊，一群游客进入鬼屋，到了晚上，他们全都死了！你知道观众们怎么想吗？好吧，这都是他们自找的——明早报纸上就会这样写。"

"明早的报纸早已经付印了。"娜兰说。

"哦，那好吧。"破坏者勉强挤出一个微笑。有那么短暂的一刻，他们仿佛又置身于莱拉位于毛茸茸卡夫卡街上的那套公寓里，六个人谈天说地、互相取笑，他们的声音像玻璃风铃一样叮当作响。

又是一道闪电，这一次离得很近，仿佛从地下发出的耀眼的光照亮了大地。紧接着传来一阵清脆的雷声。破坏者停下来，从口袋里掏出一个烟袋，给自己卷了一支大麻烟，但他怎么也划不着火柴。风太大了。最后他终于点着了火柴，深深吸了一口。

"你在干什么？"娜兰问道。

"为了安抚我的神经。我那可怜又脆弱的神经。在这里我心脏病都快发作了。我父亲家族里的男人们不到四十三岁就都死了。我父亲四十二岁时死于心脏病发作。猜猜我今年多大了！我发誓，待在这里对我的健康不利。"

"得了吧，你要是抽得神志恍惚了，又有什么好处？"娜兰扬起眉毛，"另外，几英里外就能看见你点了一支烟。你觉得，为什么要禁止战场上的士兵吸烟？"

"天哪，我们又不是在打仗！那你的手电筒呢？敌人能看见我的烟卷，却看不见你手里那刺眼的光束吗？"

"我一直把手电筒对准地面。"娜兰说着，用手电筒照着附近一座坟墓，表明自己的意思。一只受了惊的蝙蝠飞了起来，在他们头顶上扑扇着翅膀。

破坏者把烟卷扔了。"好吧。现在你满意了吧？"

他们绕着木板和盘根错节的大树，弯弯绕绕往前走，尽管天气寒冷，他们还是汗流浃背——他们自知是不速之客，因此既紧张又烦躁。蕨类和蓟草拂过他们的腿，秋叶在他们脚下沙沙作响。

娜兰的靴子卡在了树根上。她跟跟跄跄，努力保持平衡。"哦，该死！"

扎伊纳布122提醒道："不许说脏话，精灵会听到的。他们就住在坟墓下面的地道里。"

"也许现在不是和我们说这些的时候。"胡美拉说。

"我不是想吓唬你。"扎伊纳布122幽怨地打量着她，"如果遇到精灵，你知道该怎么做吗？不要惊慌，这是第一；第二，别跑，他们跑得比我们快；第三：不要小看他——或者她，女精灵的脾气最坏。"

"这一点我深有同感。"娜兰说。

"还有第四条吗？"贾梅拉问道。

"是的，不要被他们迷惑了。精灵是伪装高手。"

娜兰轻蔑地哼了一声，又马上打住。"抱歉。"

"是真的，"扎伊纳布122接着说，"如果读过《古兰经》，你们就会知道。精灵想变成什么，就能变成什么：人类、动物、植物、矿物……看到那棵树了吗？你们以为它是一棵树，但它也可能是个精灵。"

胡美拉、贾梅拉和破坏者偷偷瞥了一眼那棵山毛榉树。它看上去苍老而又普通，树干凹凸不平，树枝看上去和埋在地下的尸体一样毫无生气。他们紧紧盯着它，也许它确实散发出一种不可思议的神秘能量，一种超凡脱俗的气质。

镇定自若的娜兰放慢脚步，回头看了一眼。"够了！别吓唬他们了。"

"我只是想帮忙。"扎伊纳布 122 不服气地说。

即便这些无稽之谈都是真的，但它让人不知所措，为什么要把这样的信息告诉大家呢？娜兰想这么反驳，但还是忍住了。在她看来，人类就像游隼：他们有本事也有力量在天空中翱翔，自由，轻灵，不受约束，但有时他们也会被迫或自愿地接受囚禁。

在安纳托利亚，娜兰曾近距离观察猎鹰如何栖息在捕猎者肩上，顺从地等待下一个奖赏或命令。驯鹰者的哨声就是结束它们自由的召唤。她还观察过他们是怎样给这些高贵的猛禽戴上面罩，这样它们就不会受惊。眼见为知，知而心生恐惧。每一个猎鹰人都知道，鸟儿看见得越少，它就越安静。

但是戴上面罩，不辨方向，天空和大地融成一团漆黑，虽然得到了安慰，猎鹰仍然会感到紧张，好像它们要一直为随时会到来的厄运做好准备。多年后的今天，在娜兰看来，宗教——以及权力、金钱、意识形态和政治——都像面罩一样。所有的迷信、预言和信仰都蒙蔽着人们的视线，控制着他们，削弱内心深处的自尊，以至于如今他们对世间的万事万物都心生恐惧。

　　但她是个例外。她凝视着手电筒光线下一张闪闪发光的蜘蛛网，反复对自己说，她宁愿什么都不信。她不相信宗教，也不相信意识形态。她，思乡者娜兰，永远不会被蒙蔽双眼。

伏特加

到了一个拐弯处，小路再次出现，莱拉的朋友们停了下来。此处坟墓上的数字似乎杂乱无章。借着手电筒的亮光，思乡者娜兰大声念着："7004，7024，7048……"

她皱起眉头，好像怀疑有人在嘲笑她。她从来就不擅长数学，或者其他科目。直到今天，她经常做一个梦，梦见自己又回到了学校。梦中的自己还是个小男孩，穿着难看的校服，留着丑陋不堪的平头；因为糟糕的拼写和更糟糕的语法，他被老师当着全班同学的面打了一顿。那时，村里的"日常生活词典"还未收录"阅读障碍"这个词，老师和校长都对娜兰没有丝毫同情。

"你没事吧？"扎伊纳布 122 问道。

"当然了！"娜兰振作起来。

"这些标记太奇怪了。"胡美拉小声咕哝着说，"我们现在走哪条路？"

"你们先待在这里，我去看一看。"娜兰说。

"也许我们出一个人和你一起去？"贾梅拉看上去很担心。

娜兰挥了挥手。她需要一个人静一静，整理一下思绪。她从上衣内侧掏出一个酒瓶，喝了一大口来给自己壮胆，接着把酒瓶递给胡美拉，那是除了她自己以外唯一一个能喝酒的人。"尝尝吧，但要小心。"

说完，她就消失了。

现在，没有了手电筒的光亮，月亮仍躲在云层后面，四个人置身于一片黑暗之中。他们慢慢凑在一起，靠得越来越近。

"你们知道，事情就是这样开始的。"胡美拉小声说道，"我是说在电影里。其中一人离开了其他人后就被残忍杀害，就在离这群人几码远的地方，但当然，他们并不知情。然后另一个人过去查看，也遇到同样的结局……"

"别紧张，我们不会死的。"扎伊纳布 122 说。

服用了镇静剂的胡美拉开始紧张，而破坏者的感觉就更糟了。他说："她给你的酒……为什么我们不喝点呢？"

胡美拉犹豫了。"你知道你不能喝酒。"

"但那是平时。我们今晚碰上了紧急情况。我跟你们说过我家族之中的男人命运如何。我不是害怕这个地方。让我毛骨悚然的是死亡。"

"为什么不抽你的烟卷呢？"贾梅拉好心建议道。

"都抽完了。这个状态我怎么走路？怎么掘墓？"

胡美拉和扎伊纳布 122 对视了一眼。贾梅拉耸了耸肩。

"好吧，"胡美拉说，"说实话，我自己也需要喝一口。"

破坏者一把从她手里夺过酒瓶，咕咚喝了一大口，接着又是一口。

"够了。"胡美拉说着，也仰头喝了一大口。喉咙里一阵火辣辣的感觉。她的脸皱作一团，她弯下腰。"什么……天哪……这是什么啊？"

"不知道，但我很喜欢。"破坏者又夺过酒瓶，急忙喝了一大口。感觉不错，刹那间他又喝下一口。

"喂，别喝了。"胡美拉拿回酒瓶，盖上盖子。"这酒后劲很大。我从来没有——"

"好了，我们走吧！这边。"一个声音从暗处传来。娜兰回来了。

"你的酒。"胡美拉向她走去。"这是什么毒药？"

"哦，你尝过了吗？很特别吧。他们叫它'勇敢者斯皮亚图斯'。是波兰的伏特加——也可能是乌克兰、俄罗斯，或者斯洛伐克的。就像我们为谁最先发明了果仁蜜饼①而争论不休，是土耳其人、黎巴嫩人、叙利亚人，还是希腊人……那些斯拉夫人也为谁创造了伏特加争论。"

"所以那是伏特加？"胡美拉半信半疑地问。

娜兰笑了。"你说得没错。但别的伏特加都不能与之媲美。百分之九十七的酒精浓度。非常实用。牙医给病人拔牙前也会用这个。医生用它做外科手术。人们甚至用它来制作香水。但波兰

---

① 即蜜糖果仁千层酥，中东地区的一种糕点。

人在葬礼上喝这种酒——为死者干杯。所以我觉得这个很合适。"

"你把要命的伏特加带到了墓地？"扎伊纳布 122 说着，摇了摇头。

"好吧，我不指望你会赞许。"娜兰听上去很生气。

"找到莱拉的坟墓了吗？"贾梅拉问道。她为了打消紧张的气氛转移了话题。

"是的，是的！就在那边。大家都准备好了吗？"

不等众人回答，思乡者娜兰用手电筒照向他们左边的小路，继续往前走，没有注意到破坏者眼神变得呆滞，他的脸上露出了一丝诡异的笑容。

犯错是人之常情

终于，他们成功了。他们凑在一起，盯着其中一座坟墓，仿佛那是一个需要解开的谜团。和其他大多数坟墓一样，这个坟墓上也只写着一个数字。墓碑上既没有刻"龙舌兰"，也没有刻"莱拉"。莱拉根本就没有墓碑，也没有墓碑前精心打理过的地面和修剪整齐的花坛。只有一块木板，上面是某个墓地工人潦草的字迹。

一只蜥蜴被他们的出现吓了一跳，匆忙从石头底下跑出来寻找新的藏身之处，消失在前方杂乱的灌木丛中。胡美拉压低声音问道："这是埋葬莱拉的地方吗？"

娜兰静静地站着。"是的，我们挖吧。"

"先别急。"扎伊纳布122举起一只手，"我们必须先祈祷。不举行适当的仪式，是不能挖尸体的。"

"好吧，"娜兰说，"简短一点，拜托了。我们得抓紧时间了。"

扎伊纳布 122 从包里拿出一个罐子,把之前准备的混合物撒在坟墓周围:岩盐、玫瑰水、檀香酱、豆蔻籽和樟脑。她闭上眼睛,掌心向上,吟诵了《古兰经》的开端章。胡美拉和她一起吟诵。破坏者感到头晕,不得不先坐下,然后再开始祈祷。贾梅拉在自己身上划了三次十字,嘴唇无声地动着。

随之而来的沉默中充满了悲伤。

娜兰说:"好吧,该继续了。"

娜兰用尽全身力气,用靴子使劲踩着,把铁锹深深插进土里。早些时候,她还担心地面会结冰冻住,但泥土柔软潮湿,她很快开工,动作变得有节奏。不一会儿,熟悉的泥土的气味和触感将她包围,让她感到安心。

娜兰的脑海中闪过一个画面。她记得第一次见到莱拉时的情景——起初,那只是妓院窗户上映着的其中一张脸,呼出的气体让玻璃变得模糊不清。她的动作安详优雅,与周围的环境并不相称。莱拉长发披肩,一双又大又黑、脉脉含情的眼睛,很像娜兰以前耕地时发现的一枚硬币上的女人。就是那个拜占庭女皇,表情中有一种难以捉摸的、超越了时间和空间的东西。她还记得她们以前在那家薄饼店里见面,互相依赖,彼此倾诉。

"你有没有想过她怎么样了?"有一天,莱拉突然问道,"你那个年轻的新娘……你把她一个人留在了家里。"

"嗯,我相信她肯定已经嫁人了。现在她一定有好几个孩子了。"

"这不是重点,亲爱的。你不是会给我寄明信片吗?你应该给她也写封信。向她解释一下怎么回事，并给她道个歉。"

"你是认真的吗？我被他们逼着假结婚。那本会要了我的命。我是为了自救才逃走的。难道你希望我留在家乡，一生都生活在谎言中吗？"

"当然不是。我们必须尽可能过好自己的生活，这是我们应该做的——但我们也应该小心，在追求自己的人生的同时，不要伤害到别人。"

"哦，天哪！"

莱拉用她特有的耐心，意味深长地看着她。

娜兰举起双手。"好吧，好吧……我会写信给我亲爱的妻子。"

"你保证？"

娜兰一边挖掘莱拉的坟墓，一边不由得想起很久以前，那次早已被遗忘的对话。听着脑海中莱拉的声音，她才想起自己还没动手写那封承诺要写的信。

这时，破坏者站在坟墓边上，带着崇拜的眼光惊奇地看着娜兰。他从来就不擅长体力活儿。在家里，每当需要修水龙头、搭架子，他们就会喊邻居帮忙。家里人都觉得他整日埋头于枯燥无聊的数字和报税单中，但破坏者更愿意把自己看成是一个有创造性思维的人。一个被忽视的艺术家，一个不受赏识的科学家，一个被浪费了的天才。他从没告诉过莱拉，他有多么羡慕达阿里。还有什么话没有告诉她？昔日的回忆在他脑海中一一闪过，他与莱拉多年的友谊犹如一张拼图，每一段记忆都是独立的一块；他们的友谊也像一幅画，充满了无法弥补的裂痕和缺憾。

在体内伏特加的作用下，他的血液加速流动，在耳边翻涌。他试图把声音挡在外面，几乎要捂上耳朵。他等待着。这种冲动没有过去，他把头往后一仰，仿佛希望从天上寻找慰藉。在那里，他看见了一幅十分奇怪的景象，表情松弛下来。月亮表面上，一张脸正向下凝视着他。那张脸熟悉得惊人。他把眼睛眯成一条缝。那是他自己的脸！有人把他画在月亮上了！破坏者惊呆了，他难以置信地倒抽一口气，吸气声十分响亮，就像茶壶的水沸腾前咝咝作响。他噘起嘴唇，咬着嘴巴内侧，试图控制住自己，但是没有用。

"你们看见月亮了吗？我在上面呢！"破坏者说，两颊通红。

娜兰停了下来。"他怎么了？"

破坏者翻了个白眼。"我怎么了？一点问题都没有。为什么你总觉得我有问题？"娜兰猛地吸了一口气，扔下铁锹，大步来到他身边。她抓住他的肩膀，打量他的眼睛，发现他的瞳孔放大了。

娜兰迅速转身问其他人。"他喝酒了吗？"

胡美拉咽了口唾沫。"他刚才不舒服。"

娜兰咬紧牙关。"我明白了。他到底喝什么了？"

"你的……伏特加。"扎伊纳布122说。

"什么？你们疯了吗？那酒就连我也不敢多喝。现在谁来照顾他呢？"

"我来。"破坏者说，"我能照顾好自己！"

娜兰又抓起铁锹。"你们得让他离我远点。我是认真的！"

"来吧，到我身边来。"胡美拉说着，把破坏者轻轻拉到身边。

破坏者带着厌倦和恼火叹了口气。他又一次有了那种他再熟悉不过的感觉：被最亲近的人误解。他从不重视言语表达，总是指望所爱的人从沉默中读懂他。不得不开口谈话时，他常常暗示一些事情；不得不表露情感时，他把情绪藏得更加隐蔽。也许每个人都害怕死亡，但对一个内心深处知道自己的生活充满伪装，活着更多是为了尽义务、为了满足他人需求的人来说，更是如此。父亲在他这个年纪去世，留下孤苦伶仃的他和母亲生活在凡城一个闭塞的街区，周围尽是闲言碎语；现在他也到了这个年纪，完全有理由问问自己，等他走了以后，能留下些什么。

"没有人看见我在月亮上吗？"破坏者问道，脚后跟摇晃不稳，整个身体就像波涛汹涌的海面上一艘木筏一样摇晃。

"嘘，亲爱的。"胡美拉说。

"那你们看见了吗？"

扎伊纳布 122 说："是的，是的。我们看见了。"

"现在又不见了，"破坏者垂下眼睛，神情沮丧地说，"噗的一声！再也不见了。人死的时候就是这样吗？"

"有我们和你在一起。"胡美拉打开保温杯，让他喝些咖啡。

破坏者喝了几口，但似乎并没有得到安慰。"我刚才说自己不害怕这个地方，我说的不是实话。这个地方让我浑身起鸡皮疙瘩。"

"我也是。"胡美拉小声说道，"我们出发的时候我觉得自己很勇敢，但现在不了。我肯定会做很长一段时间的噩梦。"

虽然四个人都为帮不上娜兰而感到羞愧，但他们还是肩并肩站在那里，无助地看着一块块泥土从地里挖掘出来，打破了这个诡异之地仅有的秩序与安宁。

现在坟墓打开了，破坏者和女人们拥在土丘周围，不敢看向下面漆黑一团的土坑。现在还不行。

娜兰气喘吁吁地从挖好的洞里爬了出来，满身是泥。她擦去额头上的汗珠，不小心把额头也弄脏了。她说："谢谢你们的帮助，懒虫们。"

没有人回应。他们吓得说不出话来。同意这个疯狂的计划，跳上卡车，感觉就像一场冒险，是他们为了莱拉应该做的。可是现在，他们突然感到一种原始的恐惧；深更半夜面对一具尸体，让他们几乎要把早先的誓言抛到九霄云外。

"来吧，咱们把她弄出来。"娜兰拿着手电筒在墓穴内四处照了照。

借着光线，几根像蛇一般盘错着的树根清晰可见。洞底部是裹尸布，上面撒着一些土块。

"怎么没有棺材？"贾梅拉走到近前，向下一看，问道。

扎伊纳布 122 摇了摇头。"基督徒才用棺材。在伊斯兰教中，我们只用简单的裹尸布埋葬死者。别无他。死亡面前人人平等。你家乡的人是怎么做的？"

"我以前从没见过死人。"贾梅拉说，"除了我的母亲。她是基督徒，但在结婚后她改信了伊斯兰教……不过……大家对她的葬礼意见不一。我父亲想举行一个穆斯林葬礼，而我姨妈是个基督徒。他们大吵了一架，场面很是难看。"

扎伊纳布 122 点了点头，悲伤笼罩着她。对她来说，宗教一直是希望、坚忍和爱的源泉，是把她从黑暗的地下室向上带往灵魂之光的电梯。但这台电梯也会轻而易举地带着别人一路向下，这令她感到痛苦。那些教义温暖了她的心，使她与所有人亲近，不论其信仰、肤色或国籍，而许多人却觉得这些教义让人类分裂、困惑，播下了仇恨和流血的种子。如果有一天，她被真主召见，有机会坐在他面前，她很想问真主一个简单的问题："美丽仁慈的主啊，你为什么让自己被这么多人误解？"

她的目光慢慢地向下移动，眼前之景把她从思绪中惊醒。她说："莱拉的裹尸布上面应该有几块木板。为什么她的尸体没有东西保护？"

"我猜挖墓的人根本不在乎。"娜兰拂掉手上的泥土，看向扎伊纳布 122，"好了，跳进去！"

"什么？我吗？"

"我得留在这里拉绳子。总得有人下去。你最娇小。"

"正因为这样，我才不能下去。我要是下去，就出不来了。"

娜兰想了想。她瞥了一眼胡美拉——太胖了；接着看了一眼破坏者——喝得太醉了；最后瞅了瞅贾梅拉——太虚弱了。她叹了口气。"好吧，还是我来吧。反正我已经在下面待过很长时间了。"

她把铁锹放在一边，走近一些，站在边上向下看。一阵悲伤涌上她的心头。下面是她最好的朋友——那个与她相识了二十多年，和她一起度过好日子、坏日子和糟糕透顶的日子的女人。

"好吧，我们这么做，"娜兰说，"我爬下去，你们把绳子扔给我，我把它绑在莱拉身上，数到三，你们就把她拉上来，明白了吗？"

"明白了！"胡美拉扯着粗哑的嗓门答道。

"我们怎么拉呢？让我看看。"破坏者说。不等别人拦住他，他往前冲了出去。

在伏特加强劲的作用下，他平时毫无血色的脸色突然变得通红，让人联想起屠宰场里那血红的案板。虽然早就脱下了夹克，他还是大汗淋漓。他使劲伸长脖子，眯起眼睛往坟墓里看。他的脸色变得苍白了起来。

几分钟前，他在月亮上看到了自己的脸，震惊不已。但现在，他的脸出现在下面的裹尸布上，幽灵一般。这是死神给他的暗示。他的朋友们可能不明白，但他知道，这是死神在告诉他，下一个就轮到他了。他感觉天旋地转，一阵恶心，视线变得模糊不清，跟跟跄跄迈出步子，失去了平衡。脚在身下不听使唤，他滑倒在地，一头栽进了坟墓。

这一切发生得太突然了，其他人都来不及反应——除了贾梅拉，她尖叫了一声。

"快看看你！"娜兰双手叉腰，两腿分开，站在那里打量着破坏者的窘况，"你怎么就这么不小心呢？"

"哦，亲爱的，你没事吧？"胡美拉小心翼翼地从洞边探出头来。

坑里，破坏者一动不动地站着，只有下巴在不停地颤抖。

"你还活着吗？"娜兰问道。

破坏者终于能说话了，他说："我觉得……我好像……我在坟墓里。"

"是的，显而易见。"娜兰说。

"别慌，亲爱的。"扎伊纳布122说，"你这样想。你在直面自己的恐惧，这对你有好处。"

"快把我弄出去，求求你们了！"破坏者处于现在的状态，对任何忠告都提不起兴趣。他小心翼翼地往旁边挪了挪，尽量不踩到裹尸布，但马上又挪了一下，生怕漆黑的坟墓角落里藏着什么看不见的生物。

"快点，娜兰，你得去帮他。"胡美拉说。

娜兰耸了耸肩。"我为什么要去救他？也许对他来说，留在里面长长记性，是件好事。"

"她说什么？"破坏者的咕哝声传了上来，好像有什么东西卡在了喉咙里。

贾梅拉插嘴说："她只是在逗你玩。我们会救你的。"

"对，别担心。"扎伊纳布122说，"我来教你一句祷文，帮你——"

破坏者的呼吸加速。坟墓侧壁的阴影之下，他的脸色变得惨白。他把一只手放在心口上。

"哦，我的天哪！我猜他心脏病发作了，和他父亲一样。"胡美拉说，"快想办法，快！"

娜兰叹了口气。"好吧，好吧。"

娜兰跳进坑里，刚一落脚，身旁的破坏者就用胳膊搂住了她。见到娜兰，他感到一种前所未有的宽慰。

"呃，能把你的手从我身上拿开吗？我动不了了。"破坏者不情愿地松开了胳膊。一生中，他一次又一次遭到责骂和贬低。小时候，他在家里，被他那坚强、慈爱却十分严厉的母亲骂；在学校，被老师骂；在部队，被上级骂；在办公室，被几乎所有人骂。成年累月的欺辱把他的灵魂碾成一团烂泥，而他早已失去了与之对抗的勇气。

娜兰为自己说话语气过重感到后悔，她身体前倾，双手紧握在一起。"来，你上去吧！"

"你确定吗？我不想让你受伤。"

"别担心。只管来吧，亲爱的。"

破坏者把一只脚踩在娜兰的手上，膝盖放在娜兰肩膀上，另一只脚蹬着娜兰的头顶，往上爬。胡美拉在扎伊纳布122和贾梅拉的帮助下，伸手下来，将他拉了上去。

"感谢真主！"破坏者一到地面，这样说道。

"是啊，出力的是我，功劳都归真主。"娜兰在坑底下抱怨道。

"谢谢你，娜兰。"破坏者说。

"不客气。现在谁能劳驾把绳子给我扔下来？"

他们把绳子扔了下去。娜兰抓住绳子，把它绑在那具尸体上。"拉！"

起初，尸体纹丝不动，似乎打定主意留在原地。接着，他们能一寸一寸地往上拉。拉到足够高的时候，胡美拉和扎伊纳布122小心翼翼地抬着，尽可能轻地将它放在地上。

最后，娜兰爬了出来，她的手和膝盖上满是划痕和伤口。"哎哟，累死我了。"

但是没有人听到她的话。其他人都盯着那块裹尸布，眼睛睁得大大的，露出难以置信的目光。往上拉时，一些布料被撕开，露出了一部分脸。

"这人长了胡子。"破坏者说。

恍然大悟的扎伊纳布122惊恐地看着娜兰。"真主饶了我们吧。我们挖错了坟墓。"

"我们怎么会犯这样的错误？"众人重新安葬好那个留着胡子的死者，将他的坟墓整理好之后，贾梅拉问道。

"都是因为医院里的那个老头。"娜兰的声音里带着一丝尴尬，她从口袋里掏出那张纸，"他的字写得太潦草了。我不确定他写的是7052还是7053。我怎么会知道？这不是我的错。"

"没关系的。"扎伊纳布122温柔地说。

"来吧。"胡美拉强迫自己镇静下来，"我们去挖正确的坟墓吧。这次我们帮你。"

"我不需要帮忙。"娜兰又恢复了自信，抓起铁锹，手指朝破坏者一指，"看好他就行了。"

破坏者皱起了眉头。他讨厌被当成弱者对待。像许多胆小的人一样，他暗自相信，在他的内心深处始终住着一个英雄，渴望走出来，向全世界展示真正的自我。

与此同时，娜兰已经开始挖掘，尽管肩胛骨之间仍灼痛着，胳膊和身体其他部位也酸痛不已。她偷偷瞥了一眼自己的手掌，担心会起茧子。她的内在早就是个女人，但在将自己的外表从男人转变成女人这一艰辛漫长的过程中，最让她感到沮丧的就是这双手。她的外科医生解释说，耳朵和手是最难改变的部位。头发可以移植，鼻子可以重塑，乳房可以变大，脂肪可以移植到别的部位去——真是神奇，你可以改头换面，成为一个全新的人——不过，手的大小和形状却无法改变。再多的美甲都于事无补。她长着一双结实有力的农民的手，这些年来，她一直为这双手感到羞愧。但今晚，她很感激它们。莱拉会为她感到骄傲的。

这一次，她故意慢慢挖掘。胡美拉、贾梅拉、扎伊纳布122，甚至破坏者也在她身边默默地挖，一次挖一点。坟墓又挖好了，娜兰再次跳了进去，绳子也又一次被扔了进去。

与上一次相比，这次吊起的尸体似乎更轻。他们轻轻把它放在地上，小心翼翼地掀开裹尸布一角，害怕这次又会出错。

"是她。"胡美拉带着哭腔说。

扎伊纳布122摘下眼镜，用手掌擦了擦眼睛。

娜兰拂去粘在汗津津的额头上的几缕发丝。"那就好。我们把她送到她的爱人身边吧。"

他们小心翼翼地把朋友的尸体放进手推车里。娜兰让它靠在自己的腿上以保持平衡，固定躯干。出发之前，她打开那瓶伏特加，咕咚喝了一大口。烈酒顺着她的食道向下流进肚子，她的肚子一路都暖洋洋的，像一团舒适的篝火。

又一道闪电划破夜空，落在一百英尺开外的地面上，瞬间照亮了整个墓地。正在打嗝的破坏者愣住了。他发出一声怪叫，接着怪叫变成了咆哮。

"别发出那种声音。"娜兰说。

"不是我！"

他说得没错。不知从哪里冒出来一群野狗。大概有十几只，也许更多。一条又大又黑的杂种狗站在队伍最前方，耳朵扁扁的，龇着牙，眼里闪着黄光。它们渐渐逼近。

"是狗！"破坏者用力咽了咽口水，喉结上下活动。

扎伊纳布 122 小声说："也许它们是精灵。"

"等它们咬你屁股的时候，你就知道是什么了。"娜兰说着，慢慢靠近贾梅拉，把她护在身后。

"要是它们是疯狗呢？"胡美拉问。

娜兰摇了摇头。"看它们的耳朵，都被剪了。它们都绝育了，这些狗不是野狗，很可能还打了疫苗。大家保持冷静。只要待着不动，它们就不会攻击你。"她停顿了一下，又有了一个新主意，"你带吃的了吗，胡美拉？"

"你为什么只问我？"

"把包打开。里面有什么东西？"

"只有咖啡。"胡美拉说，但随后又叹了口气，"好吧，我也带了点吃的。"

她从背包里拿出晚餐吃剩的饭菜。

"真不敢相信你把这个都带来了。"扎伊纳布 122 说，"你想什么呢？"

娜兰说："这有什么奇怪的，当然是到墓地来一次美好的午夜野餐。"

"我只是担心大家可能会饿。"胡美拉噘着嘴说，"听上去是一个漫长的夜晚。"

他们把吃的朝狗扔过去。仅用了三十秒，它们便吃得一干二净——但是这三十秒的时间却在狗群中制造了裂痕。食物不够所有狗分食，争斗爆发了。一分钟前，它们还是一个团队；现在，它们成了死对头。娜兰拿起一根棍子，往肉酱里蘸了蘸，然后用尽力气把它朝远处扔了出去。狗群紧追不舍，互相咆哮着。

"它们走了！"贾梅拉说。

"只是暂时的，"娜兰提醒道，"我们必须抓紧时间。大家一定跟紧彼此。走快点，但不要贸然行动。千万不能激怒它们，明白了吗？"

怀着一种新的使命感，她推着手推车往前走。一行人拖着疲惫的双脚，拿着工具，沿原路朝卡车走去。尽管风很大，尸体还是散发出一股淡淡的臭味。但即使味道再浓烈一些，也不会有人抱怨，因为他们不想冒犯莱拉。她一向喜欢她的香水味。

归程

雨终于倾盆而下。娜兰走在泥泞的车辙里，艰难地推着手推车。破坏者拖着疲惫的脚步走在贾梅拉身边，举着唯一的一把伞，遮住这个年轻女人的头顶。他浑身湿透，现在似乎清醒些了。跟在他们后面的胡美拉不习惯这样的剧烈活动，呼吸困难，手里紧紧攥着吸入器。不用低头看，她就知道自己的丝袜破了，脚踝也被划伤，正在流血。扎伊纳布122摇摇晃晃地跟在最后面，努力跟上那些既比她高又比她壮的人的步伐，但她的鞋子湿漉漉的，四处打滑。

娜兰伸出下巴，不知为何停下了脚步，关掉了手电筒。

"你为什么这么做？"胡美拉说，"我们什么也看不见了。"

也不尽然——月光尽管暗淡，但还是照亮了这条狭窄的小路。

"小声点，亲爱的。"娜兰的脸上闪过一丝担忧的神情。她的整个身体都僵住了。

"怎么了？"贾梅拉喃喃地问。

娜兰歪着头，听着远处传来的声音。"看见那边蓝色的灯光了吗？灌木丛后面有一辆警车。"

他们朝那个方向望去，看见墓地大门外大约六十英尺处，停着一辆车。

"哦，不！完蛋了，我们被盯上了。"胡美拉说。

"我们该怎么办？"扎伊纳布122刚刚追上他们。

娜兰不知道。但她一直坚信，作为一个领导者，她一半的职责就是要表现得像个领导者。"要我说，"她不慌不忙地说，"我们把手推车留在这里算了，动静太大，不管这该死的雨。我扛着莱拉，我们继续走。等到了卡车那里，大家跟我一起爬到车前面，把莱拉放在后车斗里。我会给她盖一条毯子。我们悄悄离开这里。一旦上了大路，我就猛踩油门，这样，咱们就自由了！"

"他们不会看见我们吗？"破坏者问道。

"一开始不会，天太黑了。他们之后会看见，但那时已经太迟了。我们飞快开过去。这个时间路上没车。相信我，不会有事的。"

又是一个疯狂的计划。因为没有更好的选择，他们又一次达成了一致。

娜兰先把莱拉的尸体抱在怀里，然后扛在肩上。

现在咱们俩扯平了。她又回忆起她们被暴徒袭击的那个晚上。

那是在达阿里死后很久。莱拉结婚之后，从没想过有一天还会重返街头。她告诉所有人，尤其是自己，那种生活已经结束了，过去的岁月就像一枚可以随时摘下的戒指。但在当时，似乎一切皆有可能。爱情与青春跳起了快探戈。莱拉很幸福，她已经拥有了她渴望得到的一切。后来，达阿里离世的噩耗突如其来地闯进她的生活，在莱拉心上留下了一个永远无法愈合的洞；此外还有越来越多的债务。原来，达阿里付给苦妈的钱并不是像他声称的那样，是从战友那里借的，而是他借的高利贷。

娜兰回想起那天晚上，他们三人到经常去的阿斯玛兰赛特一家餐馆就餐。葡萄叶粽和油炸贻贝（达阿里给每个人都点了，但主要是给莱拉），开心果果仁蜜饼和涂了凝缩奶油的榅桲（莱拉给每个人都点了，但主要是给达阿里），一瓶拉克酒（娜兰给所有人点的，但主要是给她自己）。到了晚上，达阿里喝得酩酊大醉，这种情况很是少见，因为他有他所谓的革命者的纪律。他的战友娜兰还一个也没见过，莱拉也是一样。这很奇怪，因为他们已经结婚一年多了。达阿里从没公开提起过他们的婚姻，要是问他，可能他也会否认，但从他的行为中可以清楚地看出，他担心战友们不认可他的妻子，还有她那群稀奇古怪的朋友。

每当娜兰试图提起这件事，莱拉就会对她怒目而视，想办法转移话题。事后，莱拉会提醒娜兰，这段时期人心惶惶。无辜的平民被杀害，每天都有炸弹爆炸事件发生，大学成了战场，法西斯民兵走上街头，监狱蓄意实施酷刑。对一些人来说，"革命"也许只是一个单词，但对另一些人来说却生死攸关。世态如此恶劣，数百万人生活在水深火热之中，为没有跟一群年轻人见过面而感到被冒犯，这很愚蠢。娜兰尊重她的想法，但并不同意她的观点。她想知道什么样的革命胸怀能如此宽广，却容不下她和她刚隆好的胸。

那天晚上，娜兰打定主意，要向达阿里问问这件事。他们坐在靠窗的一张桌子旁，微风吹来阵阵金银花和茉莉花的芬芳，夹杂着烟草、油炸食品和茴香的气息。

"有件事我得问你。"娜兰一边说，一边试图避开莱拉的目光。

达阿里立刻挺直了身子。"太好了，我也有个问题要问你。"

"啊！那你先来，亲爱的。"

"不，你先问。"

"还是你吧。"

"好吧。如果我问你，西欧城市和我们的城市最大区别是什么，你会怎么回答？"

娜兰在回答之前先喝了一大口拉克酒。"嗯，在这里，我们女性乘坐公共汽车时，通常需要携带一个安全别针，有人骚扰我们的时候，就用别针去刺那个浑蛋。我觉得在西方大城市不一样。毫无疑问，总有例外，但根据经验，我想说'这里'和'那里'的区别就是公共汽车上使用安全别针的次数。"

达阿里笑了。"是的，也许你说得对。但我认为最重要的区别是我们的墓地。"

莱拉好奇地看了他一眼。"墓地？"

"是的，宝贝。"达阿里指着她面前那块没动过的果仁蜜饼，问，"你不吃吗？"

莱拉知道他和小男孩一样最爱吃甜食，于是把盘子推到他面前。

达阿里说，在欧洲大城市，墓地都经过精心布置，整齐划一，绿意盎然，说是皇家园林也不为过。但在伊斯坦布尔就不一样了，这里的墓地和地上的生活一样乱作一团。但这并不全是整洁与否的问题。在历史上的某个时期，欧洲人想到一个绝妙的主意，他们把死人送到城外的郊区。确切地说，不是为了"眼不见，心不烦"，但绝对是"眼不见，城市为净"。墓地建在城墙之外，把鬼魂与活人分开。就像从蛋清中取出蛋黄一样，迅速而高效。事实证明，这样安排大有裨益。不用看到墓碑——提醒人们生命之短暂、上帝之严厉的可怕的墓碑，欧洲人的行动力因此被激发出来。将死亡从日常生活中驱逐出去之后，他们可以专注于其他事情：谱写咏叹调，发明断头台和蒸汽机车，在世界各地殖民，瓜分中东……如果将自己是个注定会死的凡夫俗子这一不安的想法抛到脑后，你可以取得所有这些成就，甚至更多。

"那伊斯坦布尔呢？"莱拉问。

达阿里拿起最后一块果仁蜜饼，回答说："这里不一样。这座城市属于死人，不属于我们。"

在伊斯坦布尔，活着的人是暂居者，是不速之客；今天来，明天走，这一点每个人都心知肚明。白色墓碑随处可见——高速公路沿途、商场、停车场或足球场旁——就像一串断裂的珍珠，散落在城市的各个角落。达阿里说，如果数以百万计的伊斯坦布尔人只实现了一小部分潜能，那是因为坟墓离他们太近，让人不安。当人们不断被提醒，死神即将带着那把在夕阳下闪着红光的镰刀到来时，他们就失去了创新的欲望。这就是为什么翻修工程毫无结果，基础设施令人失望，集体记忆像薄纸一样不堪一击。反正我们都在慢慢走向死亡，为什么还要坚持规划未来，反思过去？反正我们无论如何都要死，民主、人权、言论自由——这些还有什么意义？达阿里的结论是，墓地的组织形式和对待死者的方式，是不同文明之间最显著的差异。

三个人都陷入了沉默，只听见身后传来餐具和盘子的叮当作响声。娜兰不知道自己为什么说出接下来的话。这些话脱口而出，仿佛有了自己的意志。

"你们等着瞧吧，我会是第一个死的。到时候我希望你们俩围着我的坟墓跳舞，不许流泪。抽烟、喝酒、接吻、跳舞——这就是我的遗愿。"

莱拉皱起眉头，为她说出这样的话而生气。头顶上荧光灯闪烁，她抬起脸，那双美丽的眼睛映照出雨的颜色。然而，达阿里只是笑了一下——一个温柔而忧伤的微笑，仿佛他内心深处知道，不管娜兰说什么，他都会是他们中间第一个离开的人。

"那么，你刚才又想问我什么呢？"达阿里说。

突然，娜兰的想法变了：为何不能见他的战友，还有，在或许会来到又或许不会来到的光明未来，革命会是什么样子，这些问题都不再重要。也许在这个一切都在不断变化和消融的城市，没有什么事情真正值得担心。唯一能指望的就是此刻，而它马上也会消逝。

浑身湿透，精疲力竭的朋友们来到雪佛兰前。他们都爬上了前座——除了司机。娜兰在车后面忙着把莱拉的尸体固定好；她用绳子缠了一圈，然后把绳子拴在卡车两侧，确保尸体不会乱滚。安顿好之后，她也加入其他人的行列，轻轻关上车门，长长地舒了一口气。

"好了。大家都准备好了吗？"

"准备好了。"

"现在我们必须保持绝对的安静。最难的部分已经结束了。我们能行的。"

娜兰把钥匙插进点火开关，轻轻拧了一下。引擎启动了，一秒钟后，音乐响起。夜色中传来惠特尼·休斯顿的声音，不知心碎的人儿去了哪里 ①。

"妈的！"娜兰说。

她猛地按了一下收音机——可是太迟了。正在下面伸展腿脚的两名警察呆住了，朝他们的方向看过来。

娜兰从后视镜瞥见警察朝他们的车冲了过来。她往后一甩肩膀，说："好吧，计划有变，抓紧了！"

———————————

① 即 *Where Do Broken Hearts Go*，惠特尼·休斯顿（Whitney Houston，1963—2012）代表作之一，又译《心碎何处》。

回到城市去 [1]

轮胎在雨后湿滑的路面上打转，一九八二年款雪佛兰加速下山，穿过树林，四溅起泥水。沿途两边是历经风吹日晒的海报和广告牌，其中一个广告牌边缘已经剥落，上面的字依稀可辨："来基利奥斯吧……你梦想的假期……就在眼前。"

娜兰踩下油门。她能听到后面很远处传来刺耳的警笛声，小斯柯达挣扎着加速，竭力不在泥浆里打滑失控。突然间，娜兰对泥浆、雨、风暴，还有那辆旧雪佛兰车充满感激。一旦到了市区，超过警车的车速就难了；到那时，她就只能相信自己了。她对小路很熟悉。

路右边，道路分岔，高大的枞树在路中间形成一片小树林，一头鹿在耀眼的前照灯下呆住了。看着这只动物，娜兰突然灵机一动。她将车轴调至与路边石平行，希望车底足够高，然后径直

---

[1] "伊斯坦布尔"（Istanbul）源自中世纪希腊语中的"eis tin polin"，意为"到城市去"。——原注

朝那片树林开了过去，到了里面之后，她立即关掉前灯。一切发生得太突然了，大家吓得大气不敢喘。他们等待着，只能听天由命，寄希望于真主。一分钟后，警车呼啸而过，朝十英里外的伊斯坦布尔驶去。他们没有被发现。

回到路上时，放眼望去只有他们一辆车。在第一个十字路口，头顶电线上随风摇曳的交通灯由绿色变成了红色。卡车以最快速度疾驰而过。远处是拔地而起的城市高楼，在城市轮廓上方，一道橘黄色的光线划破漆黑的夜空。天马上就要亮了。

"我希望你知道自己在做什么。"扎伊纳布 122 说。车内空间有限，她半坐在胡美拉的腿上，把她的祈祷词都说尽了。

"别担心。"娜兰说，她把方向盘攥得更紧了。

"是啊，为什么担心呢？"胡美拉说，"反正如果她再这样开下去，我们在这个世上也活不了多久了。"

娜兰摇了摇头。"行了，大家都别紧张。一旦到了城区，我们就没那么容易暴露了。我会找一条小路，我们就可以隐身了！"

破坏者望着窗外。伏特加对他的影响分三个阶段：首先是兴奋，然后是恐惧和忧虑，最后是感动。他摇下车窗，风呼呼吹了进来，填满了狭窄的空间。虽然竭力保持镇静，但他不知道他们怎么才能甩掉警察。要是被人发现他带着一具尸体和一帮不三不四的女人在一起，他该如何向妻子和极端保守的岳父母交代呢？

他靠在椅背上，闭上了眼睛。眼前的黑暗中出现了莱拉的身影，不是成年时的她，而是少女的样子。她穿着校服，白袜子，红鞋子，脚趾处有些磨损。她轻快地跑向花园里的一棵树，跪下来，抓起一把泥土，塞进嘴里咀嚼。

破坏者从未告诉她，他看见了她吃土的样子。为此他感到十分震惊：怎么会有人吃土？之后不久，他注意到她手臂内侧的伤口，他猜她的小腿和大腿上可能还有更多。他很担心，于是向她追问这件事，但她只是耸耸肩。没关系，我知道什么时候该停下来。这是她的坦白，情况也正是这样，但破坏者听后更加担心了。他比任何人都更早，也更深切地理解她的痛苦。他的心脏像被一只拳头紧紧攥住，内心涌起沉重而浓郁的悲伤。这些年来，这悲伤一直都在，但他瞒着所有人，因为如果不把对方的痛苦视为自己的痛苦，那什么算是爱呢？他伸出手，眼前的女孩像一个幻影，消失了。

破坏者思南的一生中有若干个遗憾，但都比不上他从未亲口告诉莱拉，他爱她。他爱她，从他们小时候住在凡城起就开始了。那时他们每天早上一起头顶着晴朗的蓝天步行上学，课间休息时寻找对方，夏天在大湖边打水漂，冬天并排坐在花园墙上，抱着一杯热气腾腾的兰茎粉①，研究美国艺术家的画作。自从那些久违的日子以来，他就一直爱她。

与基利奥斯返程的公路不同，即便现在还是大清早，伊斯坦布尔的街道也并非空无一人。雪佛兰驶过一栋又一栋公寓楼，窗

---

① 一种由红门兰块茎制成的粉末冲泡而成的热饮，也可以用来制作甜点，常见于土耳其及旧时奥斯曼帝国地区。

户一片漆黑，空空如也，就像缺了的牙齿或被挖去了的眼睛一般。卡车前方时不时冒出意想不到的东西：一只流浪猫，下夜班回家的工厂工人，在高档餐厅前寻找烟头的无家可归的流浪汉，被风吹来吹去的孤零零的伞，站在路中间对着只有自己能看见的景象咧嘴笑着的瘾君子。娜兰更加警觉，身体前倾，随时准备转弯。她自言自语道："这些人是怎么了？这个时候他们该在床上睡觉才对。"

胡美拉说："我敢打赌，他们也是这么想我们的。"

"好吧，但我们可是有任务在身。"娜兰看了一眼后视镜。

除了阅读障碍，娜兰还有轻微的运动障碍。她好不容易才拿到了驾照，虽然胡美拉之前的暗示粗鲁无礼，但并非完全错误。她的确曾与教练打情骂俏。不过只是一点点。然而，在那之后的许多年里，她一次交通事故都没有出过。这可算是了不起的成就，因为在这个城市，每平方码土地上鲁莽自私的司机比埋在地下的拜占庭珍宝还要多。她一直认为，在某种程度上，开车就像做爱一样。为了充分享受它，需要不急不躁，把对方的需求时刻放在心上。尊重过程，跟着感觉走，不争强好胜，永远不要试图做主宰。可是，这个城市里到处都是疯子，他们闯红灯，驶入紧急车道，好像已经不耐烦活着似的。有时候，只是为了好玩，娜兰会跟在他们的车后面，闪着大灯，鸣着喇叭，与他们的后保险杠仅保持几英寸距离。她会逼近他们，近到从后视镜中可以看到司机的眼睛——就在晃动的空气清新剂、足球锦旗和宝石念珠上面——观察他们发觉自己被一个女人追赶，而这个女人可能还是个变性人时，那一脸惊恐的表情。

快到贝贝克时，娜兰注意到一条陡峭的公路拐角处停放着一辆警车，这条路通向古老的奥斯曼帝国墓地，再往上，就是博斯普鲁斯大学。这辆巡逻车是在休息，还是在等着他们？不管怎样，他们都不能冒着被发现的风险。娜兰换了挡，迅速调头，猛踩油门，车速表的指针径直指到了红色。

"我们该怎么办？"贾梅拉问道。她的额头上冒出大颗大颗的汗珠。经过白天的伤痛和夜晚的劳累，现在她那疲惫的身体不堪一击。

"我们会再找到一片墓地的。"娜兰说，她的声音没有了往常那种命令式的腔调。

他们已经耽误了太多时间。过不了多久，天就会大亮，而他们的卡车后面还有一具无处安放的尸体。

"可是天马上就要亮了。"胡美拉表示反对。

看着娜兰努力寻找合适的词语，似乎终于失去了对局面的掌控，扎伊纳布122垂下了眼睛。自从一行人离开墓地后，她就一直受到良心的谴责。她对挖出莱拉的尸体深感不安，担心真主安拉看见了他们犯下的罪。然而现在，她注意到娜兰极不寻常地表现出困惑的样子。扎伊纳布122的脑海中神启一般又闪现出一个念头。就像微型油画里那样，也许他们五个人相互配合时，会更强大、更聪明、更活跃。也许她该摒弃自己做事的方式，放轻松些，因为这毕竟事关莱拉的安葬。

"都这个时候了，我们怎么能找到别的墓地？"破坏者扯着胡子问道。

"也许没有必要。"扎伊纳布122很小声地说，所有人都竖起了耳朵仔细听，"也许我们没必要埋葬她。"

娜兰拧着眉头，不解地皱起脸。"你说什么？"

"莱拉不想被埋葬。"扎伊纳布122说，"在妓院时，有一两次我们谈过这事。我记得跟她说起保护这座城市的四大圣人。我对她说：'希望有朝一日我能安葬在一处圣祠的旁边。'莱拉说：'那很好，希望你能愿望成真。但我可不想。如果可以选择，我绝对不想被埋在六英尺深的地方。'我当时有点生气，因为我们的宗教对此有明确规定。我告诉她别说这种话，但莱拉很固执。"

"你这是什么意思？难道她要求火葬？"破坏者吼道。

"哦，天啊，不。"扎伊纳布122推了推眼镜，"她指的是大海。她说，有人告诉她，在她出生那天，他们家有人把养在玻璃碗里的鱼放生了。她似乎很喜欢这个主意。她说她死后会去找那条鱼，虽然她不会游泳。"

"你是说莱拉想被扔进大海里吗？"胡美拉问道。

"这个嘛，我不知道她是不是想被扔进海里，她应该也没留下遗嘱之类的东西，但是，是的，她说她宁愿待在水里，也不想被埋在地下。"

娜兰绷着脸，眼睛直视路面。"你为什么不早告诉我们？"

"我为什么要说？这种谈话你又不会认真对待。再说了，这也是一种罪过。"

娜兰转向扎伊纳布 122。"那你为什么现在才告诉我们？"

"因为突然之间，这说得通了。"扎伊纳布 122 说，"我知道她的选择可能和我的不一样，但我仍然尊重她的选择。"

众人陷入了沉思。

"那我们现在该怎么办？"胡美拉问道。

"我们带她去海边吧。"贾梅拉说。她说话的语气那么从容、那么笃定，让其他人觉得一直以来这都是个正确的选择。

就这样，雪佛兰索罗德朝博斯普鲁斯海峡大桥飞驰而去。很久以前，莱拉曾与成千上万的伊斯坦布尔人一起，在这里庆祝这座桥竣工通车。

第三部分 灵魂

桥

"胡美拉？"

"嗯？"

"你没事吧，亲爱的？"娜兰双手紧握方向盘，问道。胡美拉半闭着眼睛回答说："我有点困了，对不起。"

"你今天晚上吃什么药了吗？"

"也许吃了一点。"胡美拉无力地笑了笑，扭头靠在贾梅拉的肩上，就这样睡了过去。

娜兰叹了口气。"哦，这下好了！"

贾梅拉稍稍靠过去一些，调整了一下坐姿，让胡美拉睡得更舒服些。

一闭上眼睛，胡美拉就沉睡了过去。她又梦见自己儿时在马尔丁，被大姐抱在怀里的样子。那是她最喜欢的姐姐。接着其他兄弟姐妹也加入进来，现在他们欢笑着围成一圈。远处，收割了一半的田野平坦地伸展着，阳光透过圣加布里埃尔修道院的窗户照了进来。她丢下兄弟姐妹们，朝着那座古老的建筑走去，耳边传来风飒飒吹过石缝的声音。它看上去与之前有些不一样。走近之后，她明白了原因：修道院是用药丸，而不是砖块建成的。她吞下的所有药丸——有伴着水、威士忌、可乐和茶一起喝下去的，还有干咽下去的。她的脸扭曲了。她抽泣起来。

"嘘，只是一个梦。"贾梅拉说。

胡美拉安静下来。卡车的喧闹声没有吵醒她，她的脸上一片安详，头发散落下来，厚厚的黄发丝下面，发根还是黑色。

贾梅拉开始用她的母语唱起了摇篮曲，她的声音像非洲的天空一样晴朗通透。听着她的哼唱，娜兰、破坏者和扎伊纳布122无须听懂一个词，就能感受到这首歌的温暖。不同的文化有着相似的风俗和旋律，全世界的人们在伤心时都被亲人搂在怀里轻轻摇晃，这让人感到莫名安心。

雪佛兰快速驶向博斯普鲁斯海峡大桥时，黎明的曙光已经普照大地。距离莱拉的尸体在一个金属垃圾桶内被发现，已经过去了整整一天。

湿漉漉的头发粘在娜兰的脖子上，她发动引擎，卡车发出吭哧一声，颤抖了一下。一时间，她很担心它会让他们失望，但它还是轰隆隆继续前行。她一只手把方向盘抓得更紧了，另一只手轻轻拍着它，嘴里喃喃地说："我知道，亲爱的，你累了，我懂。"

"你是在跟车说话吗？"扎伊纳布122笑着问，"你和一切事物说话——除了真主。"

"你知道吗？我保证，如果这事进展顺利，我会向他老人家问好的。"

"你看。"扎伊纳布122指着窗外说，"我想他是在向你问好。"

外面，地平线边缘的一片天空变成了牡蛎内壳的亮紫色，绚丽精致，五彩斑斓。辽阔无垠的海面上是星星点点的轮船和渔船。这座城市看上去如丝绸般柔软，仿佛没有任何棱角一般。

他们向亚洲海岸进发时，一片豪宅映入眼帘，后面是中产阶级结实的别墅，更远处的山上，则是一排又一排摇摇欲坠的棚屋。在这些建筑物之间散落着墓地和圣祠，苍白陈旧的石头像白帆一样，仿佛会随风飘走。

娜兰用余光瞟了一眼胡美拉，点上一支烟。沉睡中的人似乎不会犯哮喘病，想到这里，她的内疚不像平时那么强烈了。她本想开着车窗把烟味吹散，但风把烟头吹得更旺了。

她正准备把香烟扔出去时，坐在角落里的破坏者说："等等，让我先吸一口。"

他静静地抽着烟，陷入了沉思。他想知道他的孩子们现在在做什么。他们从未见过莱拉，这令他很心痛。他一直梦想有一天，他们能聚在一起，吃一顿可口的早餐或午餐，孩子们也会像他一样，立刻喜欢上她。但现在为时已晚。在他看来，不管做什么，他似乎总是晚一步。他必须停止躲藏，停止伪装，停止把自己的生活分割成几部分，必须想办法把众多现实结合在一起。他应该把朋友介绍给他的家人，把家人介绍给他的朋友，假如家人不接受他的朋友，那么他就尽最大努力让他们理解。要是没有那么难办就好了。

他扔掉香烟，关上窗户，把额头贴在玻璃上。他的体内有什么东西在积聚力量，蠢蠢欲动。

娜兰从后视镜看到身后远远跟上来两辆警车，正驶进通往大桥的路。她瞪大了眼睛。没想到他们这么快就追上来了。"有两辆警车！就在我们后面。"

"或者我们中有个人下车，去分散他们的注意力？"破坏者说。

"我可以去。"扎伊纳布 122 迅速说道，"也许我不能帮你们处理尸体，但这个我能行。我可以假装受伤什么的。他们会不得不为我停下来。"

"你确定吗？"娜兰问道。

"是的，"扎伊纳布 122 坚定地说，"确定。"

娜兰吱嘎一声把车停下，扶扎伊纳布 122 下去，然后立刻跳回车上。胡美拉被这阵动静吵醒了，微微睁开眼睛，在座位上挪动了一下身子，又睡了过去。

"祝你好运，亲爱的。小心点。"娜兰透过开着的窗户说。

接着他们呼啸而去，扎伊纳布 122 一个人留在了人行道上，她那小小的身影立在她本人和这座城市之间。

桥过了一半，娜兰踩下刹车，猛地往左打方向盘。车打着滑靠路边停了下来。

"好吧，我需要帮助。"娜兰说。她很少这样向别人求助。

破坏者点点头，挺起胸膛。"我已经准备好了。"

他们俩飞快地跑到卡车后面，解开了固定住莱拉的绳子。破坏者迅速从口袋里拿出丝巾，塞进裹尸布的褶层里。"我不该把她的礼物忘了。"

两人合力把莱拉的尸体扛到肩膀上，拖着脚步向齐膝的栏杆走去。他们小心翼翼地跨过栏杆，继续往前走。到达最外层栏杆边上后，他们把尸体放低，倚在金属栏杆上休息了一会儿。他们喘着粗气，互相瞥了一眼。站在高悬头顶的庞大锯齿形钢索下面，霎时间，他们看起来矮小了许多。

"来吧。"破坏者紧绷着脸说。

他们把尸体推到栏杆另一边。起初，他们动作很轻，小心地试探着，就像鼓励一个第一天踏进教室的孩子。

"喂，你们两个！"

娜兰和破坏者都僵住了——一个男人的声音划破长空，刺耳的轮胎声，橡胶燃烧的味道。

"停下！"

"不要动！"

一名警察从警车里跑出来，大声命令道，接着另一个警察也出来了。

"他们杀了人，在试图抛尸灭迹！"

破坏者脸色苍白。"哦，不！她已经死了。"

"闭嘴！"

"把他放在地上，动作慢点。"

"是她，"娜兰忍不住说，"听着，请允许我们解释一下——"

"闭嘴！不要再动了。这是警告，否则我会开枪的！"

又一辆警车停了下来。后座上坐着扎伊纳布122，脸色惨白，眼里满是惊恐。她没能长时间分散他们的注意力。一切都未能按计划进行。

又有两名警察下了车。

桥对面的车道上，车辆渐渐多了起来。一辆辆汽车缓缓驶过，车窗里露出好奇的面孔：一辆私家车载着度假归来的一家人，车厢后面堆满了行李箱；一辆城市公交车里挤满了早起的人们——清洁女工、店员、街头小贩——现在他们都呆呆地看着。

"我说了，把尸体放下！"一名警察又喊了一遍。

娜兰明白过来，垂下眼睛，涨红了脸。莱拉的尸体将会被当局没收，再次埋葬在无伴者公墓里。他们无能为力。他们已经努力过，但失败了。

"对不起，"娜兰侧身朝着破坏者，低声说，"都是我的错，是我把一切都搞砸了。"

"不许乱动。把手举起来！"

娜兰一只手扶着尸体，另一只手举了起来，表示投降。她向前朝警察迈了一小步。

"把尸体放下！"

娜兰弯下膝盖，正准备把尸体轻轻拉回人行道，但又停住了。她注意到破坏者没有和她一起行动，于是不解地瞥了他一眼。

破坏者站在原地一动不动，仿佛警察们说的话他一个字也没听见。他几乎闭上了眼睛，天空、大海和整个城市全都失去了色彩。一时间，一切都如同莱拉最喜欢的电影一样变得非黑即白，只剩下一个呼啦圈在转动，一抹艳丽的橙色自信地画着圆圈，充满活力。他多么希望时光能够倒流。他多么希望当初他没有给莱拉车费，任她坐着巴士离他远去，而是请求她留在凡城，和他结婚。为什么他如此怯懦？为什么他没能在正确的时间说正确的话，而它的代价又是如此之高？

破坏者突然用力向前冲去，把尸体推过栏杆，微风拂过他的脸，和他的眼泪一样咸。

"停！"

声音在空气中消失了。海鸥的啼叫。扣动扳机的声音。一颗子弹打中了破坏者的肩膀。疼痛异常，但奇怪的是他还能忍受得住。他看见了天空。无边无际，无所畏惧，无比包容。

卡车后排上，贾梅拉尖叫起来。

莱拉坠入虚空。她从两百多英尺高的地方迅速而笔直地下落。在她身下，大海闪烁着蓝色的光芒，宛如一个奥林匹克运动会中的游泳池。下落时，裹尸布的一些褶层散开了，在她的周围和上空飘着，就像她的母亲在屋顶上养的鸽子。不同的是，这些鸽子是自由的，没有笼子能把它们关起来。

她一头栽进水里。

远离了那些疯狂。

蓝斗鱼

莱拉很担心自己砸到别人的脑袋：小船上一个孤零零的渔民，从桥下通过的船上一边欣赏风景一边思念家乡的水手，或者在豪华游艇的甲板上为老板准备早餐的厨师。那样的话，她的运气可太差了。但这些都没有发生。下坠过程中，周围风声呼啸，海鸥发出高亢嘹亮的鸣叫。太阳正从地平线上升起，对岸的房屋和街道像燃烧着一般。

她的头顶上是晴朗的天空，似乎在为前一天晚上的暴风雨致歉。她的下方波涛汹涌，白色浪花仿佛是从画家的画笔下飞溅而出。远处，古老的城市依旧凌乱不堪，伤痕累累，却又一如既往的美丽。

她感觉周身轻盈，心满意足。每下坠一码，她就摆脱了一种消极情绪：愤怒、悲伤、不甘、痛苦、遗憾、怨恨，以及随之而来的嫉妒。她将它们全部扔掉，一个接着一个。接着，她全身剧烈震动了一下，冲破了海面。水在她周围分散开来，世界变得鲜活起来。这是一种她前所未有的体验。无声无息，无边无际。莱拉环顾四周，一片广阔无垠。她看见前面有个小小的影子。

是那条蓝斗鱼。就是她出生那天，被放生到凡城小河里的那一条。

"很高兴终于见到你了，"那条鱼说，"你怎么花了这么长时间？"

莱拉不知道该说什么。她在水下还会说话吗？

面对她的困惑，蓝斗鱼微笑着说："跟我来。"

现在，莱拉找回了自己的声音，她带着无法掩饰的羞涩说："我不会游泳。我以前从没学过。"

"不用担心这个。该知道的你都知道。跟我来。"

她游了起来。开始动作笨拙，游得很慢；随后，泳姿变得平稳而又自信，她逐渐加快了速度。但她什么地方也不想去。没有理由再急急忙忙了，也没有什么需要逃离的。一群鲷鱼在她头发周围来回游动。鲣鱼和鲭鱼给她的脚趾挠痒痒。海豚们为她保驾护航，它们在海浪上翻腾着，溅起层层水花。

莱拉俯瞰着全景，这是一个五彩缤纷的宇宙，水里的每个方向都有一池新光，似乎正在向另一个方向流淌。她看到了锈迹斑斑的沉船骨架。她看到了失落的宝物，侦查舰，帝国大炮，报废的汽车，古老的沉船；还有被装进麻袋从宫殿的窗户扔出来、最后被抛尸大海的嫔妃们，如今她们的珠宝被海草缠住，眼睛还在这个带给她们残酷结局的世界里寻找意义。她发现了来自奥斯曼帝国时代和拜占庭时代的诗人、作家和反叛者，他们全都因为奸言佞语或是异端信仰被抛入大海。阴森可怖之人与优雅美丽之人一同长眠于此；万事万物都充斥在她的周围，如此丰富多彩。

万事万物，除了痛苦。这里没有痛苦。

她彻底失去了意识，身体开始腐烂，她的灵魂正在追逐一条蓝斗鱼。离开无伴者公墓让她如释重负。她很高兴来到这个充满生机的王国，来到这片她未曾设想过的、令人安心的和谐之地，来到这广袤无垠的深海之中，蔚蓝明亮，如火焰新生。

她终于自由了。

后记

　　毛茸茸卡夫卡街的公寓里装饰着气球、彩旗和横幅。今天是莱拉的生日。

　　"破坏者去哪里了？"娜兰问道。

　　现在他终于彻底破坏了自己的生活，他们又有了新的理由如此称呼他。在将一名妓女的尸体推下博斯普鲁斯海峡大桥时，他遭到枪击，身边还有一群不三不四的朋友。他的事迹上了报纸。一个星期之内，他失去了工作、婚姻和房子。最近他才得知，他的妻子已经与人有染很长时间，所以她总是在看到他夜晚外出时显得那么开心，这也让他在离婚协议中有了一些筹码。至于妻子的家人，他们已经不再搭理他；不过值得庆幸的是，孩子们还会跟他说话，他也可以在每个周末去看看他们，这才是最重要的。他现在在大巴扎①附近摆了个小摊，卖一些仿制冒牌货。虽然挣

① 伊斯坦布尔的大巴扎是世界上最大、最古老的巴扎之一，有超过 4000 家商铺，于 15 世纪由苏丹穆罕默德二世令下修建。

的钱只有过去的一半，但他很知足。

"堵在路上了。"胡美拉说。

娜兰挥动着刚做完美甲的手，指间夹着一支没有点燃的香烟和达阿里的之宝打火机。"他不是没有车了吗？这次他的借口又是什么？"

"他是没车了。他只能坐公共汽车。"

"他很快就会到的，给他一点时间。"贾梅拉安慰道。

娜兰点点头，走到阳台上，拉过一把椅子坐了下来。她低头朝街上望去，只见扎伊纳布122手里提着一个塑料袋从杂货店出来，走起路来有些吃力。

娜兰紧紧摁住肋部，突然剧烈地咳嗽起来。她的胸口很痛，都是吸烟过多导致的。她渐渐上了年纪，没有养老金，也没有积蓄，生活难以为继。现在，他们五个人一起住在莱拉的公寓里，分摊房租，这是最明智的选择。独自打拼时，他们都很弱小；一起生活让他们变得强大。

远处，屋顶和穹顶之外，大海像玻璃一样闪闪发光。而在深海的某个地方，又或是任何地方，都有莱拉的身影——一千个小莱拉粘在鱼鳍和海草上，蛤壳里传来她的笑声。

伊斯坦布尔是一座流动的城市。在这里，没有什么是永恒不变的。也没有什么能让人感到安稳。一定是从几千年前开始，冰川融化，海平面上升，洪水泛滥，所有已知的生活方式都被摧毁。悲观主义者可能是最早逃离这里的人，而乐观主义者会选择静观其变。娜兰认为，人类历史上无穷无尽的悲剧之一，就是悲观主义者比乐观主义者更善于生存，从逻辑上来说，这就意味着人类携带着的基因来自那些不相信人性的人。

洪水从四面八方涌来，将一切淹没——动物、植物、人类。于是形成了黑海，后来，金角湾、博斯普鲁斯海峡和马尔马拉海也随之出现。汪洋四处流淌，围出了一块陆地。有一天，在这块陆地上建立起了一个强大的都市。

他们的祖国还在流动之中。闭上眼睛时，娜兰能听到他们脚下传来海水咆哮的声音。它仍在变换着，翻腾着，找寻着。

仍处于不断变化之中。

写给读者的话

本书故事纯属虚构，但许多内容都是真实的。

基利奥斯的无伴者公墓真实存在，它的规模正在迅速扩大。最近，越来越多试图穿越爱琴海前往欧洲的难民被埋葬在这里。与其他坟墓一样，他们的坟墓也只有编号，鲜有姓名。

本书中提及的墓地居民受到剪报以及埋葬在其中的人的真实故事启发，比如那位从尼泊尔去往纽约的禅宗佛教信徒祖母。

妓院街也是真实存在的，小说中提到的历史事件，包括一九六八年越南美莱村大屠杀和一九七七年国际劳动节伊斯坦布尔大屠杀，也是真实发生过的。藏匿了那些向人群开枪的狙击手的洲际酒店如今更名为马尔马拉酒店。

一九九〇年以前，土耳其刑法第 438 条规定，只要强奸犯能证明受害者是妓女，就可以获得减刑，刑期减少三分之一。立法者为该法辩护，声称"强奸不会对妓女的精神或身体健康造成负面影响"。一九九〇年，越来越多的性工作者遭到袭击，对此，全国各地举行了热烈的抗议活动。由于民间社会反应强烈，刑法第 438 条最终被废除。但此后土耳其几乎没有任何关于性别平等或者致力于改善性工作者工作条件的法律修正案。

最后，虽然这五个朋友是我想象的产物，但关于他们的灵感都来自现实生活，源于我在伊斯坦布尔见过的人——当地人、外来者和外国人。虽然莱拉和她的朋友们纯粹是虚构人物，但至少在我眼里，小说中描述的友谊就像这座迷人的古城一样真实。

致谢

在写作本书的过程中，我得到了很多好友的帮助。我对他们深表感谢。

衷心感谢我出色的编辑，维尼夏·巴特菲尔德。对于小说家来说，能与一个比任何人都了解她，用信念、爱和决心引导和鼓励她的编辑共事，实乃一大幸事。谢谢你，亲爱的维尼夏。非常感谢我的经纪人乔尼·盖勒，你善于倾听、分析和观察。我们的每一次谈话都在我心中打开了一个全新的窗口。

非常感谢耐心阅读本书的最初版本，并向我提供建议的朋友们。斯蒂芬·巴伯，你真是一个了不起的朋友，一个宽宏大量的人！感谢杰森·古德温、罗文·鲁斯和亲爱的洛纳·欧文，感谢你们的一路陪伴。非常感谢你，卡罗琳·普蒂。你真是细心周到，帮了我很多。谢谢你，尼克·巴利，读完开头几章后，你告诉我继续写下去，不要怀疑，不要回头。非常感谢从一开始就支持我的帕特里克·谢尔曼和彼得·哈格。你们的宝贵支持，我怎能忘记？

感谢英国企鹅出版社的乔安娜·普赖尔、伊莎贝尔·沃尔、塞法尔·里斯、安娜·里德利和艾丽·史密斯，以及柯蒂斯·布朗出版公司的黛西·梅里克、露西·塔尔博特和西亚拉·菲南。感谢萨拉·默丘里奥，她从洛杉矶给我发来最可爱的电子邮件，还有安东·穆勒从纽约发来的至理名言。感谢多坎·基塔普出版社的编辑们和朋友们——这个美好勇敢的团队，因为对书籍满怀热爱，正逆流而上。我还要感谢我亲爱的塞尔达和埃米尔·查希尔，我亲爱的埃尤普，还有我的母亲沙法克，很久以前，我就用她的名字作为我的姓氏。

在我开始写这部小说前不久，我的外婆去世了。我没能回去参加她的葬礼，在那个时代，作家、记者、知识分子、学者以及我的朋友和同事们都因莫须有的罪名被逮捕，我无法放心地回到祖国。不能去给外婆扫墓，母亲让我不要为此担心。但我依然很担心，也很内疚。我和外婆很亲近，是她把我养大的。

写完小说的那天晚上，天空中出现一轮圆月。我想起龙舌兰莱拉，也想起外婆。虽然前者是一个虚构的角色，而后者就像我的骨肉一样真切，但不知为何，我觉得她们已经相遇，并成了好朋友，成了旁观者姐妹。毕竟，对那些在月光下继续唱着自由之歌的女人来说，心灵的界限根本算不上什么……

土耳其，无伴者公墓

照片版权 © 图凡·哈马拉特

图书在版编目(CIP)数据

奇异世界里的10分38秒 / （土）艾丽芙·沙法克著 ；
任爱红译. —— 海口 ：南海出版公司，2022.7
ISBN 978—7—5735—0168—4

Ⅰ. ①奇… Ⅱ. ①艾… ②任… Ⅲ. ①长篇小说－土
耳其－现代 Ⅳ. ①I374.45

中国版本图书馆CIP数据核字（2022）第036381号

著作权合同登记号　图字：30—2022—019

Copyright © 2019 by Elif Shafak

奇异世界里的 10 分 38 秒

〔土耳其〕艾丽芙·沙法克 著

任爱红 译

出　　版　南海出版公司　　（0898）66568511
　　　　　海口市海秀中路51号星华大厦五楼　　邮编 570206
发　　行　新经典发行有限公司
　　　　　电话（010）68423599　　邮箱 editor@readinglife.com
经　　销　新华书店

责任编辑　黄宁群
特邀编辑　周雨晴　刘书含　吕宗蕾
营销编辑　李筱竹　王　靖
装帧设计　韩　笑
内文制作　田小波

印　　刷　河北鹏润印刷有限公司
开　　本　850毫米×1168毫米　1/32
印　　张　11.5
字　　数　230千
版　　次　2022年7月第1版
印　　次　2022年7月第1次印刷
书　　号　ISBN 978—7—5735—0168—4
定　　价　59.00元